ODE À RUÍNA

KELLY BOWEN

ODE À RUÍNA

Tradução:
Daniela Rigon

Rio de Janeiro, 2023

Edição: *Julia Barreto*

Assistência editorial: *Marcela Sayuri*

Copidesque: *Thaís Carvas*

Revisão: *Pérola Gonçalves e Daniela Georgeto*

Design e ilustração de capa: *Mary Cagnin*

Diagramação: *Abreu's System*

Publisher: *Samuel Coto*

Editora-executiva: *Alice Mello*

Contatos: Rua da Quitanda, 86, sala 218 — Centro — 20091-005
Rio de Janeiro — RJ
Tel.: (21) 3175-1030

CIP-Brasil. Catalogação na Publicação
Sindicato Nacional dos Editores de Livros, RJ

B782o

Bowen, Kelly
Ode à ruína / Kelly Bowen ; tradução Daniela Rigon. —
1. ed. – Rio de Janeiro : Harlequin, 2023.
272 p. ; 23 cm.

Tradução de: Duke of my heart
ISBN 978-65-5970-295-4

1. Romance canadense. I. Rigon, Daniela.
II. Título.

CDD: 819.13
CDU: 82-31(71)

23-84865

Meri Gleice Rodrigues de Souza – Bibliotecária – CRB-7/6439

Para meus pais, que me presentearam
com o amor pela leitura.

Capítulo 1

A SEDA ERA DA cor do pecado.

Ela reluzia conforme a luz das velas dançava por sua superfície; os ricos e suntuosos tons de carmesim e granada se misturando por todo o comprimento do tecido. A fita era larga, sua alta qualidade evidente, e devia ter sido bem cara — um luxo que apenas os mais ricos poderiam pagar. Ficaria deslumbrante na borda de um chapéu, mas seria ainda mais espetacular no corpete de um vestido de baile.

Enrolada nos membros de um conde morto, no entanto, era um enorme problema.

Ivory Moore pressionou os dedos no pescoço do homem, sabendo que não sentiria pulso algum, mas precisava confirmar. A pele, macia sob seu toque, já estava esfriando, e ela mudou sua atenção para as amarras nos pulsos dele, passando os dedos pela seda até a cabeceira da cama, onde o tecido estava preso.

— Ele está morto.

Era uma afirmação de sua parceira de trabalho, que estava logo atrás dela.

— De fato, srta. DeVries — murmurou Ivory.

— É o conde de Debarry — sibilou Elise DeVries com urgência.

— Eu sei.

Ivory se afastou para analisar a cena. O conde estava nu, estirado no colchão como uma estrela do mar presa na areia, os pulsos e os tornozelos amarrados nos quatro cantos da cama. Seu peitoral arredondado se erguia como uma ilha por entre o mar de pétalas de rosa, penas de avestruz decorativas e a roupa de cama bagunçada. Ele era facilmente reconhecível, mesmo sem as roupas caras que favoreciam um corpo que já começava a perder a batalha contra bons vinhos e uma vida sedentária.

O conde ainda era bonito, apesar dos mais de 50 anos de imoralidade que vivera antes de seu último encontro infeliz. Era um homem poderoso, rico, viúvo e tratado com a pompa que seu título exigia em todos os ambientes da alta sociedade que frequentava. Mas, nos círculos de fofoca, era chamado de Conde da Devassidão, sendo mais conhecido por seu gosto por mulheres e façanhas sexuais chocantes do que por qualquer outra coisa. Por isso, encontrá-lo amarrado a uma cama não era surpresa alguma.

Já encontrá-lo amarrado à cama da recatada lady Beatrice Harcourt, a irmã de apenas 18 anos do duque de Alderidge... Isso sim era um grande choque.

Ivory deu outro passo para trás, tirou o capuz e colocou sua bolsa suavemente no chão. Não havia tempo a perder, mas ela precisava considerar assuntos preliminares antes de analisar o dano em potencial e pensar numa solução.

— Trancou a porta, srta. DeVries? — perguntou.

Isolar a área era essencial.

— Claro.

— Ótimo. — Ivory virou-se para a mulher que estava dura como uma tábua ao lado da lareira. — Foi você quem nos chamou, milady?

Lady Helen Harcourt estava mexendo no pingente de seu colar com dedos nervosos, mas largou-o quando ouviu a pergunta de Ivory e apertou as mãos com força no colo. Os nós de seus dedos ficaram tão brancos quanto seu rosto.

— Sim.

— Uma decisão sábia, milady.

Ivory observou o cabelo grisalho da mulher, arrumado em um coque apertado e enfeitado por uma presilha de joias verdes brilhantes que combinavam com seu vestido de baile. O rosto inflexível de lady Helen estava marcado por rugas de preocupação, mas, tirando sua palidez, não havia indícios de que ela teria um ataque histérico.

Ivory sentiu-se um pouco aliviada.

— Quem encontrou o corpo?

— Mary, a criada de lady Beatrice.

Lady Helen soltou as mãos para indicar o canto em que a criada estava. Com os olhos vermelhos, a mulher voltara a soluçar quando ouviu a palavra *corpo*.

Ivory trocou olhares com Elise. Elas precisariam se livrar da criada.

— E onde está lady Beatrice agora? — questionou Ivory.

— Não consigo encontrá-la. Ela simplesmente… *desapareceu* — falou lady Helen em tom quase inaudível.

Bom, aquilo não era uma surpresa. Beatrice provavelmente fugira; e, embora fosse necessário encontrá-la, a menina não era a prioridade no momento.

Ivory analisou a roupa de cama bagunçada embaixo do corpo e a colcha cor de lavanda amontoada no chão. Observou o tamanho do quarto e a linda penteadeira, cheia de garrafinhas e potinhos. Um vestido rosa-claro de baile, com pequenas rosas bordadas, estava jogado em uma cadeira; camadas de tecido e renda caros abandonados sem cuidado algum. Meias e sapatos, assim como as roupas de Debarry, encontravam-se espalhados pelo chão. Duas garrafas de vinho vazias estavam caídas no canto do tapete.

Ivory franziu a testa. Se aquele fosse o quarto de lady Helen, ela teria mais opções. Um caso entre uma solteirona e um nobre, mesmo que improvável, poderia ser apresentado da forma certa e resultar apenas em fofocas, não em ruína. Mas um conde morto amarrado à cama de uma debutante em sua primeira temporada era um desafio bem maior.

Não havia tempo a perder. Alguém logo poderia…

Uma batida forte na porta fez Ivory virar a cabeça e lady Helen soltar um gritinho.

— Helen? — chamou uma voz grossa do outro lado da porta. — Você está aí?

— Quem é? — sibilou Ivory, já pensando em todas as desculpas possíveis que Helen poderia dar para ter se trancado no quarto da sobrinha.

A mulher mais velha estava encarando a porta com a mão na boca. Outra batida forte da pessoa impaciente fez a madeira tremer.

— O que raios está acontecendo, Helen? Bea está com você?

— Milady! — disse Ivory, baixinho.

Seja lá quem estivesse do outro lado da porta, a pessoa não iria embora tão cedo. Pior, batendo na porta daquela maneira, logo chamaria a atenção de alguém. Todos os empregados iriam atrás do barulho, e nem mesmo Ivory seria capaz de salvar a situação.

— É Alderidge — sussurrou lady Helen com a voz fraca, como se não acreditasse nas próprias palavras.

— O duque? Pensei que ele estava na Índia.

— Estava, mas pelo visto decidiu nos agraciar com sua presença. — As palavras de lady Helen estavam cheias de amargura. — Tarde demais, como sempre.

Ivory se controlou para não resmungar em voz alta. Era evidente que o relacionamento entre o duque e a tia não era dos melhores, e Ivory torceu para que o homem gostasse mais da irmã. Ela não precisava de um tumulto familiar para complicar uma situação que já era terrivelmente complicada.

— Tia Helen! — A maçaneta chacoalhou. — Eu exijo que me deixe entrar imediatamente!

— Podemos confiar nele? — perguntou Ivory, embora temesse não ter muita escolha. Alguém teria que deixá-lo entrar ou correriam o risco de a porta ser arrombada.

Lady Helen apertou os lábios, mas assentiu. Era tudo que Ivory precisava para correr até a porta, destrancá-la e abri-la. Então, deparou-se com um homem alto e grande, vestindo um casaco surrado e botas gastas.

— O que diabo está acontecendo? — gritou ele. — E quem é você?

— Bem-vindo de volta, Sua Graça — cumprimentou Ivory antes de puxá-lo pela manga do casaco para dentro do quarto. — Por favor, entre e pare de fazer tanto barulho.

O homem tropeçou e parou poucos passos à frente dela; Ivory aproveitou o momento para trancar a porta novamente.

— Minha nossa! — praguejou Alderidge assim que avistou a cena diante de si.

Ivory estava logo atrás do duque e podia sentir o frio da noite ainda agarrado às vestes dele. As únicas coisas que ela sabia sobre Maximus Harcourt, duque de Alderidge, era que ele havia herdado o título uma década antes e que passava grande parte do tempo no exterior, comandando uma impressionante frota de navios mercantes. No entanto, não tinha muitas informações sobre sua personalidade, suas relações familiares ou as motivações que o levaram para casa naquela noite.

Ela esperava que Alderidge não se tornasse mais um problema.

— Alguém viu o senhor subir até aqui? — questionou Ivory.

— O quê?

O duque virou-se para encará-la, e Ivory sentiu o impacto daqueles olhos cinzentos no fundo de sua alma.

— Alguém está procurando sua tia? Ou sua irmã, por acaso?

Ela se recusou a desviar o olhar, mas ficou consternada ao perceber um tremor involuntário que se espalhou por todo o corpo, enfraquecendo seus joelhos e a deixando com calor.

Céus! Fazia muito, muito tempo que um homem não provocava em Ivory uma reação tão visceral quanto essa, e ela não gostou nada disso. O desejo era uma distração, e distrações eram perigosas. Talvez fosse porque Alderidge era bem diferente dos aristocratas polidos e tolos com os quais Ivory lidava normalmente. Vestido de preto dos pés à cabeça, ele parecia mais um pirata que acabara de desembarcar de seu navio, com o cabelo longo e loiro, a pele levemente queimada pelo sol e pelo menos uma semana de barba loira-escura por fazer cobrindo o queixo. Uma cicatriz marcava o lado esquerdo de sua testa e desaparecia por baixo do cabelo. As roupas eram simples, e seu casaco manchado de sal fora feito para ser útil e quente. Ele parecia perigoso e, naquele momento, furioso.

— Não, ninguém me viu. Deixei meu navio e minha tripulação nas malditas docas depois de uma longa viagem em mares nada cooperativos e vim para cá, pensando que encontraria paz e tranquilidade.

Em vez disso, encontrei o salão de baile cheio de estranhos, e mais estranhos trancados no quarto da minha irmã, acompanhados da minha tia e de um defunto. É melhor alguém me explicar rápido, e muito bem, o que diabo está acontecendo.

O duque estava fazendo um esforço visível para se manter calmo.

Lady Harcourt fez sons de desaprovação com a língua a cada xingamento e grosseria que saía da boca dele, e Alderidge pareceu hesitar a cada barulho da tia. Em outras circunstâncias, Ivory teria achado a situação engraçada. Mas, ali, ela precisava assumir o controle e garantir que o duque e sua tia estivessem na mesma página. Caso contrário, nenhuma reza faria aquela família sair ilesa daquela bagunça.

— Pode me chamar de srta. Moore — apresentou-se Ivory. — Trabalho para a D'Aqueus & Associados e esta é minha colega, a srta. DeVries.

De canto do olho, ela viu Elise fazer uma breve reverência.

— E o que é essa D'Aqueus & Associados? Uma firma de advogados? — demandou Alderidge, então fez uma pausa para encará-la com um olhar de dúvida. — Passei bastante tempo longe da Inglaterra, mas certamente teria ouvido sobre um grupo de mulheres fazendo parte da associação de advogados.

— Não somos exatamente advogadas, Sua Graça.

— Então o qu...

— Parece que sua irmã se meteu em um grande problema — continuou Ivory, apontando a cabeça para o corpo esparramado na cama. — Fomos chamadas para ajudá-la a sair dele.

— Isso é impossível. Minha irmã é lady Beatrice Harcourt.

— Sim, nós sabemos — afirmou Ivory sombriamente, virando-se e marchando até a cama. — E o homem morto amarrado à cama dela é o conde de Debarry.

O duque estava apertando a mandíbula com tanta força que Ivory imaginou que seus dentes corriam sério perigo. O homem virou-se para a tia.

— Onde está Bea?

— Não sei.

— Como assim não sabe?

Helen ficou com o rosto vermelho de raiva.

— Subi para procurá-la quando não a encontrei no salão de baile. Achei que talvez pudesse estar passando mal. O baile é uma homenagem para ela, demorou *meses* para ser planejado. As pessoas mais *relevantes* da sociedade estão lá embaixo. — Ela parou de falar de repente, como se só então percebesse a importância do fato.

— Ela sumiu? — perguntou Alderidge, horrorizado.

— Não sabemos a localização precisa de sua irmã no momento, Sua Graça — confirmou Ivory. — No entanto, estamos confiantes de que vamos encontrá-la em breve.

O duque virou-se para encará-la novamente, os olhos cinzentos a apunhalando como se ela fosse de alguma forma responsável por aquele desastre.

— Temos um problema muito maior e mais urgente que precisa ser tratado, Sua Graça, antes de concentrarmos nossos esforços em procurar lady Beatrice. No caso, o corpo que está amarrado à cama dela. — Ivory apontou na direção da criada que ainda soluçava no avental. — A criada de sua irmã, Mary, foi quem descobriu a infeliz cena. Por sorte, sua tia a interceptou antes que alguém mais o fizesse. Também foi sua tia quem tomou a sábia decisão de nos contratar.

— Contratar? Para quê?

— Nós cuidamos de situações como a que sua irmã se encontra.

— E que tipo de situação seria essa? — O tom dele era ameaçador, mas Ivory não tinha tempo para sutilezas.

— Você é um homem vivido, Sua Graça. Tenho certeza de que consegue adivinhar.

Os olhos do duque escureceram como um céu tomado por uma tempestade, e outra sensação indesejada percorreu o corpo de Ivory. Ela cerrou as mãos e sentiu as unhas cravarem na pele.

— Cuidado, srta. Moore — rosnou o homem. — Garanto que você não quer ofender a honra da...

— Eu lido com fatos, não contos de fadas — interrompeu Ivory, ficando extremamente satisfeita com a expressão de choque do duque. — Não há sinais de luta violenta, muito menos machucados ou marcas no corpo do conde. É provável que ele tenha morrido de causas naturais, diante do esforço físico que normalmente acontece quando uma pessoa está amarrada com fitas vermelhas na cama de uma jovem saudável.

Helen Harcourt ofegou.

— Você não pode estar sugerindo que lady Beatrice…

— Além disso — continuou Ivory —, é provável que lady Beatrice tenha entrado em pânico e fugido após perceber que sua companhia não estava mais respirando. É uma reação muito comum e, em minha experiência, a jovem deve retornar após parar um pouco para respirar, pensar direito e inventar uma explicação adequada para seu sumiço. E se lady Beatrice não conseguir pensar em nada, a D'Aqueus & Associados ficará feliz em providenciar uma mentira crível que ela poderá repetir para a sociedade. — Ivory fez uma pausa. — Sua lealdade é admirável, mas sugiro que guarde a revolta moral para outra pessoa. Importo-me mais em salvar a reputação de sua irmã do que com a verdade sobre o que aconteceu aqui esta noite. E, sendo muito franca, você também deveria pensar assim. Temos muito trabalho a fazer para garantir que o futuro de sua irmã continue tão brilhante quanto era nesta manhã.

O duque era a personificação de um iceberg.

— Eu dou as ordens aqui, srta. Moore, não você. Não pense que vou obedecê-la como um cachorrinho.

Ivory ficou irritada.

— Olhe ao seu redor, Sua Graça. Por acaso está vendo uma horda de marinheiros aguardando *suas ordens*? Este não é o seu mundo. É o meu.

— Saia da minha casa — exigiu o duque em um tom afiado como um pedaço de vidro. — Agora.

A tia dele soltou uma interjeição de angústia.

— Se é isso que deseja, Sua Graça, ficarei feliz em obedecer. No entanto, peço que analise a situação com mais cuidado. Sua tia solicitou nossos serviços para preservar seu nome e sua honra. Nosso objetivo é o mesmo que o seu: queremos proteger lady Beatrice e toda a sua família. O que você precisa entender é que nossa janela de oportunidade está se fechando rapidamente. No andar de baixo, há um salão lotado com as pessoas mais importantes e influentes de Londres. Logo, vão se perguntar para onde foi o conde de Debarry. Logo, também vão se perguntar sobre o paradeiro de lady Beatrice, a convidada de honra. Então, essas pessoas vão sair procurando. E, caso encontrem um conde morto amarrado à cama de lady Beatrice, não poderei mais ajudar. Mas é claro que a escolha é sua. Devo ficar ou partir?

— Não preciso que resolva meus problemas — rosnou o duque.

Ivory se controlou para não revirar os olhos. O duque estava tão perdido que não conseguia enxergar nem o próprio nariz. Ela optou por um tom mais neutro.

— Não estou aqui para consertar os seus problemas, Sua Graça. Estou aqui para consertar os problemas de lady Beatrice.

Lady Helen pareceu oscilar um pouco antes de endireitar os ombros com determinação.

— Não seja tolo. Precisamos de ajuda. Nem você nem eu somos capazes de fazer tudo isso desaparecer.

O duque balançou a cabeça.

— Eu posso cuidar disso.

— É mesmo? Como? — indagou lady Helen.

Alderidge piscou, e Ivory suspeitou que ele estava finalmente superando o choque inicial e considerando a gravidade da situação.

A tia continuou, implacável:

— Como você garantirá que a honra dos Alderidge seja mantida? Como garantirá que ninguém saiba sobre essa… essa situação? Vai permitir que fofocas maldosas e calúnias infundadas acabem com a vida da pobre Beatrice?

Ivory achava que lady Beatrice estava fazendo um ótimo trabalho acabando com a própria vida, mas não cabia a ela julgar. Principalmente quando isso era bom para os negócios.

— Você é o guardião dela e deveria ter agido como um — lamentou lady Helen em tom amargo. — Uma dama deve ter a proteção do irmão. Se tivesse pensado uma única vez em alguém além de si mesmo, não estaríamos agora nesta situação sórdida e desagradável.

— Milady — chamou Ivory, pressentindo que a conversa estava indo por um caminho perigoso. — Agora não é hora de fazer acusações.

Sugiro que, caso precise culpar alguém, faça isso amanhã durante o chá, quando não haverá mais o risco de convidados encontrarem um corpo amarrado à cama de sua sobrinha.

A pouca cor que havia retornado ao rosto de lady Helen desapareceu, e ela ficou de boca aberta como um peixe. Ivory notou que Alderidge também estava boquiaberto.

Ela colocou as mãos na cintura.

— Bom, o que vai ser? Precisam dos nossos serviços em nome de lady Beatrice ou não? Tomem uma decisão. O tempo está acabando.

O duque praguejou de novo.

— Está bem. Estão contratadas. Minha irmã não pode... — Ele pareceu perder as palavras, e Ivory aproveitou para dar o bote.

— Você precisa concordar em seguir minhas instruções e confiar em minhas habilidades, Sua Graça.

Os olhos cinzentos e frios se voltaram para ela.

— Não concordarei com nada. Nem conheço você.

— E eu não o conheço, mas isso é irrelevante. Não conseguirei fazer meu trabalho se você atrapalhar. Desavenças podem custar o futuro da sua irmã.

O duque resmungou outro xingamento.

— Faça o que for preciso — falou ele, como se estivesse sendo forçado.

— Tenho sua palavra?

— Você me ouviu da primeira vez, srta. Moore. Não preciso repetir.

— Uma escolha sábia, Sua Graça. — Ela tirou um cartão do bolso da capa e entregou para o duque. — Caso precise me encontrar no futuro.

Alderidge enfiou o cartão no bolso sem nem o olhar.

— Espero nunca mais vê-la depois desta noite, srta. Moore.

Aquilo doeu um pouco, embora Ivory não tivesse ideia do porquê. Ninguém em sã consciência *queria* vê-la. A presença dela na casa de alguém sempre significava algum tipo de desastre social ou familiar grave.

Ela bufou.

— Digo o mesmo, Sua Graça. Quanto mais rápido terminarmos este pequeno negócio infeliz, melhor será para todos os envolvidos.

No entanto, e perdoe minha indiscrição, devo avisá-lo antes de começar que os serviços fornecidos pela D'Aqueus & Associados não são baratos.

— E eles valem o preço? — perguntou Alderidge.

Ivory o encarou.

— Sempre.

Maximus Harcourt, o décimo duque de Alderidge, não se lembrava de já ter se sentido tão impotente, nem tão furioso, quanto naquele momento. Havia caído em um pesadelo impossível de compreender e, para piorar as coisas, ele não era a pessoa mais qualificada para lidar com a situação.

Tripulações desobedientes podiam ser refeitas. Tempestades tropicais e mares violentos podiam ser enfrentados. Piratas e bandidos podiam ser exterminados. Max raramente encontrava um problema que não conseguisse resolver. Raramente encontrava um problema que o deixasse confuso. Mas aquilo? Era um tipo completamente diferente de problema.

O que significava que agora ele estava à mercê da srta. Moore. Uma mulher que tratava a descoberta de um conde morto e nu amarrado à cama de uma virgem desaparecida com a mesma gravidade de uma xícara de chá derramada em um tapete caro. Como se fosse algo corriqueiro.

Nunca, em toda a sua vida, ele conhecera uma mulher tão corajosa. Ou talvez fosse apenas arrogante. Era difícil determinar a idade dela, mas a srta. Moore certamente não era mais velha que ele. Mesmo vestindo roupas e um chapéu simples, era deslumbrante de uma maneira única. Sua pele reluzia como cetim imaculado, e seu rosto era emoldurado por um cabelo castanho com tons de marrom-avermelhado. Seus olhos escuros eram grandes demais, os lábios cheios demais, as maçãs do rosto definidas demais. Ainda assim, o conjunto da obra era, de alguma forma… perfeito.

— Esse era o vestido que sua sobrinha estava usando esta noite? — a srta. Moore perguntou à tia dele, apontando para uma pilha de renda e seda rosa em cima de uma cadeira.

Max desviou o olhar do rosto dela e se assustou ao reconhecer a seda bordada que havia enviado para Bea da última vez que estivera na China. Ele sabia que a irmã adoraria os detalhes.

— Sim. — Lady Helen apertou uma mão contra os lábios, como se estivesse prestes a passar mal.

— Então ela não está lá embaixo — afirmou a mulher de cabelo escuro que lhe fora apresentada como srta. DeVries. — E não tem intenção alguma de voltar ao baile. — Ela pegou o vestido da cadeira e o mediu contra seu corpo.

A srta. Moore concordou.

— Vamos torcer para que ela tenha o bom senso de ficar longe do salão até termos a chance de falar com ela. — Então fez uma pausa e analisou o vestido. — Vai servir?

— Sim — disse a srta. DeVries, retornando o vestido à cadeira e inesperadamente soltando as amarras da própria roupa.

Max franziu a testa, ficando primeiro perplexo e depois horrorizado quando a mulher revelou a parte superior da camisola e uma alça deslizou sobre um ombro, revelando uma cicatriz do que parecia ser um antigo ferimento de bala. O duque ficou boquiaberto antes de desviar os olhos rapidamente. Que tipo de mulher se despia no meio de um quarto cheio de gente? Que tipo de mulher tinha motivo para levar um *tiro*?

— Ótimo. — A srta. Moore virou-se para a tia dele. — Se deseja preservar a reputação de sua sobrinha, e a sua também, deve voltar ao baile. Sua ausência já deve ter sido notada, então preciso que você circule, sorria e garanta que todos estejam se divertindo. Se alguém comentar sobre a sua ausência, cite o retorno inesperado, mas bem-vindo, de seu sobrinho. Uma boa distração é algo valiosíssimo, e a chegada do duque servirá esplendidamente.

— Minha irmã sumiu e você quer que minha tia vá dançar uma quadrilha no baile? — Max já sentia uma veia pulsando em sua testa.

A srta. Moore apenas o olhou feio antes de voltar a falar com sua tia. Ela nem se deu ao trabalho de respondê-lo. Maldição dos infernos.

— Consegue fazer o que pedi? — perguntou à lady Helen, que apenas assentiu. — Se alguém perguntar sobre o paradeiro de lady Beatrice, mencione que acabou de vê-la na mesa de refrescos. Ou perto das portas do salão de baile. Em algum lugar que não possa ser verificado imediatamente. — A srta. Moore tocou o braço da mulher mais velha. — Seu comportamento é essencial agora. Ninguém deve suspeitar que você está preocupada com nada. Entendeu?

— Sim.

— Dentro de meia hora, você sairá do salão de baile e andará até o pé da escadaria principal de forma que todos vejam.

— Mas por qu...

— Meia hora. Consegue fazer isso?

— Sim.

Max nunca havia visto a tia tão obediente.

Contra a vontade, ele ficou impressionado com a habilidade da srta. Moore em lidar com sua tia temperamental. Aquilo era algo que ele nunca havia dominado, e provavelmente nunca o faria. Lady Helen era uma boa mulher, mas também era uma grande fonte de irritação. Ela adorava repetir o quanto havia sacrificado pela família *dele*, e Max sentia vontade de arrancar os cabelos toda vez.

A srta. Moore conduziu lady Helen até a saída e abriu a porta, espiando o corredor vazio. Então se virou e disse em voz suave:

— Vai dar tudo certo, milady. Acredito que sua sobrinha esteja aterrorizada agora. Ela vai precisar de você e de seu perdão quando voltar para casa.

Helen assentiu e encarou Max com uma expressão pétrea.

— Seus pais devem estar se revirando no túmulo — falou friamente. — Se tem algum apreço por sua irmã, ajude a srta. Moore a fazer o que for preciso para encontrá-la e consertar essa bagunça.

Max quase retrucou com uma resposta amarga. Como se ele fosse incapaz de reconhecer que o futuro de Bea estava por um fio... No entanto, notou que a srta. Moore o estava encarando novamente com aqueles olhos escuros e impenetráveis e apenas engoliu a resposta antes de assentir com a cabeça. Discutir com a tia não os levaria a lugar algum.

— Discutir não vai nos levar a lugar algum — falou a srta. Moore, como se tivesse lido os pensamentos dele, enquanto trancava a porta pela qual a tia havia saído. — Ela está chateada, e preciso que todos mantenham a calma.

Max sentiu uma onda de ressentimento dominá-lo. Como aquela mulher ousava lhe dar um sermão sobre manter a compostura em situações difíceis? Ele era um capitão do mar, por Deus! Cada dia de sua vida era repleto de situações difíceis. A diferença é que ele sabia o que fazer com elas.

A srta. Moore havia voltado para a cama e estava trabalhando em soltar os nós que prendiam os pulsos do defunto. Max caminhou até os pés da cama e começou a trabalhar nas amarras dos tornozelos.

— Recuso-me a acreditar que minha irmã teve algo a ver com isso — disse ele, sem saber exatamente quem estava tentando convencer.

A srta. Moore se endireitou e tirou uma mecha de cabelo dos olhos.

— Você precisa entender uma coisa, Sua Graça. Eu não sou paga para formar opiniões ou julgar as pessoas. — Ela se abaixou para pegar uma bolsa de pano do chão e começou a guardar as fitas de seda. — Sinceramente, não me importo se Debarry era ou não o amante da sua irmã. Só me importo que ela não seja arruinada por causa disso, ou sofra algo pior.

— Algo pior?

— O conde está morto.

Ela começou a guardar as penas e pétalas de rosas dentro da bolsa, seguidas das garrafas de vinho.

Max sentiu um arrepio.

— Você não pode estar falando sério. Acha que ela o *matou*?

— Se o fez, pelo menos o conde morreu feliz — afirmou a srta. Moore.

Max fez uma cara feia.

— Bea mal completou 18 anos. Ela é linda e inocente e…

A srta. Moore parou o que estava fazendo e se virou para encará-lo. Ele odiou a empatia que viu nos olhos dela, mas, por algum motivo, não conseguiu desviar o olhar.

— Peço desculpas. Meu comentário foi insensível. — Ela se aproximou, estudando o rosto do duque. — Quanto tempo passou fora de casa, Sua Graça?

— Perdão?

A srta. Moore permaneceu em silêncio, apenas esperando uma resposta. Embora não tivesse gostado da pergunta, Max não conseguiu pensar em um motivo para não responder.

— Sou dono e capitaneio navios, srta. Moore. Raramente estou na Inglaterra. A última vez que estive por aqui foi há dois anos.

— Ah... — Ela assentiu, como se aquela informação de alguma forma explicasse a situação em que eles se encontravam.

— Posso não conhecer a minha irmã tão bem quanto você acha que eu deveria, mas sei que ela não amarraria um conde na cama — disse Maximus, ignorando a vozinha no fundo de sua mente que dizia que ele não sabia de nada. — E considero uma afronta qualquer insinuação do contrário.

A srta. Moore continuou estudando-o com atenção, mas era impossível deduzir o que se passava na cabeça dela. No entanto, Max teve a sensação inexplicável de que ela estava vendo mais do que ele desejava mostrar.

— Tem algum quarto de hóspedes neste andar? — perguntou ela de repente, e Max franziu a testa, pego desprevenido.

— Sim, temos dois quartos de hóspedes no fim do corredor.

— Preciso que me ajude a carregar o conde. — Ela se afastou da cama, tirou a própria capa e se abaixou para recolher as roupas do homem espalhadas pelo quarto. Calça, camisa e colete. — Precisaremos vesti-lo antes, para montar a cena.

Maximus apenas a encarou. Por Deus, aquela mulher era insuportável.

Quando voltou para perto da cama com as roupas do conde em um dos braços, a srta. Moore lhe deu um olhar irritado.

— Rápido! Não temos tempo a perder, Sua Graça — afirmou ela, e puxou as fitas da mão dele.

Max fez uma cara feia.

— Se vamos vestir um defunto juntos, pelo menos me dê a calça de Debarry.

A srta. Moore o fitou com uma expressão divertida.

— Tenho meus limites, srta. Moore.

— Que cavalheiro… — murmurou ela, e o duque teve quase certeza de que ela estava zombando dele.

— Uma suposição errada de sua parte — resmungou Max, mas a mulher apenas jogou a peça de roupa em sua direção.

— Ótimo. — Foi tudo que ela disse.

Ivory enfiou a camisa pela cabeça de Debarry enquanto tomava cuidado para não tocar no duque, que vestia a parte de baixo do defunto. Alderidge havia tirado o casaco e revelado um par de ombros fortes e uma coleção impressionante de músculos nos lugares certos. Embora a maior parte dos músculos estivesse escondida pela camisa e pelo colete do duque, a barreira não foi suficiente para desacelerar as batidas do coração dela.

Era ridículo o quanto era difícil tirar os olhos daquele homem.

Ele parecia meio selvagem, pensou Ivory, enquanto passava um dos braços do conde pelo colete listrado. Como um leão que de repente se viu em meio a um grupo de gatos domesticados. Ivory continuou aquela linha de pensamento enquanto fechava os botões do colete com dedos ágeis. Era óbvio que Alderidge era um homem acostumado a ter poder e controle, mas parecia que o bem-estar da irmã vencia sua relutância em abrir mão deles. Ainda bem…

— Srta. Moore?

Pega de surpresa, Ivory piscou e olhou para cima.

— O que disse?

— Perguntei se acha que devo amarrar a gravata dele.

Jesus! Não havia tempo para devaneios sobre piratas selvagens. Eles precisavam tirar o conde de Debarry dali, e ela não podia se dar ao luxo de cometer um único erro. O homem tinha muitos amigos poderosos, e a situação exigia sua total atenção.

— Não é necessário — respondeu ela, recuperando o juízo. — Pode deixá-lo sem gravata, casaco e sapatos, mas leve tudo para o quarto de hóspedes. — Ela se afastou da cama, onde estivera de joelhos. — Elise, fique aqui com Mary. Faça com que ela pare de choramingar e pegue a melhor peruca para a ocasião. Mary saberá o penteado que lady Beatrice estava usando esta noite. Também preciso saber se algo de lady Beatrice sumiu, como roupas, sapatos, joias...

Elise, vestindo apenas camisola, assentiu enquanto estudava o vestido de baile rosa.

— Está bem.

— Tem água na vasilha — disse Ivory, apontando para o lavatório. — Vou precisar dela. Podem deixá-la do lado de fora da porta, por favor.

— Certo. Mais alguma coisa? — questionou Elise.

— Não, acho que é o suficiente para começarmos. Eu e Sua Graça vamos levar Debarry para um dos quartos de hóspedes.

Ela gesticulou para que o duque segurasse o defunto por baixo da axila.

Alderidge franziu a testa.

— Por que vamos levá-lo para um quarto de hóspedes?

— Porque ele é grande demais para enfiarmos na chaminé.

Ivory colocou um dos braços do conde por sobre o ombro e o levantou da cama com a ajuda de Alderidge.

O duque apertou os dentes de novo.

— Não gosto do seu tipo de humor.

Ivory suspirou.

— É, não achei que gostaria...

Eles foram até a porta, Ivory bufando sob o peso do cadáver. Ainda bem que o duque e seus músculos haviam aparecido. Ela e Elise teriam conseguido levar o conde, mas com certo custo. Ela destrancou a porta e espiou o corredor. Ainda estava deserto.

— Rápido.

Os dois carregaram o corpo de Debarry pelo corredor, com o duque sustentando a maior parte do peso. Felizmente, ninguém apareceu, e eles chegaram em segurança ao quarto de hóspedes mais próximo. Ao entrarem, Ivory fechou rapidamente a porta com o pé. O quarto estava escuro, e a única luz que entrava pela janela vinha dos postes quase apagados do lado de fora.

Ela se desvencilhou do corpo e correu para puxar os lençóis da cama.

— Coloque-o na cama — sussurrou.

Alderidge largou o amontoado de roupas que carregava debaixo do outro braço e jogou o defunto sobre o colchão. Juntos, os dois arrumaram o corpo do conde para que ele parecesse estar em um sono tranquilo.

— E agora? — indagou ele.

— Debarry estava se sentindo mal quando encontrou você — explicou Ivory, cobrindo o conde com os lençóis. — Você tinha acabado de chegar em casa e ainda não havia se trocado para o baile, mas se ofereceu para solicitar que a carruagem dele fosse preparada. Ele se recusou, dizendo que certamente ficaria bem após descansar um pouco. Por ser um anfitrião gracioso, você disponibilizou um dos quartos de hóspedes. Acabou levando-o pessoalmente até o quarto, pois os criados estavam todos ocupados no andar de baixo.

— Por que não podemos simplesmente levá-lo até a casa dele? — sibilou o duque. — Não gosto muito da ideia de ele ser encontrado morto em um cômodo da minha casa. As pessoas vão falar…

— Sim, é provável que falem. No entanto, Debarry não demonstrava sintoma algum além de uma vida inteira de vícios. Sua morte vai ser infeliz, mas não chocante — argumentou ela enquanto colocava os sapatos do conde perto da cama. O casaco e a gravata ficaram sobre um dos pés da cama, como se Debarry tivesse planejado vesti-los de novo. — E o risco de levá-lo até a casa dele é muito alto. Há um exército de convidados e criados e cocheiros e cavalariços para atravessar, e então, se conseguíssemos chegar sãos e salvos até nosso destino, ainda teríamos que passar por todos os empregados do conde. Seria uma missão quase impossível.

— Quase?

— Já consegui executá-la uma ou duas vezes, quando não havia mais nenhuma opção.

— E o que raios isso significa?

— Significa que já tirei outras pessoas de situações piores que essa.

— Piores? Como algo pode ser pior que isso? Tem um homem morto na minha casa e minha irmã está desaparecida!

Ivory estremeceu de leve. Não havia absolutamente nada que ela pudesse dizer naquele momento que o duque quisesse ouvir sobre lady Beatrice.

— Preciso que se vista para o baile agora — falou ela. — E rápido.

— Você perdeu a cabeça? Eu deveria estar procurando Bea, não me exibindo no baile — afirmou ele em um tom sério, e Ivory suspeitou que ele provavelmente era muito bom em dar ordens à tripulação.

Pena que ela não era uma marinheira.

— E você vai, mas não agora — respondeu, tomando cuidado para manter o tom de voz firme.

— Você acha que tenho um pouco de culpa nesta história, não é?

— Como já disse, não estou aqui para formar opiniões sobre a situação ou as pessoas envolvidas, Sua Graça. Estou aqui para garantir que sua irmã retorne para casa em segurança. E, para isso, preciso da sua confiança.

O duque passou a mão pelo cabelo, criando uma sombra impenetrável no rosto. No entanto, Ivory não precisava ver suas feições para saber que expressavam uma extrema indecisão.

Ela deu um passo à frente e colocou a mão no ombro dele com gentileza. O homem podia ser um controlador arrogante, mas estava claramente preocupado com a irmã. E Ivory precisava de sua total cooperação se quisesse ter êxito na operação.

— Aqui estão os próximos passos do plano: você vai se trocar, descer, cumprimentar os convidados e entretê-los com histórias de sua última viagem. É importante que todos te vejam. Você é a distração perfeita, e sua presença certamente ajudará sua irmã esta noite. No salão de jogos, em algum momento, mencione para pelo menos duas pessoas, mas não mais que quatro, que é uma pena Debarry estar perdendo o jogo por estar se sentindo mal. Em uma hora, peça para um mordomo verificar o estado do conde. Não um criado, um mordomo. Mordomos são muito mais discretos.

Ivory sentiu a tensão dos músculos dele sob os dedos.

— E Bea?

— Deixe-a comigo, pelo menos por enquanto. Agora vamos vesti-lo para o baile. Qual é o seu quarto?

Alderidge abriu e fechou a boca duas vezes antes de finalmente conseguir responder.

— Você já fez o suficiente, srta. Moore.

— Eu direi quando tiver feito o suficiente — garantiu Ivory. — Você pode me dizer qual é o seu quarto ou esperar que eu adivinhe. No entanto, devo lembrá-lo que o tempo não está do nosso lado.

— Não preciso…

Ivory bufou e andou na ponta dos pés até a porta para verificar o corredor, que continuava vazio. O único som era o ruído abafado de música e da multidão no andar de baixo. Silenciosamente, ela saiu do quarto e foi buscar a vasilha que Elise havia deixado do lado de fora da porta de Beatrice, tomando cuidado para não derramar água no tapete.

— Qual quarto, Sua Graça? Vou abrir cada uma das portas, ou você pode simplesmente me dizer qual é.

— Jesus… — Alderidge a seguiu, claramente infeliz. — Este aqui.

Ele passou por ela e foi até o fim do corredor, abrindo a última porta à direita.

O quarto estava escuro, mas não tinha o leve cheiro de mofo que ela esperava de um cômodo fechado havia muito tempo. Embora o local estivesse frio, parecia que a propriedade desfrutava das atenções de funcionários muito eficientes. Ivory fechou a porta e esperou que seus olhos se ajustassem à escuridão, mas o duque acendeu duas lamparinas.

A decoração era básica e dava um ar impessoal. Uma cama com cabeceira espartana estava coberta por uma manta branca e simples. Um guarda-roupa enorme ocupava uma das paredes, enquanto outra continha um lavatório com uma vasilha de porcelana vazia e um pequeno espelho cheval. Ao pé da cama, um baú desgastado era a única indicação de que o lugar era utilizado por alguém.

— Não há uma vestiaria, Sua Graça? — indagou Ivory, caminhando até o lavatório para despejar a água da bacia que carregava antes de ir até o guarda-roupa.

— Seria um desperdício de espaço — respondeu ele, ainda parado perto da lareira vazia e das lamparinas.

— Acredito que essa seria a resposta de qualquer homem que optou por morar num navio, não é mesmo? Por acaso você possui um kit de barbear por aqui?

— Mas é claro.

— Então é melhor começar.

— Está me mandando tirar a barba? Agora?

— Qualquer detalhe que não seja adequado para um baile será lembrado. Comentado. Especulado. Você não pode aparecer como um pirata selvagem e desgrenhado na mesma noite em que vão encontrar um homem morto em um dos seus quartos de hóspede durante um baile.

— Do que você me chamou?

— Não o chamei de nada, apenas comentei sobre sua aparência atual. — Ivory parou antes de vasculhar o guarda-roupa. — Precisa de ajuda para se barbear?

Alderidge ficou boquiaberto.

— *Quê?!*

Pela cara dele, parecia que ela tinha acabado de sugerir um passeio num tapete voador.

— O tempo está passando, Sua Graça. Não sei quantas vezes mais terei que lembrá-lo disso até que entenda que precisa fazer o necessário. Ou você se barbeia e fica apresentável para a sociedade, ou eu o deixarei apresentável.

— Não preciso da sua ajuda. Não quero que chegue perto de mim com uma navalha — resmungou Alderidge, mas pelo menos se mexeu.

Parando na frente do baú, ele abriu as travas e vasculhou o interior com as mãos até encontrar uma bolsinha de couro. Então, foi até o lavatório e começou a tirar os itens para se barbear.

Satisfeita, Ivory voltou-se para o enorme guarda-roupa e teve um péssimo pressentimento.

— Por acaso você tem trajes de baile?

— É claro que sim. Em algum lugar. Aí dentro, talvez?

Por Deus! Ivory abriu as portas centrais e quase desmaiou de alívio quando não se deparou com um enxame de mariposas. As roupas, assim como o quarto, estavam limpas e organizadas, dobradas em prateleiras, como se o duque tivesse ficado fora apenas por duas horas em vez de dois anos. Pelo visto, quando o assunto eram detalhes domésticos, lady Helen comandava a casa com punhos de ferro.

Ivory passou os dedos por uma coleção de camisas de linho bem dobradas, coletes, calças e pantalonas mais formais. As gavetas na parte de baixo revelaram uma série de meias, suspensórios e gravatas passadas, cada uma separada da seguinte por um fino pedaço de tecido. Abrindo a longa porta em um dos cantos do guarda-roupa, ela descobriu uma coleção de paletós separados por função. Fazia muito tempo que não tinha o prazer de escolher um traje para a noite. Para qualquer evento.

O cheiro forte de sabão de barbear tomou o quarto, e Ivory ouviu o leve barulho de água na bacia, seguido pelo raspar da lâmina contra os pelos da barba. Uma leve pontada de melancolia a atingiu, antigas lembranças ressurgindo ao se lembrar do prazer que sentia ao simplesmente observar um homem se barbear. Naquelas memórias, ela ficava sentada na beirada da cama enquanto o marido fazia a própria barba, preferindo na maioria das vezes fazê-lo ele mesmo, como o duque, em vez de pedir ajuda para um criado. Os momentos de privacidade eram sempre cheios de brincadeiras, conversas e risadas.

Mas aqueles momentos eram apenas lembranças. E não tinham lugar no presente.

Deixando a melancolia e as memórias de lado, Ivory escolheu uma camisa, um colete e um fraque. Então, ficou na ponta dos pés e selecionou uma pantalona da prateleira. As roupas eram todas de ótima qualidade e de cores discretas, facilitando a combinação.

— Vou deixar as roupas na cama — afirmou ela.

Ivory havia acabado de colocar o fraque e a camisa em cima da cama quando cometeu o erro de olhar para cima. E então não conseguiu mais tirar os olhos do duque.

Ele havia tirado o colete e a camisa surrados e estava de costas para ela, olhando para o espelho enquanto passava a lâmina sobre a pele. Colocara uma das lamparinas no lavatório para poder enxergar melhor, e a luz criara uma silhueta impressionante, deixando seu torso em relevo. Os músculos de seus braços e ombros se flexionavam cada vez que ele levava a navalha ao rosto, e Ivory viu a força bruta e masculina esculpida nas belas linhas. A coluna de Alderidge criava um vale de sombras que começava sob as pontas das mechas longas de seu cabelo e descia pelos vales das costas, mergulhando no cós da calça.

De repente, era como se Ivory não conseguisse inspirar ar o suficiente, e uma estranha tontura a fez esquecer do que deveria estar fazendo. O duque era deslumbrante, e ela não sabia nem por onde começar a imaginar como seria sentir aquele poder e força sob suas mãos ou entre suas...

— Não estou sendo rápido o suficiente? — perguntou Alderidge em tom irritado.

Horrorizada, Ivory percebeu que ele a observava pelo espelho.

— Está terminando? — indagou ela de volta, fazendo uma força monumental para manter o tom de voz firme.

— Estou — respondeu ele, enquanto pegava a camisa descartada e secava o rosto.

— Ótimo.

Ela colocou as últimas peças de roupa sobre a cama e voltou para o guarda-roupa, sob o pretexto de pegar meias. E, enquanto estivesse escolhendo um par de meias de seda, Ivory tentaria se lembrar de como respirar normalmente.

Jesus. Ela precisava se recompor urgentemente.

— Tire a roupa — ordenou, sem se virar. — Preciso que desça ao baile em dez minutos.

— E eu não preciso que você fique aqui.

Ivory se assustou, pois não havia ouvido o duque se aproximar. Então, virou-se para ficar de frente com o peitoral dele. O peitoral nu, largo e lindo daquele homem.

Ela tropeçou, mas foi segurada por um par de mãos fortes e quentes.

— Eu me visto sozinho desde que tenho 2 anos, srta. Moore. Não preciso de ajuda.

— Parabéns, Sua Graça.

Ivory parecia ter recuperado a sanidade. Ainda bem.

No entanto, ele a encarou com os olhos frios.

— Além disso, a última mulher que ordenou que eu tirasse as roupas também estava nua.

Certamente ele havia dito aquilo para chocá-la, mas o duque não era o primeiro homem a tentar fazer isso. Ivory riu.

— Parabéns de novo, Sua Graça.

Ele cerrou o maxilar quando não ouviu a resposta que queria.

— Se eu soubesse que isso o faria descer para o baile mais rápido, eu já teria tirado minha roupa — comentou ela, xingando internamente seu corpo traidor e a onda de desejo que a dominou ao pensar em ficar nua na frente de Alderidge. — Mas estou certa de que não precisaremos chegar a este ponto.

Ivory levantou a cabeça para encará-lo e viu a expressão de choque no rosto do duque. Flertar era completamente contraprodutivo e imprudente, por mais gostoso que fosse. Era melhor deixá-lo terminar de se arrumar.

— Dez minutos, Sua Graça.

Ela já estava caminhando para a porta quando ele a segurou de novo, virando-a para ele.

— Estou confiando em você, srta. Moore. — Ele a soltou. — Não faça eu me arrepender.

Capítulo 2

Max já havia feito muitas coisas difíceis na vida, mas participar de um baile em sua própria casa, em homenagem à sua irmã desaparecida, certamente estava no topo. Ele foi recebido cordialmente, se não um pouco formalmente, pois não aparecia muito em Londres e, quando o fazia, não era para ir a festas e bailes. Seus irmãos gêmeos, mais velhos, eram muito melhores nisso, especialmente Frederick, que fora preparado desde a infância para se tornar um duque. Max nunca fora muito íntimo deles. Na verdade, mal tivera a oportunidade de conhecê-los, mas daria tudo para ter alguém do seu lado naquele momento.

A srta. Moore está do seu lado, uma voz em sua mente o lembrou.

A srta. Moore não está do meu lado, pensou Max com amargura. *Não exatamente. Ela está do lado de quem estiver pagando. De quem estiver seguindo suas ordens.*

Ele acenou com a cabeça e deu um sorriso vazio para um grupo de mulheres que batiam leques e cílios, sem diminuir o passo.

Pelo menos nenhuma delas se ofereceu para barbeá-lo. Ou escolheu as roupas que ele usaria. O duque havia observado a srta. Moore no espelho, vasculhando o guarda-roupa com autoridade confiante e o escrutínio imparcial de um valete experiente de um cavalheiro. Que tipo de mulher fazia aquilo?

O tipo de mulher que estava acostumada a vestir cadáveres, pensou.

Quem era capaz de vestir cadáveres provavelmente não via muito problema em vestir corpos vivos.

No fim, Max usou exatamente a roupa que ela havia escolhido, porque era mais conveniente, e desceu as escadas exatamente como ela havia instruído. Mas sentia-se atormentando a todo momento por saber que deveria estar procurando Bea. Ele não deveria ficar andando de um lado para o outro como uma criança indefesa ou uma marionete cujas cordas estavam sendo controladas pela insuportável mas tentadora srta. Moore.

O duque ainda estava furioso quando um homem que reconheceu imediatamente como o visconde Stafford entrou em seu caminho, dirigindo-se para a mesa de refrescos. Max teve que diminuir o passo e praguejou internamente. O homem rotundo era um falastrão conhecido, e Max sabia que acabaria sendo sugado em uma conversa cheia de fofocas que não tinha interesse em saber.

— Desculpe — disse Max, antes que o visconde esbarrasse nele.

O visconde olhou para cima com olhos assustados e rosto pálido.

— Peço desculpas, Sua Graça — gaguejou Stafford. — Que linda festa. Lindíssima! Dê meus parabéns a lady Helen. Com sua licença…

O homem assentiu meio torto com a cabeça e saiu apressado.

Max o observou partir e percebeu que precisava relaxar suas feições. A raiva deveria estar estampada em seu rosto, e eventualmente alguém perguntaria em voz alta sobre o que estaria incomodando o duque de Alderidge em meio a um baile.

Por mais que odiasse admitir, a srta. Moore estava certa. O comportamento dele era essencial para a missão.

Max respirou fundo, forçando a mandíbula e o resto dos músculos do rosto a relaxar, curvou os lábios no que esperava ser um sorriso simpático e acenou para que um criado lhe trouxesse uma bebida. Algo mais forte que a limonada e o espumante que sua tia havia escolhido para a festa. Então, foi ao trabalho.

Visitou o salão de jogos, como a srta. Moore o havia instruído, e comentou casualmente sobre a ausência de Debarry o número indicado de vezes. Bebeu com outros nobres e respondeu várias perguntas dos interessados em comércio marítimo, opinando sobre o conflito entre sua companhia e os maratas da Índia Central quando questionado.

Com um sorriso no rosto, fez tudo que a srta. Moore havia ordenado, tentando não verificar constantemente o relógio em seu bolso. O tempo se arrastou. Cada segundo poderia estar marcando o aumento da distância entre ele e Bea. Por que diabo ele havia deixado uma mulher desconhecida tomar as rédeas da situação? O duque nunca permitia que outra pessoa ficasse no comando, odiava não estar no controle. Ela o havia enfeitiçado, ou, pelo menos, seduzido o seu bom senso.

Talvez fosse a calma e a racionalidade que demonstrara em face do que qualquer pessoa sã chamaria de catástrofe. Ele mesmo admitiria que fora pego de surpresa ao entrar no quarto da irmã e se deparar com aquela cena. No entanto, ainda se recusava a acreditar que Bea poderia ter...

Fechou os olhos com força, incapaz até de concluir o pensamento. Da última vez que vira a irmã, ela tinha apenas 16 anos. Seu lindo cabelo loiro estava preso com laços azuis, e as bochechas rechonchudas estavam coradas com a felicidade inocente de alguém que havia sido presenteada com uma concha do mar.

— Não sabia que tinha voltado para Londres, Sua Graça.

O comentário o puxou de volta para o presente. O homem diante dele era familiar, com um cabelo escuro salpicado de fios brancos perto das têmporas e uma pele pálida que contrastava com o traje de baile completamente preto. Ele era baixo, quase não tinha queixo e seus olhos castanho-claros estavam encarando Max com surpresa.

A memória de Max quase falhou, mas ele conseguiu se lembrar do nome.

— Olá, Barlow.

— Fiquei feliz pelo convite, Sua Graça.

Edwin Harper, o conde de Barlow, havia sido amigo de seus irmãos mais velhos. Não era um sujeito muito esperto, se Max bem se lembrava, mas era amigável e benquisto. Havia anos que não se viam.

O duque forçou sua boca a formar o que esperava ser outro sorriso.

— Ah, sim. Na verdade, desembarquei em Londres hoje.

— Ora, seja bem-vindo, então. Sua irmã deve estar muito contente com seu retorno.

Max concordou com a cabeça, relutante em seguir qualquer conversa que fosse sobre a irmã.

— Você não poderia ter retornado em hora melhor — continuou Barlow. — Lady Beatrice certamente vai precisar de você mais do que nunca.

— O que está querendo dizer com isso? — perguntou Max, desconfiado.

Barlow engoliu em seco e deu um passo involuntário para trás.

— Errr, nada de mais, Sua Graça. É que lady Beatrice é uma jovem adorável e todos estão disputando por sua companhia não só esta noite, mas em todos os eventos em que ela participa. Sua irmã certamente receberá muitas ofertas de casamento até o fim da temporada, e acredito que você, como o guardião dela, será essencial na escolha do melhor pretendente.

Max se forçou a respirar. Lógico. Barlow estava apenas falando o óbvio. Bea era linda, refinada e encantadora. Era de se esperar que ela tivesse um bom casamento.

Contanto que ele conseguisse encontrá-la. Contanto que conseguisse explicar um conde morto em sua casa. Contanto que...

— Aliás, se me permite a ousadia, estava me perguntando se Sua Graça poderia me considerar um dos pretendentes.

— Perdão?

Esta era a última conversa que Max queria ter naquele momento.

— Eu gostaria muito de sua permissão para visitar lady Beatrice. Acredito que vamos nos dar muito bem, e adoraria levá-la ao teatro. Na sua companhia, é claro.

Max sequer sabia se deixaria Bea sair de casa depois que ele a encontrasse. Era mais provável que a trancasse em uma torre muito alta com portas de ferro, cercada por um fosso e protegida por um dragão que engolira a chave. O duque certamente não deixaria a irmã fazer nada longe de seu campo de visão.

— Garanti um lugar no cartão de danças dela, mas não consigo encontrá-la... — tagarelou Barlow, aparentemente sem se importar com a falta de resposta de Max.

Aquilo era ridículo. Max estava perdendo um tempo precioso. Ele nunca deveria ter...

Um lampejo de seda verde chamou sua atenção, e ele notou a tia avançando com determinação obstinada através da multidão, em direção às portas altas. O coração de Max disparou. Será que ela tinha ouvido alguma coisa? Bea tinha aparecido?

Sua tia parou ao pé da escadaria e olhou para cima, imóvel. Os olhos do duque seguiram os dela, sem se importar com as pessoas que passavam por ele enquanto circulavam pelo salão.

Bea!

— Estou vendo minha irmã agora mesmo — disse ele para Barlow.

— Está? — questionou o conde, claramente surpreso.

— Se me der licença...

Max deixou o homem ali, boquiaberto, e já estava na metade do caminho até a escadaria quando percebeu que havia algo errado. Bea estava longe da multidão que se aglomerava abaixo dela, sendo possível enxergar apenas seu vestido bordado e o cabelo loiro. Havia uma criada ao seu lado, com o cabelo castanho bem preso sob um lenço, e ela o observava.

Era a srta. Moore, percebeu ele, sentindo uma onda de decepção ao lembrar das instruções que ela havia dado à tia. E a loira ao lado dela era sua colega de trabalho, a srta. DeVries, fingindo ser Beatrice. Seja lá o que aquilo fosse, certamente fazia parte do plano. Max viu tia Helen se esforçando para subir os degraus, de repente parecendo ter todos os anos de sua idade avançada, e sentiu uma pontada de pena e arrependimento. Aquela mulher havia se tornado responsável por Bea após a morte dos pais deles. Na época, Max estava oceanos longe de Londres e já havia decidido os rumos da própria vida.

Ele alcançou a tia e a tocou no braço.

— Por favor, tia Helen, espere aqui. Deixe-me cuidar disso.

Ela hesitou, com uma expressão desconfiada, mas a exaustão física e emocional venceu, então acabou assentindo, apoiando-se no corrimão.

Max começou a subir a escadaria, bem à vista de todos os convidados no salão. De repente, deu-se conta de que aquela deveria ser a intenção, então demorou a subir os últimos três degraus.

— Lady Beatrice lamenta em informar que está sofrendo de dores femininas e, por isso, gostaria de se recolher por esta noite — falou a srta. Moore quando ele se aproximou.

A mulher que interpretava Bea levou a mão à testa, como se uma dor de cabeça a incomodasse, e colocou a outra mão sobre a barriga.

Max aproximou-se da srta. DeVries, com seu vestido emprestado e a peruca loira, como se estivesse em uma conversa profunda com a mulher que mais tarde todos acreditariam ser sua irmã.

— Então ela deveria se recolher imediatamente.

A srta. Moore manteve o rosto impassível.

— De fato. Por favor, peço que identifique os maiores fofoqueiros presentes e repasse o pedido de desculpa de Bea diretamente a eles. — Ela deu uma olhada nas pessoas no térreo. — Quando seu mordomo fizer a descoberta infeliz, será o fim do seu baile.

— Graças a Deus.

— Caso alguém pergunte, sua irmã e a criada dela partiram antes do amanhecer. A morte é sempre algo angustiante, um assunto que qualquer irmão responsável ou tia carinhosa desejaria que Beatrice, tão jovem, não tivesse contato. Confio em você e em sua tia para dar as devidas explicações.

— Claro.

— No entanto, Mary realmente deve ser tirada de cena. Ela é muito volátil para ficar perto de outros funcionários sem deixar algo escapar.

Max encarou a mulher. O que raios ela estava sugerindo?

— Ora, por Deus, não vou jogá-la no rio Tâmisa, se é isso que está pensando — disse a srta. Moore, em tom irritado.

— Eu não estava pensando isso — mentiu Max.

— Nunca deixo corpos onde eles podem ser encontrados. Prefiro enterrá-los.

Max sentiu o sangue esvair de seu rosto.

— É brincadeira.

— Não. Achei. Graça. — Ele mal conseguia pronunciar as palavras.

— Desculpe-me.

— Você não está arrependida.

— É verdade, não estou. — A srta. Moore inclinou um pouco a cabeça. — Você parecia uma corda de violino prestes a arrebentar, Sua Graça. Eu estava tentando amenizar o clima com humor. Ainda precisa retornar para o baile e para seus convidados.

Max respirou fundo.

— Direi que minha cara feia é porque tive que conversar sobre dores femininas — falou ele entredentes.

— Seria um motivo razoável.

Max queria gritar que não, não seria um motivo razoável. Nada daquela noite estava sendo *razoável*.

— Sua tia sabe onde fica nosso escritório — disse ela. — Até que tudo esteja resolvido, estarei disponível a qualquer hora.

Antes que ele pudesse responder, ela já estava se afastando.

— Para onde está indo?

A srta. Moore parou e virou-se para ele.

— Fazer o meu trabalho.

Capítulo 3

O DIA ESTAVA AMEAÇANDO nascer quando Ivory voltou para Covent Square. A praça, distante de sua glória do passado, nunca ficava deserta, sendo ocupada principalmente por atores, músicos e outros artistas, de todo tipo de variedade e intimidade. As varandas e os cafés viviam lotados, assim como a feira que começava na igreja de Saint Paul. Mas o constante fluxo de gente era bom para Ivory. Ela tinha horários extremamente irregulares, assim como a maioria dos residentes da praça, e suas idas e vindas ficavam invisíveis no meio de tantas pessoas, o que sempre era útil.

Sem ser notada, ela entrou em casa e trancou a porta atrás de si. Passando pela cozinha, serviu-se de um pouco de comida fria e foi para o escritório. Uma hora depois, levantou-se da escrivaninha e se espreguiçou antes de se aproximar da lareira, onde ardia um fogo reluzente, esfregando as mãos geladas.

A missão de dar um jeito no corpo do conde de Debarry tinha corrido tão bem quanto o esperado, pensou ela com certa satisfação. Aristocratas mortos em camas nas quais não deveriam estar eram sempre casos complicados. Esse tipo de situação demandava explicações sem qualquer possibilidade de furos e, infelizmente, em geral isso exigia o envolvimento de um civil.

Como o duque de Alderidge.

Ivory sentiu outro arrepio percorrer seu corpo apenas por pensar no homem. Não havia sentido em negar que estava fisicamente atraída por aquele capitão que se tornara duque, e havia pouco que pudesse fazer sobre isso. No entanto, estava confiante de que tal atração passageira, como tudo na vida, acabaria indo embora. O que Ivory podia fazer, enquanto isso, era manter o duque de Alderidge a uma distância segura até que lady Beatrice fosse localizada, o conde de Debarry enterrado e esquecido e quaisquer complicações residuais que ameaçassem a um escândalo sumariamente extintas.

— Acomodei a criada no quarto do canto lá em cima — falou Elise enquanto entrava no escritório e parava ao lado de Ivory diante da lareira. — Dei um dos meus calmantes para ajudá-la a dormir.

Ivory olhou para Elise de soslaio. Os calmantes dela eram fortes o suficiente para derrubar um rinoceronte por metade de um dia. O que era ótimo.

— Ela conseguiu notar se algo desapareceu do quarto da lady Beatrice?

— Qualquer coisa que indicasse que a moça fez as malas e saiu de Londres? Não — respondeu Elise, balançando a cabeça. — Segundo Mary, estava tudo lá, com exceção da capa de lady Beatrice. Todas as joias dela ainda estavam no quarto. Tinha muita coisa cara, coisas que poderiam facilmente ser penhoradas.

— Então Beatrice não deve ter ido muito longe.

— Não só de camisola e sem dinheiro — zombou Elise.

— Hummm.

Parece que não seria tão difícil encontrá-la.

— O que você descobriu sobre o duque? — indagou Elise.

Ivory voltou para a escrivaninha e olhou para uma pasta aberta.

— Nascido em abril de 1789. Terceiro filho dos antigos duque e duquesa de Alderidge. Cinco anos mais novo que os irmãos Frederick e Peter, gêmeos. Aqui diz que ele ingressou na Marinha com 13 anos, tornando-se aspirante com 16 e tenente com 21. Deixou a Marinha após herdar o título.

— Para fazer o quê? — questionou Elise. — Ele certamente não estava em Londres todos esses anos cuidando do ducado.

— Parece que ele comprou alguns navios. *Afrodite*, *Calipso* e *Odisseia*. Todos da Companhia das Índias Orientais. Ele capitaneia o *Odisseia* e faz as rotas entre Inglaterra e Índia. — Ivory pegou um papel. — Ah, para a China também.

— O duque de Alderidge trabalha para a Companhia das Índias Orientais? — falou Elise em tom de descrença. — Por que raios um aristocrata faria isso?

Ivory deu de ombros.

— Ele também investiu muito na companhia, o que o tornou mais rico que Creso, mas não sei por que ele prefere capitanear os navios. — Era uma questão intrigante. Por que um duque preferiria se arriscar em alto-mar a aproveitar uma vida cheia de vantagens? Ela colocou o papel de anotações na pasta. — No entanto, isso pode ser útil.

— É verdade. Depois de acharmos lady Beatrice, ela pode ser enviada para a Índia para se casar com um oficial britânico de título — sugeriu Elise, enrolando no dedo um cacho de seu cabelo escuro. — As fofocas não conseguem chegar tão longe pelos mares.

Ivory concordou.

— Já anotei isso como uma opção viável a ser apresentada para o duque.

Ela duvidava que o homem concordaria com a ideia, mas Ivory conseguia ser muito persuasiva quando necessário. Tudo dependeria do quão rápido conseguiriam encontrar a moça.

— Até que o duque lidou bem com a situação — comentou Elise. — Depois de superar o choque inicial, claro.

— Podemos dizer o mesmo de lady Helen.

— Ah, sim, mas lady Helen não ajudou a vestir um defunto — disse Elise em tom divertido.

— É verdade, mas o duque foi um cavalheiro — apontou Ivory.

— Ele pode ser muitas coisas, mas cavalheiro não é uma delas — afirmou Elise, encarando Ivory com os olhos castanhos.

Ivory ignorou outro arrepio que percorreu sua coluna e fez cara feia para a colega. Mas, se a cara feia era para a frase de Elise ou para a reação de seu corpo, não sabia dizer.

— Ora, não me olhe assim — repreendeu Elise, aproximando-se de Ivory na escrivaninha. — Não falei que ele é um canalha, apenas que não é um cavalheiro. Ele não parece seguir as regras da sociedade, mas sim ser um homem de ação que é capaz de fazer o que for necessário para conseguir o que deseja.

— E você sabe disso só de trocar três palavras com ele? — ironizou Ivory, fingindo indiferença.

— *Non, chérie* — respondeu Elise com malícia, em um francês sugestivo. — Eu sei disso pelo jeito que você olhou para ele.

Ivory se afastou da escrivaninha e voltou para perto da lareira. Elise era sua parceira havia anos, então seria tolice negar.

— O duque de Alderidge é um cliente — lembrou Ivory. — Eu nunca me envolvo com clientes.

Atrás dela, Elise emitiu um som.

— O duque de Alderidge é um homem. E, assim que encontrarmos a irmã libertina, ele não será mais um cliente.

— Exato. Voltará a ser um capitão na Índia. Ou na China.

Elise suspirou em derrota de forma dramática.

— Seria muito bom para você, sabia? Knightley não ia querer que você aderisse ao celibato. Seu marido, que Deus o tenha, gostaria que você vivesse. Qual foi a última vez que...

— Não vamos ter essa conversa.

— Está bem, está bem. — Ivory ouviu o barulho de folhas de papel. — Mais alguma coisa de interessante sobre o duque e sua família nas anotações de Knightley? E a tia dele?

Aliviada por Elise ter desistido de falar sobre sua vida íntima, ou falta de uma, Ivory virou-se para encarar a colega de trabalho.

— Lady Helen nunca foi casada e morou a vida inteira na casa do irmão, que agora é dos sobrinhos. Ela coleciona caixinhas de joias e faz parte da Sociedade da Orquídea Púrpura Rara.

— Emocionante... — disse Elise. — E o restante da família?

— Nada que chame a atenção. Nenhuma dívida grande, seja por apostas ou outra coisa, nenhum duelo, ou pelo menos nenhum que tenha tido testemunhas, nenhum tipo de vício por parte do antigo duque ou de seus filhos mais velhos... O gêmeo chamado Frederick teve uma amante por cerca de dois anos, mas se separaram em bons termos. O nome dela era Loretta alguma coisa... — Ivory tentou se lembrar do nome que havia anotado ao lado do de Frederick. — Ludwig. Ela se chamava Loretta Ludwig.

— Ah, eu sei quem é! — comentou Elise. — Ela fazia peças no antigo Drury, antes do incêndio. É muito talentosa, mas está um pouco velha hoje em dia e não consegue muitos trabalhos. — Elise fez uma pausa. — Isso é tudo?

— Pois é. A família parece bem tediosa, pelo menos no papel...

— Até a irmãzinha do duque decidir amarrar um conde em sua cama. E fugir quando ele morreu.

— *Tsc.* Apenas conjecturas, srta. DeVries — lembrou-a Ivory, mesmo que as evidências apontassem exatamente para essa conclusão.

No entanto, era responsabilidade dela encontrar fatos, pois conjecturas eram perigosas.

Elise revirou os olhos.

— Não se esqueça de que também tenho um arquivo de Debarry — continuou Ivory. — Uma pasta cheia de casos sexuais nada discretos e de todos os tipos, imagináveis ou não. Um clássico Don Juan. Talvez ele tenha se envolvido com a esposa de um homem poderoso...

— E então esse homem achou que a melhor vingança era amarrá-lo à cama de uma debutante? — questionou Elise com escárnio. — Isso não serviria de nada, exceto dar aos fofoqueiros algo para falar por um ou dois dias.

— Talvez a pessoa estivesse esperando que o duque o matasse, que fizesse o trabalho sujo — refletiu Ivory, embora nem mesmo ela acreditasse na teoria.

— Mas ninguém, incluindo o próprio duque, sabia que ele estaria em Londres ontem à noite. — Elise balançou a cabeça. — Não, você está pensando demais nisso. Este é um caso simples de sexo e morte. Não é nada diferente daquele bispo velho que tiramos da cama de uma certa baronesa no mês passado.

— Você deve estar certa. — Ivory apertou os lábios. Ainda sentia como se estivesse deixando algo passar. — Mas eu gostaria que você falasse com seu irmão. Debarry, sem dúvida, já frequentou o clube de jogos de Alex no passado. Peça para ele descobrir o que puder. Qualquer briga, qualquer coisa fora do comum. Veja se o nome de lady Beatrice ou de Sua Graça foram mencionados recentemente em algum círculo em que Debarry frequentava. É melhor termos garantias.

Elise assentiu e olhou para o relógio sobre a lareira, e então para o raio matutino que batia nas cortinas.

— Ele ainda está acordado. Vou agora.

— Obrigada — agradeceu Ivory, e observou Elise sair do escritório.

Ela escorou os cotovelos na mesa e apoiou o queixo na mão. O silêncio caiu, interrompido apenas pelo som de um carvão estalando na lareira, e só serviu para lembrá-la de como ela era solitária. Ivory estendeu a outra mão e passou os dedos pelas páginas da caligrafia familiar e elegante. Era em momentos como aquele que mais sentia falta do marido. Knightley tinha sido muito mais que um mentor e um amigo insubstituível...

— Srta. Moore? — chamou uma voz, seguida de uma batida na porta.

Ivory olhou para cima e viu um menino em pé ao lado do batente.

— Pois não, Roderick?

Ela reprimiu um sorriso e manteve o rosto devidamente sério. Tais ares de superioridade geralmente eram vistos em mordomos, e não em meninos de 7 anos.

— O duque de Alderidge está aqui.

Ivory sentiu um frio na barriga, mas ignorou a sensação sem piedade.

— Obrigada, Roderick. Leve Sua Graça para a sala de estar, por favor. Vou em um instante.

— Está bem, srta. Moore.

Roddy virou-se, e Ivory não conseguiu conter um sorriso ao ver um redemoinho de fios espetados de cabelo onde terminava o topete do menino.

Ela juntou os papéis com anotações espalhados em sua mesa, devolveu-os com cuidado para a pasta e a guardou na prateleira, entre centenas de outras. Registros que o falecido marido mantivera por anos, e que ela havia expandido durante e depois do casamento. Registros que continham detalhes pessoais, segredos e escândalos de quase todas as famílias proeminentes da alta sociedade de Londres.

Muitas pessoas haviam pedido ajuda ao marido dela. Por ser um duque muito poderoso, Knightley conseguia manipular cada parte da sociedade, da indústria e do governo. Todo duque ocasionalmente mexia pauzinhos a seu favor ou para aqueles que gostava, era uma conveniente consequência da posição. Ele se autodenominava um "reparador de problemas irreparáveis" e encarava o trabalho com uma seriedade e profissionalismo que deixavam Ivory impressionada. Knightley sempre dizia que o divertia levar uma justiça discreta àqueles que mereciam, assim como ajudar quem era digno.

Fora, inclusive, a habilidade de Ivory em manipular homens que primeiro havia chamado a atenção do duque de Knightley. Não sua beleza, nem sua voz, embora ele adorasse quando ela cantava para ele. Quando a pediu em casamento, disse que fora a astúcia dela que tanto o encantou. Como cantora, Ivory havia navegado pelo mundo espinhoso das casas de ópera e dos palcos privados da Europa, e sua sobrevivência dependera apenas de sua inteligência e desenvoltura.

Assim como agora.

Quando estava vivo, seu marido havia trocado suas habilidades por favores futuros, mas, após sua morte, Ivory não tinha mais esse luxo. Em vez disso, começou a trocar as habilidades que tinha, as habilidades que o duque de Knightley a ajudara a aprimorar, por dinheiro. E muito dinheiro.

Porque Ivory Moore era muito boa no que fazia.

Ela passou os dedos pelas lombadas das pastas que contribuíram para a criação da D'Aqueus & Associados. Satisfeita com tudo em seu devido lugar, foi até um canto da sala e apoiou seu peso contra uma pesada divisória de madeira. Com um leve rangido, a estante de madeira ornamentada deslizou suavemente de volta ao lugar, escondendo a vasta coleção de pastas e apresentando aos desatentos uma bela coleção de livros de poesia e compêndios de jardinagem.

Ivory saiu do escritório e fechou a porta. Todo cuidado era pouco quando o assunto era segredos.

Capítulo 4

O DUQUE ANDOU DE um lado para o outro na sala de estar enquanto esperava, dividido entre impaciência e preocupação. O corpo do conde fora levado de sua casa havia menos de uma hora, e Max quase escalara as paredes enquanto esperava todos irem embora. Despedira-se da tia acomodando-a em seus aposentos com uma xícara de chá de verbena, que ela insistia ser útil para acalmar os nervos, e prometera encontrar Beatrice. Então partiu, antes do amanhecer, armado apenas com uma lista de nomes que a tia lhe dera de jovens que sua irmã considerava amigas. Ele não conhecia nenhuma delas.

Certamente não o suficiente para saber se alguma estaria disposta a se tornar cúmplice do que quer que tivesse acontecido nos aposentos de Bea. Foi até um dos endereços e observou a casa escura e o quarteirão silencioso, sendo tomado por uma sensação de frustração e impotência. Não podia simplesmente sair batendo na porta dos outros, por mais que quisesse.

Ele enfim desistiu quando um guarda virou em sua direção, percebendo que não sabia o que fazer a seguir. Deu-se conta de que não sabia nada sobre a vida da irmã. Não tinha ideia de quais eram suas lojas favoritas, os jardins ou parques que mais gostava de frequentar, ou para quem ela poderia pedir ajuda, mas ignorou a voz em sua cabeça que dizia que ele deveria saber de tudo aquilo. Ele deveria ter estado presente quando Bea precisou de ajuda.

Max encolheu os ombros no casaco, protegendo-se do frio, e enfiou as mãos nos bolsos. Seus dedos roçaram na superfície lisa de um pequeno cartão e ele o puxou, inclinando-o na direção da luz fraca dos postes.

Os dizeres "D'Aqueus & Associados" estavam escritos em uma fonte simples, sem floreios ou exageros. O nome não dava informação alguma sobre os serviços que a empresa prestava. Podia ser uma empresa de advogados ou de padeiros, se ele já não soubesse com o que trabalhavam. Ele virou o cartão e encontrou um endereço na mesma fonte simples.

E então, quando o sol finalmente despontou no horizonte, o duque se viu parado diante de uma casa que parecia já ter tido seus dias de glória, perguntando-se o que diabo estava fazendo ali.

Ele levantou a mão para tocar na velha aldrava de latão, mas a porta se abriu antes que ele tivesse a chance. Então, foi saudado pelo nome por um menino que o tratou como se sua chegada fosse esperada. Max olhou para as janelas antigas e vazias e se perguntou por quanto tempo ele estivera sendo observado antes de subir os pequenos degraus rachados de pedra que conduziam à porta. Ele seguiu o menino até o interior da casa, esperando atravessar um cortiço, imaginando que encontraria os cômodos velhos da casa senhorial cheios de divisórias e de pessoas lutando para sobreviver.

Em vez disso, foi recebido por silêncio e um leve cheiro de polidor de madeira. Ele tentou não ficar boquiaberto com o ambiente, mas, dada a grandeza do passado cuidadosamente restaurada nos móveis e decorações, era como se tivesse voltado para outro século. A casa não era como os opulentos sobrados de St. James ou Grosvenor Square, abarrotados de decorações e objetos para mostrar ostentação e riqueza ao visitante. Pelo contrário: era grandiosa pela mistura de bom gosto com praticidade.

Max foi conduzido até uma sala de estar decorada em tons discretos de azul e iluminada pelo brilho pálido da luz do sol nascente, que passava timidamente pelas janelas com cortinas abertas.

— Espere aqui — instruiu o menino, antes de desaparecer pelo corredor.

O duque circulou pela sala e viu um relógio alto perto da janela. Distraído, ele se aproximou, notando o polimento brilhante da madeira de pereira incrustada com ébano. A parte superior do relógio era um relevo de latão da caçadora Diana, acompanhada de cães e falcões e do admirador Apolo. Certamente custara uma fortuna.

Os olhos de Max percorreram os móveis, registrando as madeiras exóticas, realçadas por belos tecidos brocados. Um pianoforte descansava contra a parede perto da janela, sua qualidade óbvia nas linhas fluidas. Uma estante alta e estreita quase tocava o teto, exibindo uma coleção de volumes caros e encadernados em couro dispostos em linhas organizadas nas prateleiras.

Max voltou a olhar para o relógio e franziu a testa para a imagem de Apolo, que olhava para a feroz caçadora. Havia uma pergunta crítica a que ele não conseguia responder: quem era a srta. Moore? Ela falava como uma dama. Seu endereço era o de uma cortesã. Seus móveis eram os de uma princesa. Sua ocupação era a de uma trapaceira. Ou pior.

— Bom dia, Sua Graça.

Max girou nos calcanhares para encontrar a srta. Moore parada na porta da sala de estar.

Ela realmente estava falando a verdade quando disse que estaria disponível a qualquer momento. Se ficou surpresa ao vê-lo naquela hora inapropriada para se fazer uma visita, não demonstrou. Tampouco parecia uma mulher que passara a noite acordada. Ela usava outro vestido simples de lã cinza, feito para ser útil e imperceptível, ou pelo menos era o que Max suspeitava. O cabelo grosso estava trançado e preso, e, à primeira vista, ela poderia parecer uma governanta, a esposa de um comerciante ou qualquer uma das inúmeras mulheres que circulavam diariamente por Londres. Não fosse, claro, por sua beleza incomum. Nenhum homem com sangue correndo pelas veias seria capaz de ignorá-la. Aquela mulher evocava imagens de noites sensuais e desejos secretos.

A srta. Moore entrou na sala e fechou a porta.

— Gostou da decoração?

— Oi?

— Você estava examinando o relógio.

— Eu estava verificando a hora — respondeu ele, na defensiva.

— Ah, sim.

A expressão da srta. Moore era indecifrável.

— Meu pai tinha um relógio do Edward East parecido com este no escritório. Foi um presente.

Max não fazia ideia do porquê estava contando um detalhe tão fútil de sua vida para aquela mulher.

Ela olhava para a deusa Diana com certa melancolia, em meio a seus cães e falcões.

— Este relógio também foi um presente.

— Para você?

Que coisa incomum de se dar como presente para uma dama, pensou Max. Mas também não era como se houvesse algo comum sobre a srta. Moore.

— Sim.

— De quem?

Srta. Moore voltou seus olhos escuros em direção ao duque e o analisou.

— Do meu marido.

Max sentiu uma pontada de decepção inesperada, mas decidiu ignorá-la. Ela era casada? Bem, aquilo era um tanto surpreendente, já que ela havia se apresentado como *senhorita* Moore. Mas, considerando o que a mulher fizera na noite anterior, não devia ser uma surpresa se o nome que havia dado fosse falso. Será que o marido dela era o tal D'Aqueus?

— E onde está seu marido agora? Posso falar com ele?

— Meu marido faleceu há cinco anos — informou ela, e a melancolia que ele pensou ter visto antes ficou evidente.

— Ah... — Max sentiu uma onda de alívio e ficou horrorizado consigo mesmo. Ele ia realmente admitir que estava feliz por aquela mulher ser viúva? — Sinto muito.

Por sua perda e por meus pensamentos terríveis.

A srta. Moore respirou fundo.

— Obrigada.

— Seu marido tinha bom gosto.

Ela arqueou uma sobrancelha.

— O relógio. É lindo — esclareceu ele.

Assim como você. Seu marido era um homem de muita sorte.

Max se mexeu desconfortavelmente, sem saber de onde vinham aqueles pensamentos. A srta. Moore voltou a olhar o relógio.

— Meu marido disse que eu o lembrava de Diana — falou ela tão baixinho que o duque quase não ouviu.

Depois do que havia testemunhado a mulher fazer, Max estava muito inclinado a concordar com o falecido esposo dela.

— Os clientes da D'Aqueus, nas raríssimas ocasiões em que têm motivos para vir aqui, costumam ficar mais confortáveis quando estão em ambientes familiares — explicou a srta. Moore, retomando o tom de negócios. — Aceita um chá, Sua Graça? — Ela olhou para o relógio alto como se considerasse a hora em sua escolha de bebidas. — Ou talvez algo mais forte? — E olhou para uma fileira de decantadores de cristal em uma mesinha.

Max pigarreou e se obrigou a focar.

— Não, obrigado.

Ele precisou lembrar a si mesmo que não havia ido até ali para socializar e ficar atônito com o belo mistério que era a srta. Moore. Estava ali para encontrar a irmã.

— Roderick não perguntou se você queria guardar o casaco?

Max pensou no menino que o guiara até a sala de estar. Ele conhecia bem aquele tipo, também tinha recrutado dois garotos assim, com dedinhos espertos, para trabalhar como ajudantes de médicos e atiradores em suas tripulações. Era incrível seu relógio de bolso não ter sumido no caminho entre a porta da frente e a sala.

— Ele ofereceu, mas eu recusei. Gosto do meu casaco e das coisas que estão nele.

A srta. Moore apertou um pouco os lábios, mas não mordeu a isca. Em vez disso, foi até ele.

— Em que posso ajudar, Sua Graça?

Como se o duque tivesse ido pedir ajuda para encontrar um broche perdido.

— Gostaria de falar diretamente com o sr. D'Aqueus. Ele está disponível?

— Temo que não. — A srta. Moore balançou a cabeça ligeiramente, seus olhos escuros revelando um leve arrependimento. — Como já disse a lady Helen, cuidarei do seu caso pessoalmente. Você é livre para encerrar nossa parceria a qualquer momento, é claro, embora não aconselhe o senhor a fazer isso agora.

Max não tinha certeza se considerava aquilo uma parceria. Uma parceria era algo em que duas pessoas compartilhavam os planos, o trabalho e as recompensas. Entretanto, ele se via à deriva no meio do oceano, agarrado a um bote salva-vidas, e a única chance de resgate era a mulher parada à sua frente.

Max passou a mão pelo cabelo em um tique nervoso.

— Bea ainda não voltou.

A srta. Moore indicou um longo sofá e sentou-se graciosamente na cadeira estofada diante dele.

— Sente-se, por favor.

— Prefiro ficar de pé.

Max sentia que sairia do próprio corpo se sentasse. O sentimento de impotência era uma tortura extrema. A mulher deu de ombros; um gesto de aceitação e resignação.

— Você está certo, infelizmente. Eu saberia se lady Beatrice tivesse aparecido em sua casa.

Max a encarou.

— Deixei um homem vigiando a propriedade — explicou ela. — Não podíamos arriscar que o retorno não planejado da sua irmã fosse testemunhado por criados ou outros convidados antes que ela pudesse ser interceptada e instruída sobre o que deveria fazer e falar.

— Você colocou um homem para vigiar minha casa?

— Dois, na verdade. E mandei outros vigiarem várias outras casas — informou a srta. Moore. — Sua tia me deu uma lista das amigas mais próximas de lady Beatrice. Pessoas a quem ela poderia pedir ajuda. Mandei vigiar a casa de todas. Você será o primeiro a ser notificado se eu souber de alguma coisa.

— Não vi ninguém.

Ela sorriu levemente.

— E não era para ver, Sua Graça.

Aquela mulher estava dois passos à frente dele.

— Se pensa que vou ficar em casa esperando notícias suas, está redondamente enganada.

A srta. Moore se levantou e foi até a janela para ficar sob a luz do sol da manhã. Os raios faziam sua pele reluzir e esculpiam sombras nos contornos de seu rosto forte.

— Não preciso da sua ajuda.

— Para ser sincero, srta. Moore, não me importo com o que você precisa ou não. Minha irmã é minha responsabilidade. Farei o que for preciso.

— Hummm. Creio que a descoberta do corpo de Debarry ocorreu sem problema algum, certo?

— Não tenho muita experiência em encenar mortes, srta. Moore. Não sei dizer se tudo ocorreu bem ou não.

Ela olhou fixamente para ele.

— Alguém falou em "assassinato" ou "veneno"?

— Não.

— Alguém mencionou o nome de lady Beatrice?

— Também não.

— O médico convocado atestou que Debarry morreu de causas naturais?

— Foi isso mesmo que ele disse, graças aos céus. E foi bem incisivo.

A srta. Moore lançou-lhe um olhar irônico.

— É mesmo?

— Isso não teve nada a ver com os céus, não é?

— Bem, desconfio que os santos andam muito ocupados hoje em dia. Faço o que posso para tirar fardos dos ombros celestiais e colocá--los em ombros mais terrenos. E daqueles que aceitam moedas e não fazem perguntas estúpidas.

— Você contratou o médico…

— Claro que contratei. E fico feliz que tudo tenha corrido bem. Mas, para deixar claro, Sua Graça, o meu médico me comunicou que todos os sinais apontavam para um ataque cardíaco, ou talvez uma apoplexia, como causa da morte.

Ela deu outro meio-sorriso e voltou-se para a janela, traçando o lábio inferior com o dedo.

Max estava tentando se concentrar no que a srta. Moore estava dizendo, mas o deslizar daquele dedo contra os lábios rosados, macios e volumosos era uma distração imensurável. Por um momento de insanidade, perguntou-se o que ela faria se ele substituísse aquele dedo pela própria boca.

— Mary, a empregada de lady Beatrice, tem um irmão que trabalha na cozinha do conde de Covistan. O menino é a única família que ela tem, e ela é extremamente dedicada a ele.

A atenção de Max ainda estava nos lábios da srta. Moore, e demorou um tempo até que as palavras dela chegassem à sua mente e ele erguesse os olhos.

— E?

Um par de olhos escuros o encarou com o que pareceu ser uma leve decepção.

— Poder de barganha — disse o duque, enojado consigo mesmo por permitir que uma distração tão insignificante atrapalhasse seu raciocínio. Devia ser a exaustão.

— Exato. — A decepção desapareceu dos olhos escuros. — A única outra testemunha desse incidente é Mary, atualmente alojada no andar de cima. Tenho um contato em Kent que providenciará um novo e bom emprego para ela. Ela partirá esta tarde. Enquanto isso, você arranjará um patrocínio anônimo que permitirá que o irmão dela frequente uma boa escola e receba a educação à qual, se não fosse por esta situação, nunca teria acesso. É melhor evitar os esnobes da elite que frequentam Harrow e Eton, mas há uma boa escola em Kent que é adequada e permitirá que os dois se vejam com frequência. Explicaremos para Mary que o patrocínio ao irmão durará tanto quanto o silêncio dela sobre o assunto. Não prevejo problemas. — Ela arqueou uma sobrancelha. — E você?

— Também não.

— Excelente.

A srta. Moore abriu um pequeno sorriso e voltou-se para a janela, deixando Max com a percepção de que ela havia feito mais por sua irmã e sua família em um dia do que ele conseguiria em um mês. Isso se ele fosse capaz de fazer alguma coisa útil. E ela ainda fizera tudo com uma habilidade e confiança que o deixaram aturdido.

— Acho que lhe devo desculpas — falou ele de repente.

A srta. Moore voltou a encará-lo, com a testa um pouco franzia.

— Por quê?

— Fui grosseiro ontem à noite.

— Não precisa se desculpar, Sua Graça. Você se deparou com uma situação difícil, que a maioria dos homens, aliás, a maioria dos *irmãos*, acharia inaceitável. Sua reação era previsível.

Desta vez, foi Max quem franziu a testa. Ele não gostava nada daquele rótulo, e preferia pensar que era mais que simplesmente "previsível".

— Eu fui o terceiro de três meninos, srta. Moore — argumentou, sentindo a necessidade inexplicável de se explicar. — Fui mandado para a escola quando tinha 6 anos de idade e, aos 12, meu pai me enviou uma carta pedindo que eu escolhesse entre a igreja e o serviço militar, como convém a um filho desnecessário em uma família que já tem um herdeiro e um reserva.

Ela o observou em silêncio.

— O que estou querendo dizer é que resolvo meus próprios problemas desde que saí de casa, aos 6 anos. Os meus e os dos outros ao meu redor. Nunca tive que depender de outras pessoas para administrar meus negócios e acho... difícil aceitar que resolvam as coisas por mim.

— Eu entendo. A situação em que sua família se encontra realmente não é fácil. Nada que fizesse poderia ter preparado você da forma adequada para enfrentar esse tipo de problema.

Max não tinha certeza se aquelas palavras o faziam se sentir melhor.

— E agora? O que devemos fazer?

— Você tem alguma amante em Londres, Sua Graça? Ou algum tipo de romance mais casual?

Max piscou em choque.

— Oi?

— Alguma mulher propensa a sentir rancor ou ciúme? Que pode querer criar problemas para você?

— Não tenho amante em lugar nenhum — afirmou ele, surpreso com a pergunta.

— Certo. Seu patrimônio está livre de dívidas e possui... hum, bastante dinheiro e propriedades, mas você, pessoalmente, está em dívida com alguém?

— O quê? Não! E como você sabe...

— Você fez algum inimigo recentemente? Algum jogo de carteado deu errado? Cometeu algum tipo de desfeita? Qualquer coisa? Pense com cuidado.

— O que está querendo dizer com tudo isso, srta. Moore? — exigiu Max.

Fosse lá do que ela o estivesse acusando, o duque não se sentia tão na defensiva desde que um tenente o flagrara com um colega furtando conhaque a bordo aos 14 anos.

— No momento, estou baseando minha estratégia na teoria de que lady Beatrice e Debarry se encontraram no quarto dela para um *affair*. Quando as coisas deram errado, sua irmã fugiu. Mas eu seria negligente se não considerasse outras possibilidades. É possível que o desaparecimento dela não tenha sido, de fato, por vontade própria.

— Claro que não foi por vontade própria! — afirmou Max, ciente de que não tinha certeza de nada. Mas a outra opção, a que envolvia Bea e fitas de seda vermelha, era totalmente insuportável. — Ela deve ter sido levada à força. Sequestrada.

Ele não tinha certeza se havia se convencido desta teoria por completo, e se desprezava por isso.

A srta. Moore deu de ombros de leve, com seu jeito irritantemente casual.

— Acho muito improvável, embora não impossível. Afinal, não havia nada que sugerisse uma luta. No entanto, não descarto a ideia de que ela tenha sido coagida a sair de casa. A cena que encontramos pode ter sido montada, e podem ter ameaçado Beatrice de exposição, a menos que obedecesse.

— Isso. Ameaçada.

Max se agarrou à teoria como um homem em alto-mar faria com uma corda estendida.

— Se esse foi mesmo o caso, então alguém teve bastante trabalho. É provável que a motivação tenha como base ganância, controle ou ciúme do tipo mais íntimo e visceral.

Max percebeu que estava olhando para a srta. Moore novamente, mas não conseguiu evitar. Ela estava lhe explicando tudo com calma e detalhes, da mesma maneira que seus professores faziam quando era jovem. Só que ela não estava falando de geografia, latim ou matemática, e sim de assassinato, extorsão e sexo.

— Além da cena da noite passada, não consigo encontrar nenhuma outra indicação de que Beatrice ou sua tia tiveram, ou ainda têm, um amante. E, se você não tem um caso no momento, só nos resta a motivação por dinheiro. Como duque, possui e controla uma fortuna enorme e um bom grau de poder.

— Você acha que alguém sequestrou Bea para me atingir? Ou para conseguir meu dinheiro?

— Ainda não estou convencida de que alguém sequestrou sua irmã. No entanto, se esse for o caso, digo pela minha experiência que o dinheiro, ou a necessidade dele, pode levar a pessoa mais sã à loucura.

— Se for uma questão de dinheiro, pago o que for preciso para ter Bea de volta — afirmou Max friamente. — E então matarei os desgraçados que ousaram tocar nela.

A srta. Moore não pareceu assustada com as palavras dele.

— Não posso concordar com isso, Sua Graça. Vinganças desse tipo não acabam bem.

— Posso contratar você para limpar a cena e esconder os corpos.

Ela o fitou como se estivesse pesando as palavras do duque.

— Existem maneiras mais eficazes de… ficar quite — falou ela após um tempo. — Se e quando chegar a hora, sugiro que me consulte primeiro. Antes que as coisas fiquem… feias.

Max olhou para ela e seu pulso acelerou, enquanto um arrepio percorreu sua pele por baixo do casaco quente. Uma excitação por… algo percorreu seu peito e desceu por sua coluna. Aprovação? Antecipação? Admiração? Ele não tinha certeza do que fazer com aquela mulher que conhecia havia menos de um dia. Sabia que ela era inteligente e perspicaz, duas coisas bem diferentes. Também era prática, racional, metódica. Engenhosa, focada, destemida. Perigosa. Inferno! Ela seria uma comandante magnífica na Marinha.

A srta. Moore não desviou o olhar e manteve um sorrisinho divertido, como se soubesse cada um dos pensamentos dele e concordasse com todos.

O duque se perguntou se, em algum momento, aquela mulher havia trabalhado como agente da Coroa. Ela certamente aprendera seu ofício em algum lugar.

Um alvoroço repentino perto da porta chamou a atenção dos dois, e um homem comum vestido com roupas de inverno volumosas e banais apareceu na abertura. Ele segurava um menino agitado pelo colarinho com tanta casualidade que parecia haver muita força por baixo de tanta simplicidade.

— Peguei ele tentando entregar um recado na casa de Alderidge — disse o homem, falando com a srta. Moore. — Parece uma hora estranha para se entregar convites, então eu o trouxe aqui imediatamente...

A srta. Moore balançou a cabeça, e o homem, de repente percebendo que havia mais alguém no cômodo, fechou a boca. Ela se mexeu imediatamente.

— Por gentileza, leve-o para a sala matinal e...

— Não! — Max foi mais rápido, chegando antes dela à porta. O menino havia parado de se debater e os observava com cautela. — Se esse rapaz tiver informações sobre... qualquer coisa, eu quero saber.

— Não acho uma boa ideia — afirmou a srta. Moore. — Por favor, Sua Graça, seria melhor eu tratar...

— É isso que seus clientes costumam fazer?

— Perdão?

— Eles esperam em casa até que você lhes envie uma conta e garantias de que qualquer problema foi resolvido?

— Geralmente sim, Sua Graça.

— Bem, pois saiba que isso não acontecerá comigo. Você trabalha para mim, srta. Moore. *Eu* contratei *você*. E eu decido como as coisas vão funcionar.

— Na verdade, trabalho para sua irmã. E não é do interesse dela que o irmão se meta em assuntos que desconhece e atrapalhe tudo.

— Atrapalhar tudo? — As palavras sugeriam inaptidão, e Max nunca, em toda a sua vida, fora acusado disso. — Eu não vou embora. E o seu homem aqui vai descobrir que terá muito mais dificuldade em me arrastar pelo colarinho do que teve com esse menino.

A srta. Moore abriu a boca como se fosse discutir, mas pareceu mudar de ideia. Max observou-a respirar fundo e o encarar com uma expressão que ele só tinha visto em babás lidando com crianças de 3 anos de idade.

— Muito bem, Sua Graça. Vamos fazer do seu jeito.

Max não sabia se ficava aliviado ou insultado.

Ela se virou para o homem na porta.

— O menino está carregando alguma arma?

— Não. A única coisa que ele carregava era isso.

Ele estendeu um papel dobrado, lacrado com uma gota de cera vermelho-ferrugem. "Alderidge" estava escrito na frente, com o endereço do duque.

A srta. Moore pegou o papel e deu um passo para o lado.

— Obrigada. Por favor, deixe o mensageiro conosco — instruiu ela.

O homem empalou Max com um olhar hostil.

— Tem certeza? Posso ficar se você quiser...

— Não é necessário, obrigada. Ficaremos bem.

— Vou esperar lá fora.

— Obrigada.

O homem saiu, fechando a porta atrás de si e deixando o jovem parado na frente de Max.

— Você parece estar morrendo de frio. Por favor, acomode-se perto da lareira — disse Max ao menino, que tinha cruzado os braços sobre o peito em sinal de afronta. Ele tinha talvez 10 anos, embora fosse difícil dizer com as camadas de roupas levemente esfarrapadas e o olhar cauteloso. — Fique tranquilo. Ninguém nesta sala tem qualquer interesse em torturá-lo ou atrapalhar sua vida. — Ele olhou feio para a srta. Moore. — Mas tenho algumas perguntas.

— Não tenho respostas — retrucou o garoto, embora estivesse se aproximando do calor da lareira.

— Veremos — falou Max baixinho. Ele esperou até que o menino estivesse longe o suficiente antes de estender a mão. — Minha mensagem, por gentileza.

A srta. Moore estendeu a carta e Max praticamente a arrancou da mão dela, rompendo o selo e abrindo o papel. Um anel deslizou e caiu silenciosamente no tapete.

Max se abaixou para pegá-lo, sentindo-se afundar no chão.

Ivory observou com um mal pressentimento quando Alderidge se endireitou, o rosto completamente pálido, segurando um pequeno anel de ouro incrustado com uma ametista redonda. Ele fechou o anel na palma da mão e respirou fundo.

Ainda estava furiosa com o duque e suas tentativas de arrancar as rédeas da investigação das mãos dela, mas seu desprazer foi abrandado ao ver a expressão de medo no rosto dele.

— Este anel é de lady Beatrice? — perguntou ela, embora já soubesse a resposta.

— Enviei para minha irmã como presente de aniversário de 16 anos, quando eu estava em Calcutá.

O duque abriu o resto da carta e leu.

— O que diz? — indagou Ivory.

Ele se virou e a encarou com olhos cinza tempestuosos.

— Diz: "Querido Alderidge, estou bem. Por favor, não me procure".

— Só isso? — Ivory franziu a testa e puxou o papel amassado das mãos do duque. A mensagem curta fora escrita com a mesma caligrafia do endereço na parte da frente.

— Devo acreditar nisso? — perguntou o duque.

Ela examinou a carta, estudando a estranha mensagem.

— Reconhece a caligrafia? É mesmo da sua irmã?

Alderidge pegou o papel de volta e o averiguou.

— Sim, é de Beatrice.

— Tem certeza?

— Claro que tenho certeza. Já recebi diversas cartas da minha irmã, conheço a letra dela. — Ele fez uma pausa. — Mas ela nunca me chama de Alderidge. Ela só me chama de Max, o que é bem inapropriado, devo acrescentar. Minha tia fica extremamente irritada.

— Hummm. E o papel em si? Algum tipo de marca?

— Nenhuma.

O duque analisou o outro lado da carta, mas o papel era de qualidade medíocre e sem marcas específicas, do tipo que se comprava em qualquer lugar. Também não havia nenhuma marca na cera que indicasse qualquer pista sobre sua origem.

— Ela nunca me chamaria de Alderidge. Tem algo errado.

— Havia um conde morto na cama dela há poucas horas — Ivory o lembrou em um sussurro.

O duque fez uma careta, mas balançou a cabeça.

— Alguma coisa não está certa.

Ivory não estava convencida de nada. Ela estivera esperando uma nota de extorsão, mas mensagens desse tipo eram normalmente bem detalhadas, com descrições do crime e a quantia necessária para fazer as evidências desaparecerem. Ou reaparecerem, no caso de vítimas de sequestro.

— É possível que tenha sido apenas um erro. Talvez ela tenha usado seu título para que não houvesse chance de a mensagem se extraviar. Parece que está tentando tranquilizá-lo.

— Não estou nada tranquilo. E não vou parar de procurá-la. — Alderidge olhou para Ivory e depois para o menino. — Você já o viu antes?

— Não.

— Então vamos descobrir o que ele sabe. Alguém o pagou para entregar essa mensagem, e eu quero descobrir quem foi. — O duque deu um passo em direção à lareira, e o menino se encolheu de medo.

Ivory disparou na frente dele.

— Não se incomode. Pode deixar que eu vou interrogá-lo.

Alderidge praguejou.

— Não. Eu farei isso, e você pode assistir. — Ele ergueu a mão quando ela fez uma careta. — Ou posso simplesmente demiti-la, se preferir. A escolha é sua.

Ivory fez força para não ceder à vontade de gritar de frustração.

— Que bom que chegamos a um acordo — disse Alderidge.

Ele caminhou até a lareira, apoiou-se no encosto do sofá e analisou o menino. Então relaxou o corpo, como se não tivesse nenhuma preocupação no mundo, embora seus olhos continuassem aguçados.

O garoto se endireitou e se mexeu, visivelmente nervoso.

— Sou o duque de Alderidge — disse o homem em um tom de falsa simpatia. — O bilhete que você entregou em minha casa esta manhã era para mim. Gostaria de saber quem pagou você para entregá-lo.

O menino cruzou os braços sobre o peito novamente e ergueu o queixo.

— Fui pago para me esquecer.

Havia orgulho na declaração, e Ivory ficou surpresa. As ruas de Londres muitas vezes não permitiam o luxo do orgulho.

— Pago mais para você se lembrar.

— Não tenho muito nessa vida, mas tenho honra — disse o menino em tom de desafio. — É parte do meu trabalho.

Ivory arregalou os olhos ao ouvir a resposta audaciosa e observou com atenção o rosto magrelo e as roupas esfarrapadas do jovem.

O duque se desencostou do sofá, e Ivory ficou tensa. Se ele estivesse pensando em fazer alguma coisa…

O menino recuou.

— Você não pode me comprar, como compra tudo e todos na sua vida! Seu engomadinho! Vocês são todos iguais!

Alderidge estudou o menino, e Ivory não conseguia adivinhar no que ele estava pensando.

— Ah, mas é aí que você se engana — disse o duque. — Não sou nada igual aos engomadinhos.

O jovem fez um som de zombaria.

— Eu sou capitão de navios.

Aquilo chamou a atenção do menino, que o olhou com desconfiança, sem saber o que fazer com a informação.

— Você já viu um elefante? — perguntou o duque de repente.

— O que é um *efelante*? — O menino se demorou com as sílabas na boca.

O duque puxou um toco de lápis do bolso e começou a desenhar no verso da carta que ainda tinha na mão.

— É um animal. Maior que o maior cavalo que você já viu. Ele tem uma pele grossa e cinza, e suas orelhas são como dois tapetes enormes. Ele tem um nariz longo e musculoso que quase chega ao chão, e costuma usá-lo para pegar troncos e até pessoas. Um só elefante tem a força de quinhentos homens. No entanto, um único homem pode domá-lo e montá-lo, usá-lo para o trabalho e para a guerra.

— Você tá inventando isso — zombou o menino, mas se aproximou do duque, esticando o pescoço para ver o desenho.

Alderidge guardou o lápis no bolso e passou o esboço para um par de mãos ansiosas e imundas.

— Não estou inventando. — Os olhos do duque encontraram os de Ivory sobre a cabeça do menino, e ela sentiu a força do impacto até seu âmago. — Meus navios vão para muito, muito longe da Inglaterra, e lá tem muitos elefantes. O ajudante do meu carpinteiro, que não era muito mais velho que você quando o contratei, sempre acha um para montar quando vamos para lá.

Ivory observou o menino traçar as linhas escuras no papel com um dedo sujo e uma unha roída, notando a postura combativa dele se esvaindo. Ela apertou os lábios, sabendo exatamente o que o duque estava tentando fazer, porque ela mesma já havia feito aquilo centenas de vezes no passado. Estava tentando criar uma ligação com o garoto, tentando extrair informações ao estabelecer um terreno em comum. Mas ele teria que agir com cuidado…

— Preciso de alguém como você na minha tripulação. Claro, se você estiver interessado.

A cabeça de Ivory se ergueu, mais ou menos na mesma velocidade que a do jovem. O que raios Alderidge pensava que estava fazendo? Não se fazia promessas, nem ameaças, que não pudessem ser cumpridas.

— Já tenho um trabalho.

— De fato. — O duque contemplou o corpo magrelo do garoto. — Pense nisso como um tipo de promoção. Além de um salário, ofereço refeições regulares, uma cama, uma mesada para roupas e um elefante ocasional em troca de muito trabalho duro.

A desconfiança estava estampada no rosto do mensageiro capturado.

— Nunca andei de barco. E não sei nadar.

— Não é necessário saber nadar se estiver fazendo tudo certo — comentou o duque. — Tentamos manter nossos navios na posição vertical o tempo todo.

— Tem piratas?

Alderidge inclinou a cabeça.

— Às vezes. — Ele fez uma pausa. — Você sabe lutar?

O menino deu outra risada zombeteira.

— Ainda não morri, né?

O duque deu um sorriso e cruzou os braços.

— Então o que me diz? Aceita minha oferta?

— Por que eu?

Boa pergunta, pensou Ivory com desgosto. Ela resistiu ao impulso de falar, sabendo que o duque estava muito perto de uma chance de obter informações reais, mas os métodos do homem eram deploráveis. Ela nunca criava esperanças em alguém sem tomar o devido cuidado.

— Por que você? Ora, porque você ainda não morreu, né?

O menino estreitou os olhos.

— Como vou saber que não vai me vender pra Marinha? Eu nem conheço você.

— Porque a Marinha não compra pessoas, ela simplesmente leva você — afirmou Alderidge. — E sabem fazer isso tão bem que suas vítimas muitas vezes acordam quando a visão da terra é apenas uma lembrança boa.

O menino arregalou os olhos.

— Você conhece pessoas que fazem isso?

— Infelizmente, sim. Mas está certo, de fato. Você não me conhece. — Ivory ouviu as palavras que dissera na noite anterior repetidas pelo rico tom de barítono do duque. — Você tem apenas a minha palavra.

— Posso pensar na oferta?

— Não. Preciso da sua resposta agora. Mas escolha sabiamente. Não há espaço entre meus homens para aqueles que não honram seus compromissos incondicionalmente.

Ivory ia matar Alderidge quando tudo aquilo acabasse. Aquela oferta era completamente cruel.

— Tá bom. Eu aceito trabalhar pra você. — O menino fez uma careta. — Mas preciso de umas moedas adiantadas.

— Não funciona assim. Você precisa se apresentar em um endereço. Lá você receberá uma refeição e roupas mais adequadas. Sabe o caminho para as docas das Índias Orientais?

O menino riu.

— O cachorro mija na rua?

— "O cachorro mija na rua, *capitão*?" — corrigiu o duque.

O jovem piscou em surpresa.

— Capitão.

— Excelente! Como membro da minha tripulação, você está agora sob minha proteção, e qualquer um que discordar disso pode se dirigir a mim. Como você se chama?

— Seth.

— Seja bem-vindo.

— Vou ganhar uma espada?

— Ainda não. Você tem uma faca própria?

Seth negou com a cabeça.

Alderidge enfiou a mão no bolso do casaco e tirou um canivete pequeno, simples e útil. Ele o estendeu para o menino, e Ivory ficou tensa. Maldição, ela não tinha o costume de dar armas a estranhos em sua sala de estar, por menores que fossem. A arma ou o estranho.

Seth pegou o canivete, fechou os dedos em torno dele e recuou alguns passos, examinando sua nova posse. Alderidge ainda a estava ignorando.

— Então isso é seu — disse o duque. — Qualquer marinheiro precisa ter uma faca consigo o tempo todo. Pode salvar sua vida ou a vida de um companheiro um dia. Entendido?

— Sim, capitão.

— Ótimo.

Alderidge arqueou uma sobrancelha loira em aprovação antes de puxar o toco de lápis e um caderninho do bolso. Usando o joelho como apoio, ele escreveu algo rapidamente e fez uma pausa antes de anotar algo no verso da folha. Assim que terminou, guardou o lápis no bolso, arrancou a página e entregou a Seth.

— Procure o *Odisseia* — explicou ele. — Quando encontrar, peça para falar com Duncan e dê isso a ele. Ele vai guiá-lo.

O garoto apertou o papel com força e, pela primeira vez, Ivory se perguntou se o duque estava falando sério.

— Agora temos mais um assunto a concluir, que também diz respeito à outra carta que está na sua mão — falou Alderidge. — Entendo que sua honra o impede de me dizer quem lhe pagou para entregá-la, e não vou perguntar de novo, pois admiro seu caráter. Mas essa mesma honra exige que você avise seu empregador atual sobre sua demissão. Como seu capitão, posso fazer isso em seu nome.

Seth olhou para o papel em uma das mãos e depois para a nova faca na outra, que representava muito mais que uma simples ferramenta.

— Eu trabalhava na Pata do Leão. — Ele devolveu a carta para Alderidge. — Até agora.

— Você trabalhava para Gil? — indagou Ivory.

Seth de repente pareceu nervoso.

— Não falei isso.

Que interessante…

— O que é essa tal pata de leão? — exigiu o duque. — E quem é Gil?

— A Pata do Leão é uma taverna — explicou Ivory. — E uma espécie de serviço de comunicação anônima. Gil é quem cuida de tudo.

— Serviço de comunicação anônima? O que raio isso quer dizer?

— Significa que Gil não é a pessoa que levou sua irmã, se é isso que estava pensando.

— Isso não me diz nada — resmungou o duque.

Ivory o ignorou por um momento, agachando-se na frente de Seth.

— Você deve ser novo. Há quanto tempo trabalha para Gil?

— Algumas semanas, só. — O menino a fitou, parecendo quase envergonhado. — Não diga que contei.

— Você não nos contou nada que eu não teria descoberto sozinha — sussurrou Ivory. Ela não precisava que Alderidge escutasse aquilo.

— Gil e eu fazemos muitos negócios juntas.

Seth arregalou os olhos, como se tivesse percebido algo.

— Você é a duque…

— Sim. — Ivory o interrompeu antes que ele terminasse a frase, e podia sentir o olhar do duque abrindo um buraco através dela.

— Poderiam fazer a gentileza de parar com esses sussurros e me dizer o que está acontecendo?

Ivory não precisou olhar para saber que Alderidge estava cerrando o maxilar novamente. Era um milagre ele ainda ter algum dente inteiro.

— Avisarei a Gil que você aceitou outro emprego — disse ela a Seth, e o menino pareceu prestes desmaiar de alívio. Ela se levantou e alisou a saia. — Pode ir.

O menino olhou para Alderidge como se buscasse confirmação.

O duque assentiu com a cabeça e o menino disparou pela porta.

— Espero que seja um homem de palavra — disse Ivory quando Seth desapareceu, não dando ao duque a chance de exigir respostas às perguntas que não desejava ouvir. — Eu sei o quanto essa informação foi valiosa, mas você só deve fazer promessas que pretende cumprir.

Os olhos de Alderidge ficaram gelados, e ele diminuiu a distância entre os dois.

— Você está realmente questionando minha honra neste momento, srta. Moore?

Bem barbeado e vestido com roupas comuns, aquele homem deveria ser a imagem perfeita de um cavalheiro. Entretanto, naquele momento, mais parecia o Barba Negra que um duque. Ele ainda a olhava fixamente, os olhos cinzentos percorrendo o rosto dela, e Ivory sentiu seu coração palpitar diante da intensidade daquele olhar. O duque estava perto o suficiente para que ela pudesse sentir o calor emanando dele, visse as manchas de prata em suas íris. De repente, os olhos dele focaram na boca dela, e Ivory sentiu como se tivesse sido atingida por um raio de desejo, como se seu sangue estivesse em chamas. Bastaria ela inclinar-se para a frente, ficar na ponta dos pés e oferecer seus lábios… Por Deus, como ela queria que aquele homem enlouquecedor a beijasse. E então a tocasse e…

Um carvão estalou na lareira e Ivory tomou um susto. O que diabo estava fazendo? Virando de costas para o duque, tentou freneticamente se lembrar o que Alderidge havia perguntado.

— Srta. Moore? — Ele parecia irritado.

Ivory cerrou os punhos. A honra dele. Era o que estavam discutindo antes de um simples olhar a fazer desejar coisas que não deveria. Embora talvez fosse isso que o tornava tão perigoso… Talvez ele fosse uma daquelas pessoas que eram capazes de ver a alma dos outros, expor seus desejos mais profundos e manipulá-los. Assim como tinha feito com Seth.

— Você prometeu um futuro para aquele garoto — falou ela com uma exaltação verdadeira, ampliada pela aversão à sua fraqueza temporária.

— Ah, então é isso… Você tem a mesma opinião sobre mim que aquele jovem tinha?

— Como assim?

— Que eu não passo de um engomadinho.

— Não foi isso que eu disse.

— Foi exatamente o que acabou de dizer. — Um dos músculos do queixo dele estava pulsando. — Por acaso, srta. Moore, você conhece algum dos homens da minha tripulação?

Ivory franziu a testa. O que isso tinha a ver com…

— Conhece? — exigiu ele.

— Não, não conheço.

Um silêncio ensurdecedor caiu entre os dois, e alguns segundos se passaram até o duque responder em um tom cuidadoso e moderado:

— Não sei por que sinto a necessidade de lhe dizer isso, srta. Moore, para além do fato de que sua péssima opinião sobre a minha pessoa é um insulto tanto para meus homens quanto para mim. Então, deixe-me contar onde *não* encontro os homens que tripulam meus navios. Não os encontro em salas bonitas como esta. Não os encontro em escolas navais, onde foram admitidos apenas pelas conexões que seus títulos e famílias proporcionaram. — Ele fez uma pausa. — O menino que finge ser um mordomo e me recepcionou aqui. Por acaso ele foi recomendado a você por alguma família das grandes casas de St. James?

Ivory fez uma careta.

— É claro que não.

— Mas ele trabalha para você.

— Sim, trabalha.

— Por quê?

— Você sabe o porquê.

— Quero ouvir as palavras saindo da sua boca.

— Porque ele é capaz de esvaziar os bolsos de um homem no tempo que esse mesmo homem leva para tirar o chapéu.

— Imagino que isso seja útil no seu ramo de trabalho.

— E qual é o seu ponto? — Ivory cruzou os braços com impaciência.

— Meu ponto, srta. Moore, é que qualquer homem que navegue comigo precisa ser capaz de sobreviver em condições que desafiam a imaginação. Ele lutará armado apenas com sua inteligência, e será ainda mais perigoso por isso. Ele morrerá pelo homem ao seu lado porque o sujeito é a única família que já teve. — O duque fez uma pausa e estreitou os olhos. — Onde, srta. Moore, você acha que eu encontro esses homens? Homens que não são necessários ou desejados em lugar nenhum? E que tipo de homem você acha que eles se tornam quando recebem um trabalho de confiança que os permite fazer parte de algo?

Homens como você, pensou Ivory de repente. *Um homem que, quando criança, foi mandado para longe de casa para forjar seu próprio futuro porque não havia lugar para ele em Londres. Um homem que aprendeu as lições da vida da maneira mais difícil.*

— Homens bons — foi tudo o que ela disse, acreditando em cada palavra. — E honrados.

— Exato.

O duque pareceu um pouco surpreso com a resposta dela. Como se esperasse que Ivory o contradissesse.

— E se o seu novo recruta mudar de ideia? — indagou ela.

— Então tudo o que perdi foi um pequeno canivete, possivelmente um conjunto de roupas e uma única refeição. Um pequeno preço a se pagar. Mas ele não vai mudar de ideia.

— E como tem tanta certeza?

— Por alguma razão, aquele menino tem mais princípios do que muitos homens que tive a infelicidade de conhecer. O fato de ele se apegar a esses princípios me diz que não há ninguém que dependa dele. Eu ofereci dinheiro e ele teve o luxo de recusar. Se eu estivesse na posição dele, com minha irmã dependendo de mim, não haveria absolutamente qualquer limite para o que eu faria ou tiraria de um homem se pensasse que aquilo poderia ajudar minha irmã a sobreviver. — Ele fez uma expressão séria. — Não haveria limite.

Ivory sabia que o duque não estava mais falando de Seth. O capitão seria tão implacável quanto o mar tempestuoso se sua irmã realmente estivesse em perigo, e aquilo poderia ser uma grande utilidade ou um enorme obstáculo. Ela precisaria ser cuidadosa ao lidar com o duque. Ainda estava pensando sobre isso quando percebeu que Alderidge estava caminhando para a porta.

— Aonde você vai, Sua Graça?

— Para a Pata do Leão, srta. Moore. Minha irmã continua desaparecida e estou perdendo tempo aqui. Não preciso de sua ajuda.

— E por acaso você sabe onde fica a Pata do Leão, Sua Graça?

O duque parou na porta.

— Estou acostumado a me localizar sozinho nos continentes, srta. Moore. Não deve ser tão difícil encontrar uma taverna em Londres.

Ivory descruzou os braços.

— Mas eu…

— Eu não sou um idiota, srta. Moore. Sou perfeitamente capaz de ter uma conversa mutuamente benéfica com o proprietário da Pata do Leão, de homem para homem.

— Mas você devia…

— A senhorita foi de grande ajuda ontem à noite, e eu agradeço por isso. Reconheço que suas ações rápidas, junto com sua colega, foram inestimáveis para evitar o que poderia ter sido um escândalo terrível, e eu e minha família estamos em dívida com você. Ou, pelo menos, estaremos até acertar nossa conta. — Ele deu um sorriso desconsolado. — Mas também tenho recursos próprios, srta. Moore. Caso não se lembre, fui eu que consegui averiguar a origem desta carta, que é a única pista que tenho sobre o possível paradeiro da minha irmã. Entrarei em contato se eu precisar de mais alguma coisa.

— Você está me dispensando? — perguntou Ivory, dividida entre choque e divertimento.

— Há mais alguma informação que possa me fornecer neste momento que me levará ao paradeiro de minha irmã?

— Não, mas...

— Então tenha um bom dia, srta. Moore.

Ivory olhou fixamente para as costas do duque. De todos os homens arrogantes, idiotas e controladores que já havia conhecido... Ela reprimiu a vontade de bater o pé no chão em frustração e respirou fundo. Deveria deixá-lo ir, deveria desistir do duque de Alderidge e de sua irmã imprudente, que podia ou não ter amarrado um conde em sua cama e podia ou não estar em uma situação terrível por causa disso. Ela deveria deixar o duque por conta própria e esperar até que ele voltasse com o rabo entre as pernas e ajoelhasse implorando por ajuda.

Que ideia ridícula. Maximus Harcourt nunca voltaria para lugar algum com o rabo entre as pernas. Era mais provável que ela fosse convocada até a prisão de Newgate porque o idiota havia matado alguém tentando encontrar a irmã.

E tirar uma pessoa de Newgate era terrivelmente complicado. Além disso, ela odiaria ver Alderidge fazer sua próxima viagem oceânica acorrentado nos porões de um navio-prisão, e não no convés do *Odisseia*.

Maldição!

— Roddy.

Silêncio.

— Roddy, sei que você está ouvindo na alcova do corredor.

Ela escutou um suspiro e Roderick entrou na sala com ar de derrotado.

— Mas eu nem fiz barulho.

— Você é previsível — explicou Ivory. — Pegue seu casaco e traga minha capa. Nós vamos sair.

Capítulo 5

Ele quase a beijara.

Bem no meio daquela sala de estar luxuosa, enquanto ela questionava abertamente as intenções e a honra dele. Se a srta. Moore fosse um homem, o duque a teria convocado para um duelo. Ele deveria fazê-lo de qualquer forma, nem que fosse para se livrar da tentação que aquela mulher representava. Max estava extremamente atraído por ela, e era difícil não imaginar como seria beijá-la toda vez que a olhava. Como seria provar aqueles lábios volumosos e macios ou explorar sua pele aveludada. Como seria fazer tudo aquilo e muito mais...

Beatrice ainda estava desaparecida, mas, de alguma forma, ele havia permitido que a luxúria comandasse suas ações, que a mente mergulhasse em fantasias sobre seus desejos. Max apertou a carta e o anel em sua mão. Talvez a srta. Moore estivesse certa ao questionar a honra dele. Seu único foco no momento deveria ser encontrar a irmã, e nada mais.

Ao passar pela ponte Blackfriars e se aproximar da escadaria da doca Puddle, o duque sentiu o fedor do Tâmisa que se espalhava das margens úmidas até as ruas e becos. A luz do sol do início da manhã havia desaparecido atrás de nuvens cinzentas e o vento tinha ficado mais forte, fazendo-o estremecer sob o casaco. Não fora muito difícil encontrar a taverna — Max precisou perguntar a apenas três barqueiros até o último enfim indicar a direção correta. Ele adentrou um beco torto e se deparou com o edifício que procurava. Observou a placa, que balançava com o vento e rangia em suas correntes, e franziu a testa. Estava escrito "Pata do Leão", mas a imagem abaixo das letras lembrava mais uma hiena faminta do que o nobre rei da floresta.

Max deu de ombros e entrou na taverna, sendo recebido por um calor muito bem-vindo e o cheiro delicioso de carne assada. Sua barriga roncou, e ele percebeu que não havia comido nada desde que atracara no porto no final da tarde do dia anterior e compartilhara uma refeição com alguns homens de sua tripulação.

Olhou ao redor, analisando as mesas resistentes e o chão limpo. Alguns clientes já estavam sentados, inclinados sobre tigelas com o que parecia ser ensopado e pedaços generosos de pão. No fundo da taverna, três dúzias de jovens de idades desconhecidas e origens duvidosas devoravam suas próprias porções. Alguns levantaram a cabeça por tempo suficiente para olhar para Max, antes de voltarem para a comida.

— Deseja alguma coisa? — perguntou uma jovem ruiva com o cabelo preso para longe do rosto. — Temos ensopado de carne hoje. O pão é de ontem, mas ainda serve pra acompanhar o prato. E temos a melhor cerveja deste lado do canal.

Max se sentou num banco. A garçonete não devia ter mais que 13 anos de idade, com uma beleza ingênua surpreendente, especialmente em uma taverna como aquela. Uma covinha apareceu em uma das bochechas claras quando ela sorriu para ele, esperando que ele fizesse o pedido.

— Sim, por favor — disse Max, deslizando uma moeda sobre a mesa. — O ensopado e a cerveja.

A garota pegou a moeda e se afastou, voltando em menos de um minuto com a tigela de ensopado e uma grande caneca de barro cheia.

— Tem até cenoura! — contou ela enquanto colocava a tigela fumegante na mesa e partia, na mesma hora em que uma rajada de vento anunciou outra chegada.

Max comeu o ensopado enquanto analisava a taverna e tentava bolar um plano. Ele ainda não tinha visto nenhum sinal do homem chamado Gil, o proprietário do estabelecimento, mas não sairia dali até conseguir o que queria. Se o homem tinha recebido a tarefa de entregar uma carta conectada ao desaparecimento de Bea, Max queria respostas.

De repente, um sino tocou em algum lugar nos fundos da taverna, e um dos jovens pulou da cadeira.

— Não é a sua vez! — reclamou um dos outros que continuava sentado.

— É sim, e você sabe disso. — O jovem enfiou o que restava do pão na boca antes de se afastar da mesa.

Os outros o observaram partir com o que parecia inveja em seus olhos, até o menino desaparecer pela mesma porta da qual a jovem ruiva havia saído. Um momento depois ele reapareceu, tirando um chapéu esfarrapado do bolso do casaco surrado, marchou pela taverna e saiu pela porta da frente sem olhar para trás.

Max bebeu o resto da cerveja antes de se levantar e ir até a porta que dava para os fundos da taverna.

A jovem ruiva apareceu em seu caminho quando ele se aproximou da porta.

— Precisa de mais comida? — perguntou ela, efetivamente bloqueando o caminho. Ele teria que empurrá-la ou passar por cima dela, ainda não tinha decidido.

Max negou com a cabeça.

— Preciso falar com Gil.

A resposta não pareceu surpreendê-la.

— Gil está esperando sua visita?

— Não.

— E quem é você?

Max considerou sua resposta.

— Sou o capitão Harcourt.

A expressão da garota não se alterou.

— Negócios ou prazer?

Max foi pego de surpresa. Que pergunta era aquela? Que tipo de prazer alguém poderia ter com o dono de uma taverna?

— Negócios.

— Espere aqui.

Max ficou parado próximo à porta nos fundos da taverna, sentindo uma dúzia de pares de olhos fixos em suas costas. Ele se virou lentamente e todos os jovens disfarçaram o olhar.

— Posso ajudar?

Max se virou novamente e se deparou com uma mulher pequena, com o mesmo cabelo ruivo lustroso e pele clara da garçonete, encostada no batente da porta com uma expressão de indiferença. Olhos verdes penetrantes o examinaram da cabeça aos pés, como se avaliassem uma ameaça em potencial. As mãos dela estavam nos bolsos de um avental volumoso, mas nem o avental era suficiente para esconder o corpo voluptuoso. Ela parecia uma bela víbora, capaz de atacar sem aviso prévio.

— Estou procurando Gil.

— Você a encontrou. Em que posso ajudá-lo, capitão Harcourt?

Max tentou esconder sua surpresa, mas claramente falhou. A mulher chamada Gil sorriu. A pergunta da menina estava explicada.

— Um rapaz que trabalha para você entregou uma mensagem em minha casa esta manhã — disse ele. — A mensagem veio daqui.

A mulher deu de ombros.

— E?

— E eu gostaria de saber quem a enviou.

Gil riu baixinho, como se ele tivesse contado uma piada.

— Eu apenas preparo e sirvo cerveja e refeições para meus clientes, capitão. Só isso.

— Você é uma péssima mentirosa.

— Assim você me ofende.

— Não estou com disposição para gracinhas. Preciso de informações. Minha irmã está desaparecida.

— Lamento ouvir isso. Gostaria de deixar uma descrição dela? Talvez eu possa mandar uma mensagem, se a vir.

— Qual é o seu preço?

Gil se afastou do batente da porta.

— Não tenho preço, capitão, porque não tenho resposta. — Os olhos verdes não pareciam mais achar graça da situação e o percorreram mais uma vez, como se estivessem avaliando novamente o que haviam visto. — Mas sobre o menino que você diz que entregou sua mensagem… posso esperar que ele volte?

Max a encarou sem vacilar.

— Não.

Que ela entendesse aquilo do jeito que quisesse.

— Então, capitão, receio ter que pedir que se retire.

De repente, Max percebeu que o cano de uma pistola estava apontado diretamente para o centro de seu peito. Ele estava perdendo o jeito. A mulher estava com a arma escondida no avental o tempo todo e ele não havia percebido. Maldição!

Ele refletiu sobre as opções que tinha. Estava quase certo de que poderia desarmá-la, mas não tinha tanta certeza se ela não acabaria atirando no processo, acertando ele ou algum cliente.

— Eu pedi para você se retirar, capitão.

Gil estava com uma expressão séria e fria, como se estivesse pensando em como o sangue dele poderia sujar as paredes brancas da taverna.

— Pelo amor de Deus, Gilda! Não atire nele!

Max fechou os olhos.

Gilda olhou para trás de Max e abriu um sorriso divertido.

— Ora, ora, se não é a Duquesa. — Ela pausou, voltando a olhar para ele. — Por que não posso atirar neste homem?

— Porque ele é meu cliente.

Ela arqueou uma sobrancelha ruiva.

— Meus pêsames.

— Obrigada.

Max cerrou os dentes e se virou para encontrar a srta. Moore parada atrás dele, limpando gotas de chuva da capa.

— O que você está fazendo aqui? — perguntou ele, irritado.

— Além de garantir que você não acabe com um buraco no meio do peito? Vim beber, eu acho. É a melhor cerveja deste lado do canal, sabia?

Ela sorriu alegremente para ele, enquanto arrumava as mechas úmidas de cabelo que haviam escapado da trança.

— É melhor você mantê-lo preso na coleira — comentou a ruiva, guardando a pistola no avental e gesticulando para que a garçonete trouxesse mais cerveja. — Tem a sutileza de um touro solto em uma loja de porcelanas.

Max quase ficou boquiaberto pelo desaforo.

— Eu ainda estou aqui, ouvindo tudo.

— Ótimo — afirmou a srta. Moore. — Quem sabe, se você ouvir, isso reduza a chance de levar um tiro no futuro.

Os olhos verdes de Gil de repente se iluminaram.

— Olá, Roddy. Eu não vi você aí.

Só então Max notou a presença do menino atrás da srta. Moore.

— Bom dia, dona Gil — respondeu Roddy.

— A Duquesa está te tratando bem? — Gil piscou para a srta. Moore, e Max ficou surpreso com o estranho apelido.

— Muito bem, dona Gil.

Roddy sorriu para a taberneira antes de ir na direção dos jovens que ainda observavam a cena. Ele foi saudado pelo nome por pelo menos três.

— Não me diga que você também contratou Seth? — perguntou Gilda para a srta. Moore.

— Não — respondeu ela.

Gil arregalou ligeiramente os olhos antes de olhar para Max com desconfiança. Ela já estava voltando a mão para pegar a arma no avental quando a srta. Moore continuou:

— Ele contratou.

— Oi?

Confusa, Gil olhou de um para o outro.

— O capitão de bom coração aqui contratou Seth como ajudante de carpinteiro para um de seus navios.

— E por que raios você fez isso?

— Porque preciso de um ajudante novo.

— O que aconteceu com o seu último?

— Foi promovido. Ele é o segundo imediato do carpinteiro agora.

— E o que você ofereceu a Seth para que ele largasse o emprego atual? — perguntou ela desconfiada.

— Um elefante.

— Um elefante? — repetiu Gil, claramente perplexa.

— Entre outras coisas.

A taberneira virou-se para a srta. Moore.

— E Seth vai ser bem tratado pelas mãos do seu capitão aqui?

— Sim — respondeu ela, e Max sentiu uma onda inexplicável de prazer diante da confiança da srta. Moore.

Gil balançou a cabeça.

— Você tem que parar de tomar os meus melhores meninos, Duquesa — reclamou ela, mas em tom de brincadeira. — Seth só estava aqui há algumas semanas.

A srta. Moore foi salva de ter que dar uma resposta pela chegada de mais copos de cerveja. Gil virou-se para ajudar a garçonete, e a srta. Moore puxou-o de lado.

— Preciso que você espere lá fora — sussurrou ela em seu ouvido.

— De jeito nenhum!

— Sua presença aqui não está ajudando ninguém, muito menos a sua irmã.

— Eu não vou embora. Essa mulher sabe de algo.

A srta. Moore fechou os olhos, como se estivesse contando até dez silenciosamente, antes de responder.

— É claro que ela sabe de alguma coisa, mas não vai contar para você. Gilda não sobreviveu tanto tempo assim se deixando ser intimidada por capitães arrogantes. Acho que ela deixou isso bem claro quando enfiou uma pistola na sua cara.

Max ferveu de raiva.

— Não sou arrogante e não vou embora.

A srta. Moore praguejou baixinho.

— Então, por tudo que é mais sagrado, Sua Graça, fique de boca fechada pelos próximos cinco minutos. Entendido?

Max ficou tão chocado com a ordem que só conseguiu assentir.

— Olha… — falou a srta. Moore em um tom mais conciliatório. — Não pretendo dizer a você como deve administrar seus navios ou seus negócios, e apreciaria se tivesse a mesma consideração quando se trata do meu trabalho. Combinado?

Não havia como contestar o raciocínio.

— Por que você está me ajudando?

— Você quer dizer agora? Depois de me dispensar como se eu fosse um simples menino de recados? — falou ela, o tom conciliatório dando lugar a um mais acusatório. Max quase se encolheu.

— Sim.

— Sinceramente? Não faço ideia.

As duas mulheres sentaram-se num banco, longe de ouvidos curiosos, e Max seguiu o exemplo, ficando ao lado da srta. Moore e o mais longe possível da pistola carregada de Gilda.

A srta. Moore tomou um longo gole de cerveja e fez um som de apreço.

— Um bom lote.

— São todos bons — afirmou Gil.

— É verdade.

— Mas você não veio até aqui para elogiar minha cerveja.

— Não.

Max tinha plena consciência de que fora relegado ao papel de espectador. Irritado, remexeu-se no assento, e sua coxa roçou na da srta. Moore. Ela o ignorou.

— Você está aqui procurando uma garota. — Os olhos de Gil foram para Max. — A irmã dele.

A srta. Moore fez uma cara de desgosto e lançou ao duque um olhar penetrante.

— Ele contou…

— Sim, contou. Mais ou menos na mesma frase em que insinuou que Seth tinha tido um fim trágico. É melhor que ele seja mais cuidadoso no que vai dizer da próxima vez.

A srta. Moore suspirou.

— O capitão está aflito. A irmã dele desapareceu.

Aflito? Aflito! A srta. Moore estava fazendo com que ele parecesse uma donzela frágil e indefesa. Max já estava se levantando quando sentiu a srta. Moore pousar a mão sobre o joelho dele sob a mesa e apertar o tecido da calça. Ele voltou a se sentar com um baque, e Gil sorriu novamente.

— Preciso saber quem mandou a mensagem — explicou a srta. Moore.

Gil deu de ombros.

— Não há como ter certeza. Você sabe disso. Meu negócio não seria bem-sucedido se eu não pudesse garantir o anonimato e a confidencialidade.

Max franziu a testa. Nada do que estava ouvindo fazia sentido, e ele de repente só conseguia se concentrar na mão da srta. Moore em seu joelho. Ela havia afrouxado o aperto, mas o calor de sua palma estava enchendo a mente do duque de pensamentos impuros.

— Mas não quer dizer que ninguém viu.

A ruiva deu de ombros novamente.

— É, talvez...

— Eu ficaria em dívida com você.

Gilda se recostou na mesa, com um brilho nos olhos.

— Isso sim é uma boa oferta.

— Não vou oferecer de novo.

— Está bem, Duquesa. Collette estava trabalhando ontem à noite. Deixo a porta dos fundos aberta para ela entrar e se aquecer de vez em quando. Mas não posso garantir que ela viu alguma coisa.

— Obrigada.

Gil bebeu o resto da cerveja.

— É sempre um prazer fazer negócios com você.

Ela se levantou, arrumou o avental e caminhou até o outro lado da taverna, recolhendo pratos e louças usadas pelo caminho. Max cobriu a mão da srta. Moore que ainda descansava em sua perna, puxando-a com cuidado. Não conseguia pensar com clareza enquanto ela ainda estivesse tocando nele. A srta. Moore tirou a mão como se tivesse se queimado, e ele ficou satisfeito ao ver as bochechas dela ficarem coradas.

— Aflito? — resmungou ele, tentando estabelecer alguma distância.

— Você preferiria que eu tivesse o chamado de "idiota"?

Max soltou o ar que estava preso em seus pulmões. Aquilo era melhor. Ele se sentia mais seguro atrás das linhas de batalha com a srta. Moore.

— Por que aquela mulher não pode dizer quem a pagou para mandar a mensagem? — Ele gesticulou para os jovens, que começavam a se afastar da mesa. — E quem é Collette?

A srta. Moore olhou para ele por um momento antes de se levantar, fechando mais o casaco em volta do corpo.

— Venha comigo.

Ivory se abaixou para passar sob o lintel baixo da porta e abriu caminho pela sala dos fundos, com barris de cerveja empilhados até o teto. Um caldeirão, de aparência medieval e cheio de ensopado fervente, estava pendurado sobre uma grande fogueira. Um tonel de madeira atulhado com tigelas engorduradas ocupava parte do chão, e um gato malhado lambia os restos da borda mais próxima. O bichano fitou Ivory com um olhar sinistro quando ela passou, mas não se mexeu. Não havia janelas no cômodo e a luz era escassa, por isso, quando Ivory parou, o duque se chocou contra ela. Por reflexo, ele segurou os ombros delicados para impedi-la de cair, mas ela logo se soltou do aperto, como se ele tivesse pressionado carvões em brasa contra sua pele.

Outro rubor ameaçou tomar seu rosto. Seu objetivo ao segurar o joelho dele embaixo da mesa havia sido impedi-lo de cometer um erro, mas o erro fora todo dela. Mesmo com o tecido da calça separando o contato, Ivory sentiu o poder do corpo daquele homem, os músculos duros como aço flexionando sob sua mão. O desejo de explorar o resto do corpo viril do duque estava ameaçando tanto sua sanidade quanto seu profissionalismo.

— É por causa disso que Gil não consegue identificar a pessoa que lhe enviou a mensagem — disse Ivory, recuando mais um passo só por garantia.

Ela apontou para uma pesada caixa de ferro montada na parede perto da porta que dava para a rua. O topo da caixa tinha dobradiças, mas a tampa estava presa por um cadeado.

Ivory abriu a porta dos fundos, sendo atingida por uma rajada de ar gelado, e saiu para uma viela deserta e estreita. Havia barris vazios empilhados ao longo de uma das paredes, esperando para serem recolhidos, junto a vários caixotes quebrados cheios de lixo. Do outro lado da porta, no entanto, no local onde a caixa de ferro estava presa no interior, havia uma fenda estreita.

— É uma caixa de mensagens — explicou. — As mensagens são deixadas aqui de forma anônima, mas precisam estar acompanhadas de dois xelins e ter um endereço legível na frente do envelope. Apenas Gil tem a chave do cadeado. Ela recolhe as mensagens…

—... e envia garotos como Seth para entregá-las. — A voz do duque não dava indícios do que estava passando por sua cabeça.

— Isso. Uma moeda é para o mensageiro e a outra é para Gil. — Ivory fez uma pausa. — Embora eu suspeite que boa parte dos ganhos de Gil acabe virando comida para os mensageiros.

— Um exemplo de virtude — comentou ele em tom sarcástico.

— Não — respondeu Ivory. — Você seria um tolo se acreditasse nisso. Mas ela faz o que pode.

— Seu menino, Roddy, trabalhava para ela?

— Sim. Ele está conversando com os outros mensageiros agora. Se algum deles souber de algo, ele descobrirá, embora seja difícil. O sistema funciona incrivelmente bem.

— Que tipo de gente precisa enviar mensagens de forma anônima?

— Além da sua irmã?

O duque fez uma careta.

— Pessoas que não querem ser encontradas, Sua Graça. Pessoas que não querem ser rastreadas.

Ivory gesticulou para o ambiente ao redor. O outro lado do beco tinha apenas as paredes sem janelas de edifícios vizinhos. Olhando para a direita, para o fim da viela, era possível distinguir a superfície cinzenta do Tâmisa. Do outro lado, pessoas passavam apressadas, cuidando de seus afazeres.

O duque a olhava com estranheza.

— Pessoas como você?

Ela o fitou sem um pingo de remorso.

— Sim, às vezes.

— Mas por que Beatrice precisaria fazer isso? Por que precisaria mandar uma mensagem anônima?

Ivory evitou os olhos cinzentos do duque e começou a andar pela viela em direção à rua maior.

— Você já pensou que sua irmã talvez não queira que você a procure?

— Isso é ridículo.

— Será?

— Sem dúvidas. Minha irmã é jovem. Ela tem toda a vida pela frente. Entre seu título, sua beleza e, se me permite ser tão vulgar, o dote que minha fortuna fornecerá, Bea poderá escolher dentre muitos pretendentes. Ela vai ter um bom casamento e se tornará parte importante da sociedade.

Ivory suspirou.

— Está discordando de mim, srta. Moore?

Ela parou de caminhar e o encarou.

— Seria possível que sua irmã não deseje seguir o caminho que todos esperam, e o casamento que todos esperam, ou o papel de esposa perfeita da alta sociedade que todos esperam? Seria possível que ela esteja fugindo de uma vida que nunca quis?

Elise havia dito que nada sumira dos aposentos de Beatrice que pudesse ter sido penhorado em troca de dinheiro rápido, mas isso não exclui a possibilidade de que a garota estivesse secretamente guardando dinheiro de sua mesada por muito tempo. Era capaz de Beatrice ter juntado dinheiro o suficiente para fugir de Londres, ou até mesmo da Inglaterra.

— O que você está insinuando? — Alderidge estava nervoso de novo. — Que de alguma forma falhei em sustentá-la? Posso não ficar muito tempo em casa, mas posso garantir que ela sempre teve os melhores tutores, os melhores instrutores, as melhores roupas. Minha irmã teve aulas de música, pintura, equitação e dança. Nunca faltou nada para ela. Nunca!

O duque não havia entendido o ponto, então Ivory fez uma pergunta diferente.

— Será que Beatrice pode estar em busca de algo diferente na vida? Algo além das necessidades materiais?

— Como o quê?

Ivory o olhou fixamente e o cutucou.

— Ninguém melhor que você para responder isso, *capitão*. Você é um nobre que escolheu uma vida muito diferente da que se espera de um homem com o título de duque. Não parece muito interessado em se casar e se acomodar na vida previsível de um nobre. Uma vida cheia de conforto, bailes anuais, carteados no clube, uma boa garrafa de conhaque e, quem sabe, uma caça ocasional em sua casa de campo.

Alderidge estremeceu.

— Isso pode até ser verdade, srta. Moore, mas não vejo o que meu estilo de vida tem a ver com o de Bea.

— Talvez ela também queira descobrir o que há além do horizonte. Talvez também deseje a vida cheia de aventuras que acha que o irmão tem.

O duque congelou, uma expressão horrorizada. Finalmente!

— Sua irmã pediu para você levá-la à Índia, não foi? — perguntou Ivory.

— Inúmeras vezes — resmungou ele. — Como sabe disso?

— Eu chutei — admitiu ela.

— Mas expliquei a Bea que isso era impossível. Só a viagem já é muito perigosa. Chegando lá, ainda há doenças e todo tipo de perigo. Eu nunca colocaria a vida dela em risco assim.

— No entanto, você coloca a sua vida em perigo o tempo todo.

— É diferente.

— Por quê?

— Porque... — O duque parou, os olhos cinzentos e gelados fixos nos dela.

— Porque você é homem? Porque você é livre para fazer suas próprias escolhas?

— Eu... Isso não é... — Alderidge se interrompeu de novo. — Você está distorcendo minhas palavras.

— Não estou fazendo nada, Sua Graça. Estou apenas sugerindo que sua irmã pode ter feito as próprias escolhas e partido sozinha.

— Mas por que ela faria isso?

Ivory suspirou, percebendo que a conversa estava andando em círculos, e voltou a caminhar.

— Bea nunca disse que era infeliz — afirmou o duque, quase desesperado, correndo atrás dela.

— Acho que ela disse, mas você não deu atenção. Por que *você* acha que sua irmã queria ir para a Índia?

Alderidge ficou em silêncio, e apenas o som de suas botas pisando na lama na calçada ecoava pela viela.

— Não sei.

Eles chegaram ao fim do beco e o barulho de pessoas, cascos e rangidos de carruagens os rodeou.

Ivory se virou e segurou a manga do duque.

— Assim que encontrarmos sua irmã, sugiro que pergunte a ela.

O duque apenas assentiu, parecendo subitamente exausto.

Ivory quase estendeu a mão para tocar o rosto dele e tentar suavizar as linhas de preocupação que estavam marcadas profundamente em suas feições. Ela se imaginou subindo na ponta dos pés para beijá-lo, para fazê-lo esquecer de seus problemas, mesmo que apenas por um breve momento. Há quanto tempo não queria oferecer a um homem um gesto tão simples? Há quanto tempo não admitia a si mesma que um gesto tão simples não era nada simples? Que era apenas o começo de desejos mais profundos e lascivos?

Ela soltou a manga do casaco dele e enfiou a mão em um lugar seguro sob a própria capa. Tinha plena consciência de que estava caminhando sobre um gelo muito fino, que poderia rachar a qualquer deslize. Sua reputação e seu próprio sustento dependiam de seu sucesso. E, se quisesse preservar ambos, sua única prioridade deveria ser encontrar lady Beatrice.

E não fantasiar como seria beijar Maximus Harcourt.

Collette estava na porta da igreja de St. Timothy, quase ao lado da viela. Sem nenhuma alvenaria decorada e cheio de vigas apodrecidas, o pequeno edifício não se parecia em nada com uma igreja, mas um grupo de clérigos gentis fazia o possível para ajudar os que apareciam em busca de abrigo.

A mulher podia até ter sido bonita um dia, mas os anos vivendo nas ruas haviam cobrado um preço alto. Seu cabelo loiro escuro era ralo, e o rosto estava magro demais. Olheiras circulavam olhos cansados e desbotados. Collette estava sentada no topo da escadaria de madeira, segurando uma caneca de latão com ensopado fumegante, uma expressão vazia no rosto. Outros desafortunados se afastaram correndo, protegendo as próprias canecas, como se temessem que Ivory estivesse ali para roubar a escassa comida.

— Bom dia, Collette — cumprimentou Ivory, subindo a escada.

Era impossível ignorar a presença do duque atrás dela. Mas, agora, a expressão de preocupação que tinha mostrado poucos minutos antes fora substituída por uma expressão severa e distante, facilitando que Ivory se concentrasse na tarefa.

Collette focou lentamente em Ivory.

— Duquesa! — Ela sorriu em boas-vindas, mas manteve os lábios cuidadosamente fechados para não expor o fato de que lhe restavam pouquíssimos dentes. — Há quanto tempo.

— A sopa está boa hoje? — perguntou Ivory, olhando para a porta. A igreja servia sopa quente no período da tarde, mas em alguns dias a refeição não passava de um caldo ralo com um pouco de sabor.

— Tem até nabo hoje. — Outro sorriso de boca fechada. — Quer um pouco? — Ela ofereceu sua caneca, tremendo sob o manto puído.

— Não, obrigada — agradeceu Ivory em tom gentil, agachando-se ao lado da mulher. — Mas talvez eu tenha um trabalhinho para você.

Os olhos cansados de Collette brilharam de interesse antes de examinarem o duque.

— Ele não parece ser do tipo que paga por uma farinha no meio do dia. Na verdade, ele não parece ser alguém que precisa pagar por isso. Não sei, às vezes é difícil dizer.

Ivory reprimiu o desejo de olhar para trás e ver como Alderidge devia estar cerrando os dentes.

— Não é esse tipo de trabalho. Precisamos de informações.

— Ah, ele é seu cliente, então?

— Isso.

— Meus pêsames.

Uma risada escapou da boca de Ivory, surpreendendo-a.

— Gil disse a mesma coisa quando quase atirou nele.

— Teria sido um triste desperdício. Ela aproveitou antes, pelo menos?

Ivory sorriu novamente, mas não conseguiu impedir as bochechas de corarem.

— Não, mas ela disse que você estava trabalhando ontem à noite. Atrás da Pata do Leão.

— Talvez... — respondeu a mulher, com cautela.

— Alguém deixou uma mensagem esta madrugada. Provavelmente por volta das três ou quatro horas.

Collette olhou para a caneca.

— Estava escuro. — Ela puxou o manto fino para mais perto do corpo com a mão livre.

Ivory pegou uma bolsinha de moedas e a colocou na mão de Collette. A mulher ergueu a cabeça.

— Mas tinha a luz da lua, claro.

Ivory fez um som de encorajamento.

— Um cavalheiro — afirmou Collette. — Casaco escuro, lenço, chapéu, bengala de ponta prateada. Mas não deu para ver o rosto, por causa do lenço. Estatura média. Veio deste final do beco e saiu pelo mesmo caminho. Parecia muito satisfeito. Ele estava cantarolando.

— Cantarolando o quê? — indagou Alderidge.

Colette deu de ombros.

— Não sei. Mas era uma melodia gostosa.

Ela começou a cantarolar em um tom surpreendentemente forte e bonito, e Ivory levou alguns momentos para identificá-lo.

— É "V'adoro, Pupille" — disse Ivory. — De *Giulio Cesare*, uma ópera de Handel.

Collette olhou para ela sem entender nada.

Ivory cantou a abertura da ária suavemente, lembrando-se da subida e descida das notas. Era realmente uma pena que *Giulio Cesare* tivesse se tornado uma peça quase obscura, perdendo lugar para óperas mais populares.

— Isso! — Collette estava sorrindo novamente, e Ivory percebeu que o duque a estava encarando. — Você acha que poderia cantar...

— Talvez outra hora — interrompeu Ivory. — Lembra-se de mais alguma coisa?

— Quando perguntei se ele queria continuar de bom humor, ele me disse para dar o fora, que tinha tudo de que precisava em casa — debochou Collette.

— Você viu se ele chegou em uma carruagem? Ou um cavalo?

— Ele estava a pé. Seja lá qual for o meio de transporte que usou, deve ter ficado na rua principal. Não vi nada.

— Reparou se ele estava acompanhado por uma mulher? Loira?

— Não. Ele estava sozinho.

— E uma dama desacompanhada? — Foi o duque quem perguntou. Collette riu.

— Nenhuma dama é tola o suficiente para vir aqui à noite sozinha. Não vi nenhuma dama. Nem ontem à noite, nem nunca.

Fez-se silêncio, e, quando ficou claro que a mulher não tinha mais nenhuma informação a oferecer, Ivory se levantou.

— Obrigada, Collette.

A mulher assentiu e guardou a bolsinha de moedas.

— É sempre um prazer, Duquesa.

— Não gostaria de ir para casa comigo, pelo menos por uma ou duas noites? Para o caso de se lembrar de mais alguma coisa, é claro.

Collette apertou os lábios e ergueu o queixo, como se tivesse visto as entrelinhas na pergunta cuidadosa de Ivory.

— Estou muito bem sozinha.

Ivory suspirou interiormente. Um dia Collette a surpreenderia e diria sim. Então, ela desfez o laço de sua capa de lã e jogou-a sobre os ombros da mulher magra, sem lhe dar tempo de recusar.

— Não preciso de sua caridade! — protestou Collette, embora sem muito entusiasmo.

— Não é caridade — assegurou Ivory. — É parte do seu pagamento. Além disso, meu cliente aqui me prometeu uma capa novinha de veludo com forro de cetim e arminho quando eu encontrar o que ele está procurando.

Collette olhou desconfiada para Alderidge.

— Veludo azul — garantiu ele atrás de Ivory, entendendo a situação. — E é preferível que seja de raposa, não arminho. É mais quente, e é sempre melhor que algo seja útil além de bonito.

A mulher voltou-se para Ivory e lhe deu um longo olhar especulativo. Ivory se esforçou para não corar.

— Obrigada mais uma vez, Collette.

Collette levantou sua caneca de sopa e Ivory recuou para descer a escada da igreja com os braços em volta da cintura para se proteger do frio. Ela mal deu dois passos na direção da Pata do Leão quando um calor extasiante a envolveu.

Alderidge estava em sua frente, ajeitando o sobretudo dele sobre ela.

— O que está fazendo? — perguntou, assustada.

— Assando um bolo.

Ela o encarou.

— O que diabo parece que estou fazendo? Você vai morrer de frio se ficar andando por aí só com um vestido em pleno inverno.

O duque afastou uma mecha de cabelo da lateral do rosto de Ivory e puxou a gola do casaco para cima, para proteger as orelhas dela do vento.

Ivory prendeu a respiração.

— Mas...

— Se você morrer de frio, vou demorar muito mais para encontrar minha irmã — ele a interrompeu bruscamente.

Se Ivory não conseguisse se lembrar de respirar, sufocaria antes de morrer congelada.

— Mas não posso usar seu casaco — ela enfim conseguiu dizer.

— Você já está usando. Lamento que não seja de veludo azul com detalhes de arminho.

— Sim, mas...

— Será que você poderia simplesmente agradecer e não discutir?

Ela piscou, surpresa.

— Obrigada.

— De nada.

O duque a encarava com um sorriso estranho no rosto.

Ivory deslizou as mãos pelo interior do casaco, puxando-o para mais perto de seu corpo. O forro diferente deslizou contra a pele de seus ombros. Ela fechou os olhos e respirou fundo, sentindo o aroma de lã, sal e algo exótico. Sentia como se tivesse o duque nos braços, com seu calor, toque e cheiro. O mero pensamento deixou a pele de Ivory em chamas, os mamilos rijos sob o corpete. Ela não estava mais com frio. Na verdade, estava febril, com a boca seca e o corpo pulsando.

Estava completamente perdida.

No passado, havia sido uma das mulheres mais desejadas de Londres. Os homens tinham competido para tê-la, tentavam conquistá-la com flores e perfumes, poesias e joias, ofereciam-lhe propriedades caras, mesadas obscenas e roupas de seda e cetim dignas de uma princesa. E, embora às vezes ela fosse forçada a aceitar alguns desses presentes para sobreviver, nada a interessava. Mas ali, parada no meio de uma rua suja de Londres, tinha acabado de ser completa e irrevogavelmente seduzida por um sobretudo gasto e manchado de sal. Ivory engoliu em seco, sabendo que, se o duque de Alderidge assim o desejasse, poderia empurrá-la contra a parede da igreja e fazer o que quisesse com ela na frente de todos. E ela iria, sem sombra de dúvida, aproveitar cada segundo.

Só que Alderidge não estava interessado em possuí-la. Tampouco tentara seduzi-la.

E talvez tenha sido justamente por saber disso que Ivory se sentia tão cativada. Tão tentada. Aquele era apenas um ato de bondade por parte de Alderidge. Não era um estratagema para garantir que ela gostasse dele ou fosse sua companhia para a noite. O único interesse do duque nela era em sua capacidade de ajudá-lo a encontrar a irmã desaparecida.

Seria muito bom se Ivory se lembrasse de que aquele homem era um cliente que a procurara em busca de ajuda, não para uma "farrinha", como Collette dissera com tanta delicadeza. Ela passara anos cultivando a reputação de ser a melhor no ramo, e isso exigia uma postura profissional o tempo todo. No entanto, de alguma forma, quando o assunto era o duque de Alderidge, bastava uma simples gentileza para fazê-la querer jogar tudo ao vento e sentir apenas um gostinho daquele homem.

— Você está bem?

Ivory abriu os olhos rapidamente e o encontrou fitando-a com uma expressão ilegível.

— Eu só fiquei… — Ela se interrompeu, pensando duas vezes no que ia falar.

— Você ficou o quê?

O duque estava perto o suficiente para que ela conseguisse enxergar as pontas loiras de seus cílios, as bordas irregulares da cicatriz em sua testa. Perto o suficiente para Ivory estudar a maneira como o lábio inferior dele se contraiu enquanto ele a observava e imaginar como seria passar a língua dela por ali…

— Srta. Moore? Você ficou só o quê? — repetiu ele.

— Surpresa. A maioria das pessoas não me faz favores sem esperar algo em troca. — Ela odiou ter dito aquilo assim que terminou a frase. A afirmação a fazia parecer uma criança petulante. Ou pior, fraca.

Os incríveis olhos cinzentos escureceram novamente.

— Não cometa o erro de me colocar no mesmo balaio que "a maioria das pessoas", srta. Moore — aconselhou ele.

Era impossível desviar o olhar.

— Então foi um cavalheiro — disse ele abruptamente, e Ivory levou um segundo para entender. — Isso prova que minha irmã não entregou aquela mensagem — alfinetou o duque.

— É verdade — concordou ela, agarrando-se à sua racionalidade e àquela declaração com força.

Era muito mais fácil lidar com o duque quando ele era rude. E não gentil ou bondoso.

— Mas isso não prova que ela não escreveu e mandou alguém entregar o bilhete. E temo que a descrição de Collette não seja útil para identificar o indivíduo. As características que ela descreveu podem ser de mil cavalheiros em Londres.

— Você é o otimismo em pessoa, não é? — resmungou Alderidge.

— Não fui contratada pelo meu otimismo — respondeu Ivory. — Fui contratada pela minha capacidade lógica.

— Então, *logicamente*, srta. Moore, não é óbvio para você que Bea foi sequestrada? O homem disse que tinha tudo de que precisava em casa. Quem quer que fosse, deve estar mantendo Bea prisioneira.

Ivory ficou irritada.

— Ou, talvez, Capitão Conspiração, o cavalheiro em questão seja um marido fiel que estava apenas se referindo à *esposa*.

Ele estreitou os olhos.

— Não gosto de ser ridicularizado.

Ivory o encarou.

— Mais uma vez, não temos evidências que sugiram que sua irmã tenha sido sequestrada. A evidência que temos é que esse cavalheiro não identificado conhece sua irmã, embora eu não saiba qual é a conexão entre os dois. Ele pode ser um amigo, alguém em quem ela confia e alguém que a está ajudando. No mínimo, ele parece estar pensando no bem dela. Caso contrário, estaríamos lendo sobre os acontecimentos da noite passada no *Times* agora. Não devemos descartar a possibilidade de que o cavalheiro também possa ser um amante...

— Não!

Ivory revirou os olhos. Ela e o duque não estavam chegando a lugar nenhum. Começou a tirar o casaco dele.

— Vá para casa, Sua Graça. De nada vai adiantar ficarmos parados aqui, no meio da rua. Tenha certeza de que não descansarei até que esteja satisfeito com o resultado do meu trabalho. Ainda tenho pessoas vigiando casas e fazendo perguntas. Enviarei uma mensagem assim que descobrir qualquer informação.

Alderidge pressionou as lapelas do casaco contra o corpo dela, as mãos descansando logo abaixo do queixo de Ivory.

— Fique com o casaco. E você não pode me mandar para casa como uma criança desobediente.

Ivory soltou um suspiro de exasperação.

— Então faça o que quiser, Sua Graça. Mas certifique-se de que não seja algo muito fora do comum...

— Sua Graça! Oláááá!

O cumprimento entusiasmado veio de trás de Ivory. O duque baixou as mãos e se virou. Sobre seu ombro, Ivory distinguiu um homem bem-vestido com a cabeça para fora da porta de uma carruagem que tinha parado no meio da rua.

Alderidge xingou baixinho antes de retribuir o aceno de saudação.

Ivory já estava se afastando, não querendo dar ao estranho qualquer motivo para fazer perguntas incômodas ao seu cliente.

O duque voltou-se para ela.

— Aonde você vai...

— Ora, Sua Graça, por que não está de casaco? — gritou o homem na carruagem. — Assim vai acabar ficando doente e pode até morrer! Você está na Inglaterra, não na Índia, caso tenha esquecido. — Ele riu da própria piada. — Venha, posso lhe dar uma carona!

O duque virou-se para a carruagem e disse algo que Ivory não conseguiu entender. Ela não perdeu tempo e correu para o beco mais próximo; quando Alderidge voltou-se para falar algo, ela já havia desaparecido.

O conde de Barlow estava sorrindo de orelha a orelha enquanto Max se acomodava à sua frente na carruagem. O duque estava mal-humorado demais para trocar conversa fiada, mas era inegável que a carruagem proporcionava um alívio do vento gelado que soprava do lado de fora. Já que ele não tinha mais um casaco. Já que a srta. Moore havia sumido de sua vista.

Ele se remexeu no assento, desconfortável com a dor que se instalara em seu peito e com a que se instalara em suas partes baixas. Ver a srta. Moore usando seu casaco fora algo perturbador e atordoante. Um simples ato de cavalheirismo estava inspirando todo tipo de fantasia sensual em sua mente, muito além do que uma mulher usando um casaco jamais deveria provocar. Ele imaginou a srta. Moore usando uma de suas camisas, sob seus lençóis. Enrolada nele...

— Que sorte a sua, hein? — comentou Barlow alegremente. — Está frio demais para ficar na rua hoje, principalmente sem casaco. — Ele franziu a testa. — O que estava fazendo por estas bandas?

Max fez uma cara feia para a tentativa desajeitada de intrusão de privacidade.

— Resolvendo uma questão de negócios. Nada de mais.

— Entendi. Você deu seu casaco para aquela mulher?

A carranca de Max se aprofundou. Então Barlow tinha visto toda a cena. Aquilo também não ajudava em seu desconforto...

— Sim, dei. — A resposta foi curta, pois ele não estava com vontade alguma de discutir qualquer coisa que tivesse a ver com a srta. Moore ou o motivo de ele estar conversando com ela em uma rua de Londres.

— Ela era conhecida sua? — perguntou Barlow, curioso.

— Não. — A resposta saiu sem que ele pensasse duas vezes. — Era apenas uma mulher desafortunada que precisava mais de um casaco do que eu.

— Que magnânimo! — exclamou Barlow com aprovação. — Mais cavalheiros deveriam aspirar ser tão bondosos quanto você!

Max se lembrou que havia dado o casaco para uma mulher que dera a própria capa antes sem pensar duas vezes.

— Deveriam mesmo — murmurou.

— Gostaria de fazer uma parada na Bond Street, Sua Graça? — sugeriu Barlow com muita animação. — Conheço uma loja maravilhosa onde você pode comprar um casaco novo e fabuloso. Que tecidos! Que acabamentos! Recomendo os botões de marfim...

— Já tenho outro casaco — disse Max, a cabeça começando a doer. — Mas obrigado — acrescentou depressa.

Barlow pareceu desanimado por um breve segundo.

— Aliás, ofereço minhas condolências — falou ele, baixando a voz para quase um sussurro, como se alguém pudesse ouvi-los. Max quase bufou com a menção de "condolências". — O que aconteceu ontem à noite foi terrível! Foi tão inesperado. E ainda em sua casa...

Por um momento de terror, Max pensou na cena no quarto de Bea antes de lembrar que Barlow não tinha como saber o que realmente havia acontecido.

— De fato. — Max foi abrupto.

— E pensar que você foi o último a ver o conde antes que ele desse seu último suspiro. — Barlow inspirou pela boca. — A única garantia da vida é a morte, não é mesmo?

— De fato.

— Como está lady Beatrice em meio a todo esse infortúnio?

O rosto de Barlow era um retrato de preocupação.

O duque ficou tenso.

— Minha irmã ficou muito perturbada — afirmou ele.

— Mas é claro. Qualquer dama ficaria paralisada de choque e tristeza.

A menos que ela se chame srta. Moore, pensou Max sombriamente. Neste caso, ela cuidaria de cadáveres amarrados com fitas de seda da mesma forma que a maioria das mulheres administrava uma lista de compras diárias.

Barlow se remexeu no assento.

— Sobre lady Beatrice...

— Minha irmã não está na cidade no momento — interrompeu Max antes de ter que ouvir mais convites para teatros, museus ou exposições.

Barlow piscou como uma coruja.

— Então onde ela está?

— No campo — respondeu Max vagamente. — Recuperando-se.

— Ah, sim. Claro. E quando ela deve voltar?

— Não sei — disse Max, desejando poder escapar do confinamento da carruagem naquele segundo, com ou sem casaco.

As boas intenções de Barlow estavam começando a cansar, e sua dor de cabeça estava se intensificando. A verdade era que ele mal conhecia aquele homem e não tinha interesse em aprofundar a relação. Ele mexeu a mão para pegar o relógio, apenas para perceber que havia ficado no bolso do casaco. Com a srta. Moore. Assim como a carta e o anel de Bea.

Maldição!

A carruagem diminuiu a velocidade e Max puxou a cortina para o lado, sentindo alívio ao ver que estavam quase na frente de sua propriedade.

— Agradeço a gentileza, Barlow — falou o duque, tentando não parecer muito ansioso para sair da carruagem. — Mas estou com um pouco de pressa.

— Claro, claro — disse o homem. — Talvez, Sua Graça, se tiver um momento, gostaria de discutir um assunto de negócios com você...

— Você pode vir amanhã? — perguntou Max, desesperado para se livrar do conde.

— Com certeza! — exclamou Barlow com um sorriso cheio de dentes. — Meio-dia seria um horário adequado?

— Sim, sim.

Max teria concordado com qualquer coisa. Ele fechou a porta do veículo, quase correu pela rua e subiu a escada na frente de casa.

Escancarou a porta e entrou, depois a fechou e se apoiou na madeira fria, cerrando os olhos em exaustão. Aquilo não daria certo. Ele não seria capaz de fingir que estava tudo bem e perfeito quando estivesse conversando com homens como Barlow.

Era esperado que ele fosse a alguns clubes enquanto estivesse em Londres, e certamente teria vários encontros de negócios para conversar sobre números, remessas e contratos para a próxima temporada. Tinha provisões para abastecer, homens para pagar, cargas para transportar, contas para revisar e navios para consertar. Como conseguiria fazer tudo aquilo quando sua irmã estava simplesmente... desaparecida? Quando a mulher que deveria ajudá-lo a encontrar Bea estava se transformando em uma tentação à qual ele não queria mais resistir?

Quando ele não tinha a menor ideia do que fazer sobre a situação?

— Você a encontrou? — A voz de Helen cortou o silêncio.

Max abriu os olhos.

— Ainda não — disse ele. Sua dor de cabeça não estava melhorando.

A tia estava de pé no corredor, vestida imaculadamente como sempre, embora suas mãos estivessem unidas como se numa reza. Ao ouvir a resposta, a mulher emitiu um ganido de angústia e cambaleou.

Max foi de imediato para o lado dela e a guiou até a sala de estar, onde a sentou em um sofá.

— Onde está Beatrice? — perguntou Helen, embora Max soubesse que ela não esperava uma resposta.

Havia uma bandeja intocada de chá disposta em uma mesa de canto. Max serviu a bebida e colocou uma xícara nas mãos magras da tia. Então, fechou a porta com firmeza antes de se sentar na outra ponta do sofá e olhar para ela.

— Minha irmã estava infeliz aqui? — questionou, sem rodeios.

Os dedos de Helen apertaram a alça da xícara e o pires estremeceu.

— Quem disse isso a você?

— Ninguém — respondeu Max com resignação, sabendo que estava parecendo a srta. Moore, mas a pergunta precisava ser feita. — Entretanto, não posso deixar de considerar a possibilidade de que Beatrice tenha... ido embora.

— Está querendo dizer que ela fugiu? Igual uma garota rebelde do interior que anseia por uma vida de aventuras na cidade grande? — falou a tia em tom severo.

Max suspirou. Ele não contaria sobre o bilhete que havia recebido até obter mais informações. Dizer a Helen que recebera uma mensagem sugerindo que Bea podia muito bem ter fugido só aborreceria ainda mais a tia.

— Ela tinha tudo o que queria — sussurrou Helen. — Eu me certifiquei disso.

— Nós dois nos certificamos, mas talvez eu tenha falhado em dar o que ela mais precisava.

Pronto, ele confessara o que estava pesando em sua consciência desde que havia entrado no quarto de Beatrice na noite anterior.

— Beatrice adora você — disse Helen, pondo a xícara de lado.

— Ela nem me conhece direito.

A tia se levantou e pegou uma linda caixinha de madeira, com pássaros caprichosos esculpidos na tampa. Max reconheceu imediatamente como um dos presentes que havia enviado de Bombaim para a irmã. Helen colocou a caixa no colo de Max e voltou a se sentar.

— O que é isso? — perguntou Max.

— As cartas que você mandou para sua irmã. Ela guardou todas e, para cada uma que você mandava, escrevia quatro.

— Eu sei.

Às vezes, ele encontrava uma dúzia de cartas esperando por ele nos escritórios de Bombaim ou Calcutá, trazidas para o porto por outro navio.

Max abriu a caixa lentamente e encontrou uma pilha de cartas antigas, o papel macio e meio amassado pelo manuseio constante. No topo estava uma linda concha rosa.

— Ela o conheceu por meio de suas cartas. Por meio de seus contos de aventura.

Só que os "contos de aventura" geralmente não passavam disso. Contos. Ele nunca escreveu sobre febre amarela, cólera, qualquer uma das outras doenças que corriam soltas e matavam os homens em um piscar de olhos. Nunca escreveu sobre feridas que infeccionavam e doíam até levarem uma alma à loucura antes de tirar sua vida. Ele nunca escreveu sobre os homens que faziam emboscadas, ansiosos para matar, fosse por uma bolsinha de dinheiro ou pela chance de roubar um navio inteiro.

— Mesmo assim, acho que nós dois sabemos que ela precisava do irmão. Não de uma pilha de histórias. — As palavras de Helen eram acusatórias.

— Ela tinha você — falou Max, sentindo um peso na barriga.

— E parece que eu não era o suficiente. — Helen balançou a cabeça. — Ela é tudo que eu tenho. Estou com tanto medo...

— Ela vai ficar bem. Vou encontrá-la e trazê-la para casa.

— Como sabe disso? — gritou a tia. — Depois do que encontramos lá em cima... Meu Deus... — Ela levou a mão à boca.

Max não conseguia pensar em palavras para fazê-la se sentir melhor. Os dois tinham visto a mesma cena no quarto de Beatrice.

— Ela mencionou alguma coisa sobre Debarry? — indagou. — O conde chegou a visitá-la antes?

— Não — murmurou a tia miseravelmente. — Ela nunca mencionou lorde Debarry. Não sabia que eles se conheciam até... até ontem à noite. Nunca troquei mais que uma dúzia de palavras com aquele homem.

— Bea fez algo de incomum recentemente?

— Não. — A tia fez uma pausa, como se tivesse acabado de lembrar de algo. — Bom, ela pediu para posar para uma miniatura.

— E isso é algo incomum?

— Ela nunca quis posar para um retrato antes.

— E para quem era a miniatura?

Helen arregalou os olhos.

— Achei que fosse para você.

— Você está com ela?

— Sim. — Ela se levantou, foi até a lareira e pegou um pequeno retrato emoldurado do parapeito. — Chegou esta manhã.

Max também se levantou.

— Posso ver?

Helen entregou o retrato para ele. O artista era incrivelmente talentoso e havia capturado perfeitamente os traços de Bea. No entanto, os cachos loiros e a fita azul no cabelo de que Max se lembrava não estavam mais lá, e haviam dado lugar a uma seriedade mais melancólica.

— Posso ficar com ele?

Helen hesitou, preparando-se para discutir.

— Seria bom mostrá-lo para a srta. Moore e sua colega, para que saibam como a Bea é. Elas ainda estão trabalhando para nós.

Consternada, a tia assentiu, e Max pensou em algo.

— Como teve a ideia de contratar a D'Aqueus & Associados?

Por que ele não tinha feito essa pergunta antes? Como sua tia, tão certinha e inflexível, conhecia pessoas com… as habilidades da srta. Moore?

— Todos os membros da alta sociedade conhecem a D'Aqueus & Associados — disse ela.

— Eu não conhecia. — Mas, também, ele não era realmente um membro da alta sociedade. Nunca passara muito tempo por ali. — O que você sabe sobre a srta. Moore?

Helena deu de ombros.

— Nada, e não me importo. Tudo o que preciso saber é que o pessoal da D'Aqueus pode garantir que Beatrice ainda tenha um futuro quando tudo isso acabar. Esse é o trabalho deles: fazer o escândalo desaparecer. E todo mundo sabe disso.

Max não gostou de descobrir que a tia sabia tanto quanto ele sobre a srta. Moore. A falta de conhecimento sobre aquela mulher excepcional estava começando a incomodar, e ele corrigiria esse erro o mais rápido possível. No entanto, fazia sentido que Helen soubesse da firma. Na ausência dele, ela preenchera o vazio deixado por seus pais, sendo responsável por tomar decisões e cuidar de detalhes sobre os quais Max nunca havia parado para pensar.

— Nunca agradeci a você pelo que fez por Bea — disse Max. — E por tudo que fez por mim. Por nós — completou, sem jeito. — Sei que isso certamente deve ter tido um preço.

Helena desviou o olhar e disse:

— Sabe mesmo?

Max franziu a testa.

— Você preencheu um buraco quando papai e mamãe morreram.

— Porque você se recusou a fazê-lo. — Ela olhou para o fogo. — Eu teria ido com ele para Boston, sabe? — disse ela, um pouco envergonhada. — Ele me pediu para ir junto.

— Quem pediu? — Max havia perdido alguma coisa na conversa.

— Edward. Ele até me pediu em casamento.

— Quê?! Quem é Edward?

— Edward Shelby. Ele é advogado. Eu o conheci em um conservatório. Partilhamos do mesmo interesse por orquídeas. Temos muitas coisas em comum.

— E você estava noiva?

Por que aquela era a primeira vez que Max ouvia sobre isso?

— Não oficialmente. Edward me pediu em casamento antes de partir. Ele tem um irmão que mora lá e que também é advogado. Os dois montaram uma empresa. — Helen parecia devastada. — Ele queria que eu fosse junto, como sua esposa.

Max olhou para a tia.

— E você não foi.

— Seus pais tinham acabado de morrer. Você estava na Índia. Alguém tinha que cuidar da casa. Alguém tinha que estar aqui para cuidar de Beatrice. Eu não poderia simplesmente levá-la comigo.

— Eu não sabia.

— Ele ainda me envia cartas de vez em quando. Aparentemente, as orquídeas não crescem tão bem em Boston. — A voz dela parecia distante.

— Por que não me contou antes?

— Para quê? Pedi várias vezes para você ficar quando voltou pela primeira vez, após a morte dos seus pais. Quando assumiu o título. Você se recusou. E, se não ficaria na Inglaterra pelo bem da própria irmã, por que teria ficado pelo meu?

Max sentiu uma pontada de culpa, o que era ridículo. Como ele poderia ser responsabilizado por frustrar um sonho que nunca soube que existia?

— Não pude ficar, Helen. Eu não pertenço a este lugar.

Helen olhou para ele, a boca ligeiramente torcida.

— Você nunca quis pertencer.

— Isso não é verdade. Meus pais deixaram bem claro para mim desde que eu tinha 6 anos que eu não era necessário. Meu único dever para com a família, qualquer que fosse a ocupação que escolhesse, era não manchar o nome dos Harcourt. Eles esperavam que eu encontrasse meu próprio caminho, construísse minha própria vida. Eu fiz isso e continuo fazendo. Mantive os cofres cheios e não deixei ninguém passar necessidade.

— E é isso que você espera de Beatrice? E de mim?

— Como assim?

— Que simplesmente fiquemos fora do caminho e não manchemos o nome dos Harcourt?

Max cerrou os dentes.

— Não. E não é a mesma coisa.

— Não é? — Helen se afundou no sofá como se a luta tivesse acabado. — Quando encontrarmos Bea, você ficará em Londres, então? — perguntou, sem olhar para ele. — Ficará aqui e cumprirá suas obrigações como o duque de Alderidge?

Não posso. A resposta veio imediatamente em sua cabeça. Ele continuava não pertencendo a Londres, agora ainda menos do que quando era criança ou adolescente. Sua vida, aquela que ele esculpira para si mesmo, sozinho, estava do outro lado do oceano. A única vida que ele já conhecera, construída com o próprio sangue e suor, não era algo que ele iria ou poderia abandonar tão facilmente. No entanto, de alguma forma, Max não conseguiu responder.

Helen pareceu interpretar o silêncio dele como a resposta que esperava.

— Foi o que pensei.

Max esfregou o rosto com as mãos.

— Sinto muito — disse ele, embora não tivesse certeza do motivo pelo qual estava se desculpando. Por uma família perdida? Por coisas que o destino havia comandado e dirigido? Coisas que não poderiam ser recuperadas, assim como o tempo? Ele olhou para a tia. — Acho que você foi um duque muito melhor do que eu jamais seria.

Ela o encarou com um olhar de decepção.

— Provavelmente, já que você nunca tentou ser um.

Capítulo 6

IvORY DESPERTOU DE um sono agitado ao cair da noite. Sentou-se na cama e esfregou os olhos. Sua trança havia se soltado e o cabelo estava uma bagunça. Ela empurrou as mechas para longe com impaciência, pensando que o cabelo rebelde representava perfeitamente como ela estava se sentindo naquele momento: desordenada e dispersa.

Ivory havia retornado a uma casa silenciosa. Elise ainda não tinha voltado de sua missão de escoltar Mary até a estação de trem e certificar--se de que a criada embarcaria de forma segura para fora de Londres. Não havia qualquer mensagem de Alex, o irmão de Elise, indicando que ele tinha descoberto algo útil em sua rede de informantes, nem notícias de algum dos homens que ela havia contratado para vigiar as casas das amigas de lady Beatrice. Sabendo que precisava de algumas horas de sono para continuar funcionando, Ivory subiu para seu quarto e se deitou na cama, ainda usando o casaco de Alderidge. Disse a si mesma que continuaria vestindo o casaco porque o quarto estava gelado e porque estava cansada demais para reacender as brasas da lareira, mas era mentira. Na verdade, seu corpo estava corado e febril, ansiando por coisas que ela decidira havia muito tempo que poderia muito bem viver sem.

Seu marido era trinta anos mais velho que ela quando se casaram; os filhos do primeiro casamento dele já eram crescidos. O relacionamento físico dos dois era secundário em relação ao vínculo de amizade que haviam criado. Naquele último ano, quando a saúde de Knightley piorou, e depois, nos primeiros anos de viuvez, a intimidade física era algo que Ivory nem tivera tempo de considerar, muito menos de sentir falta. Mas agora...

Agora ela estava agindo como uma jovem apaixonada e obcecada. Era humilhante.

O que ela sabia sobre o duque de Alderidge, além dos fatos esparsos que haviam sido cuidadosamente registrados nos arquivos? Sabia que Maximus Harcourt amava muito a irmã. Que podia ser cabeça-dura e teimoso. Que depositara sua confiança e fé em um menino de rua porque viu honra sob os trapos. Que podia ser controlador e arrogante.

Às vezes, ele era um duque. Em outras, era um capitão. E, mais raramente, também era um cavalheiro.

Ivory se levantou, saindo do casulo aquecido de lã. Estava se sentindo inquieta e com pena de si mesma, mas, se havia aprendido alguma coisa nos últimos anos, era que tais indulgências não serviam para nada.

Ela se apressou para descer, o casaco de Alderidge dobrado sobre os braços, e notou a escuridão já pintando as janelas de preto. Alguém tinha acendido as lamparinas do salão, e Ivory aproveitou para deixar o casaco no sofá. Sua intenção era ir ao escritório para revisar as anotações que tinha sobre Debarry, mas parou quando seu olhar recaiu sobre o piano que estava encostado na parede oposta. Fazia muito tempo que ela não tocava e cantava. A menção de Collette a *Giulio Cesare* havia despertado outro desejo que pensou ter enterrado havia anos. Mas que inferno! O que estava acontecendo com ela?

No entanto, foi impossível não se aproximar do instrumento e deslizar os dedos pelas teclas. Ela tocou uma nota, encontrando o tom certo, e de repente estava cantando, sua voz enferrujada por falta de prática, mas ganhando força e confiança à medida que continuava. Ivory fechou os olhos, mergulhando na música, sua memória suprindo cada palavra e cada nota. E, quando o último trecho da ária acabou, percebeu que estava sorrindo como uma idiota e perigosamente à beira das lágrimas.

— Por que parou?

Ela soltou um grito antes de girar.

O duque de Alderidge estava na porta com uma expressão peculiar no rosto.

— Você me assustou!

— Sinto muito — disse ele, não parecendo nem um pouco arrependido. — Foi uma linda apresentação.

— Como entrou aqui? — exigiu ela, ignorando o elogio. — A porta estava trancada.

Aquela ária não era para ninguém além dela mesma. Embora sua identidade não fosse um segredo, certamente não era algo que ela gostava de anunciar.

— Não, não estava. E ninguém respondeu quando bati.

Ivory franziu a testa. Será que estivera distraída o suficiente para esquecer de trancar a porta? Deixou esse pensamento de lado e disse:

— Eu não estava esperando a sua visita...

— Onde aprendeu a cantar assim?

Ivory relaxou um pouco. Havia vantagens em ter um cliente que não passava muito tempo em Londres. Era evidente que o duque não fazia ideia da antiga ocupação dela, e aquilo era bom.

— Por aí — respondeu Ivory vagamente.

Não era mentira.

— Por que não está se apresentando em casas de espetáculo com uma voz dessa?

Ivory riu, embora tivesse soado forçado aos seus próprios ouvidos.

— Por quê? Você tem uma vaga para soprano em uma de suas tripulações? Garanto, Sua Graça, que não conseguirá me convencer com um elefante.

— Estou falando sério.

— Jura? — resmungou Ivory.

— O que quer dizer? — perguntou ele, entrando na sala.

E, simples assim, o duque não estava mais examinando o passado dela. Ivory suspirou aliviada.

— Significa, Sua Graça, que ainda não o vi sorrir desde que nos conhecemos.

— Não tenho tido muitos motivos para sorrir nos últimos dias, não é, srta. Moore?

Ela tinha muitas ideias de como remediar isso, mas nenhuma era apropriada. Eram todas despudoradas.

— É, acho que não. — Ivory atravessou a sala e ficou atrás do sofá, colocando uma barreira física segura entre os dois. Sem graça, ela tentou arrumar melhor o cabelo. — Como posso ajudá-lo, Sua Graça? — Pronto, aquilo soara normal o suficiente. — Precisa de alguma coisa?

O duque começou a circular pela sala, com as mãos atrás das costas e os olhos percorrendo as paredes, o quadro pendurado sobre o piano e a estante com a coleção de livros. Ele parecia inquieto.

Ivory esperou, permitindo que o silêncio se estendesse.

— Quem é você exatamente, srta. Moore? — perguntou ele, tirando um volume da prateleira e examinando a encadernação.

— Perdão?

Maldição, ele tinha voltado ao assunto.

— Você perguntou se eu preciso de algo. Eu preciso, srta. Moore, de algumas respostas. Como seu cliente, tenho certeza de que tenho direito a saber alguns fatos básicos sobre a pessoa que contratei.

— O que deseja saber?

— Há quanto tempo trabalha para o sr. D'Aqueus?

Bom, aquela era uma pergunta até que simples.

— Faz cinco anos que trabalho na D'Aqueus & Associados, Sua Graça.

— E o que você fazia antes disso?

Essa era mais espinhosa.

— Fiz várias coisas diferentes.

— Como o quê?

Cantei em alguns dos maiores palcos da Inglaterra, França e Itália.

— Viajei bastante.

— Por onde?

— Pela Europa.

Ela sempre tentava usar a verdade quando possível.

— Você era uma espiã da Coroa?

Ivory quase não conseguiu conter uma gargalhada.

— Você acha que eu realmente contaria se tivesse sido uma espiã? — O duque fez uma careta, e Ivory sentiu pena do homem. — Não, Sua Graça, não fui uma espiã.

— E eu simplesmente devo acreditar na sua palavra?

— Que dilema, não? — provocou ela.

Alderidge suspirou e fechou o livro.

— Qual é o seu nome? Seu primeiro nome.

— Por que isso é importante?

— Porque eu quero saber. — Ele colocou o livro de volta na estante e se aproximou do sofá. — Você sabe um segredo que tem o poder de destruir toda a minha família. Você tem tudo o que amo na palma da mão, e eu não sei nada sobre você. Eu nem sei o seu nome.

— Sei de muitos segredos, Sua Graça. Nenhum dos quais jamais será compartilhado com ninguém. Nunca. Mas não vejo por que...

O duque segurou o encosto do sofá e baixou a cabeça em frustração.

— Por favor.

— Ivory — sussurrou ela.

Alderidge levantou a cabeça.

— Ivory — repetiu ele, e o som do nome dela em sua língua enviou uma onda de calor que percorreu todo o seu corpo. — Obrigado.

Ele não tinha se barbeado, e seu queixo estava mais uma vez escurecido pelo restolho de barba loira que implorava para que ela explorasse a textura com os dedos. O cabelo estava preso em um pequeno rabo de cavalo baixo, e implorava quase tão alto quanto a barba para que ela soltasse a fita de couro e sentisse sua espessura e maciez. Ele vestia outro casaco, um mais leve e adequado para a cidade, e a largura de seu peito e ombros estava visivelmente forçando as costuras. As mãos do duque, ainda segurando o encosto do sofá, eram fortes, cheias de cicatrizes e calos.

Então, ele se afastou do sofá e deu a volta para caminhar até ela. Ivory se manteve firme, sem saber se o que a impedia de recuar era orgulho ou imprudência. O duque parou na sua frente e segurou seu queixo com os dedos, inclinando o rosto dela levemente.

— Por que seus amigos a chamam de Duquesa? — indagou. — Como ganhou esse apelido?

Ivory tentou formular uma resposta plausível, mas era impossível raciocinar enquanto aquele homem segurava seu rosto, direcionando aqueles olhos cinzentos para os dela. Alderidge moveu a mão do queixo para o cabelo dela, empurrando as mechas para trás com carinho, seus olhos seguindo o caminho dos dedos. E, quando a encarou novamente, o desejo que ela viu refletido ali quase a fez gemer alto. Seria tão fácil contar tudo para ele, pensou Ivory. Apoiar-se sobre aqueles ombros fortes e se livrar de camadas e camadas de meias mentiras e verdades ocultas que a cercavam. No entanto, sabia que esse sentimento era apenas uma necessidade irracional e emocional, nascida do desejo físico que despertara de forma repentina dentro dela.

— E isso importa? — rebateu Ivory. Aquele homem enfraquecia suas defesas como nenhum outro.

— Ainda não decidi — disse ele, e ela não tinha certeza se ele ainda estava falando do apelido.

Os olhos do duque focaram a boca dela, e Ivory sentiu um frio na barriga.

— Quando você vai decidir?

— Depois disso — respondeu ele, e então a beijou.

Fazia uma vida desde que fora beijada daquela maneira. Não, corrigiu-se. Nunca fora beijada daquela maneira. Não por um homem tão poderoso, com um autocontrole que parecia ser algo vivo, abalando o dela própria. Ele se apertou contra ela, aprofundando o beijo, e Ivory sentiu suas pernas quase fraquejarem com a súbita necessidade de possuí-lo. Ela estava tremendo, e certamente teria sentido vergonha de si mesma se conseguisse raciocinar.

Será que ele a deitaria no sofá? Talvez no caro tapete Aubusson? Empurraria ela contra a parede? Quem sabe tudo isso.

— Ivory — murmurou o duque no pescoço dela, mas havia um tom de pergunta em sua voz. Como se estivesse pedindo permissão para fazer tudo o que ela queria que ele fizesse.

Algo que ela não poderia lhe dar.

Ofegante, Ivory interrompeu o beijo.

— Não posso fazer isso. — Ele apoiou a testa na dela. — Sua irmã... — Ivory se interrompeu, tentando manter o fio da meada. — Você é um cliente.

— Você tem razão — sussurrou ele, claramente arrependido. — Desculpe. Isso... eu não deveria... — Alderidge também não conseguia encontrar as palavras para o que havia acontecido.

— Não deveríamos — repetiu ela.

Ele entrelaçou os dedos no cabelo dela e inclinou a cabeça para trás, fitando-a intensamente.

— Não agora — respondeu o duque, com a voz rouca. — Mas, quando tudo isso acabar, quando minha irmã estiver segura em casa, vou beijá-la de novo, Ivory Moore. — Ele deslizou o polegar suavemente sobre o lábio inferior dela. — E então você vai me contar por que seus amigos a chamam de Duquesa.

Ivory fechou os olhos, sabendo que aquilo dificilmente aconteceria. Aquele homem era mais capitão que duque, e certamente retornaria à vida no mar assim que tudo acabasse. O que quer que existisse entre eles poderia ser incrível e ardente, mas também seria temporário e efêmero. E havia pouco espaço para segredos em relacionamentos desse tipo.

Alderidge se endireitou, tirando as mãos dela antes de se afastar. Ivory odiou a terrível sensação de perda que a invadiu. Ele caminhou para o outro lado da sala, como se a distância pudesse esfriar o calor que dominara os dois. Como se a distância fosse fazer com que a conversa voltasse para assuntos mais mundanos.

O duque pigarreou.

— Pode pelo menos me dizer como minha tia conseguiu encontrá-la?

Aquela pergunta era fácil. E segura. Ivory respirou fundo e se acalmou.

— Da mesma forma que todos nos encontram. Ela enviou uma mensagem anônima.

— Através da Pata do Leão.

— Exato. — O coração de Ivory estava recuperando o ritmo normal. — Enviar um criado até a Pata do Leão é muito menos incriminador do que enviar um para Covent Square. Ninguém nunca vai admitir que precisou dos serviços da D'Aqueus & Associados. Admitir isso é o mesmo que revelar que tem algo a esconder, que um ou dois esqueletos caíram de um armário. Ou, mais frequentemente, de uma cama. Se perguntar a qualquer um dos meus ex-clientes sobre mim ou este negócio, eles dirão que não fazem ideia do que você está falando. É bastante... libertador. Eu simplesmente não existo.

— Ah, Duquesa, mas você certamente existe — falou uma voz arrastada da porta.

Max se virou e deparou-se com um homem alto e magro na porta. O sujeito estava encostado no batente, os braços e botas cruzados, como se esperasse casualmente uma balsa. Seu cabelo era escuro, encara-colado no pescoço, e os olhos eram de um tom âmbar. Uma longa cicatriz começava no lábio superior e percorria sua bochecha direita, desaparecendo logo acima da orelha.

— Alex! — falou a srta. Moore calorosamente, indo cumprimentá-lo.

O homem andou metade do caminho, pegou as mãos de Ivory e se curvou, beijando os dedos dela com um floreio.

— Há quanto tempo, Duquesa — disse ele.

Max precisou desviar o olhar ao ver os lábios de outro homem tocarem a pele de Ivory Moore. A pele que Max havia explorado com a boca e as mãos poucos minutos antes. Nunca, em toda a sua vida, desejara tanto uma mulher como desejava a srta. Moore. De alguma forma, ela invadira seu corpo como uma droga particularmente po-tente que tinha a capacidade de alterar sua percepção de tudo. Max a teria tomado naquele sofá se ela não o tivesse parado e lembrado que ele estava ali para encontrar a irmã, não para satisfazer sua luxúria.

Parte de sua consciência, a que ainda tentava se apegar à honra, dizia que ele deveria ter vergonha de si mesmo. A outra parte só queria beijá-la de novo.

— Nós nos vimos há três dias, Alex — comentou Ivory.

— E isso é muito tempo. — O homem sorriu para ela. — O que você estava cantando? Também faz muito tempo desde que ouvi sua voz da maneira como deveria ser usada.

Max observou Ivory congelar, e teve a mesma reação de angústia. Inferno! Será que o homem tinha ouvido toda a conversa? Será que testemunhara o beijo? Ouvira a promessa apaixonada de Max?

— Era *Giulio Cesare*, de Handel.

Ivory pigarreou.

— Foi muito… provocativa. — Os estranhos olhos cor de âmbar do homem se voltaram para Max.

Ivory fungou.

— É o objetivo. Esta é a ária que Cleópatra usa para seduzir César.

— É mesmo? — falou o homem, dando um sorriso pretensioso.

— Eu tento manter minhas portas trancadas por um motivo, sabia? — acusou Ivory.

Alex riu, como se uma porta trancada não fosse nada de mais.

— Eu estava com fome e não queria esperar lá fora. A rua está bem movimentada, e suas vizinhas são bem insistentes.

— Minhas vizinhas têm um bordel, Alex. Você é um homem vivo e com todos os dentes. O que você esperava?

— Alguma distância? — sugeriu ele, e Ivory deu uma risada zombeteira.

O homem se endireitou, virando-se para Max com um olhar nada caloroso.

— Presumo que você seja o duque de Alderidge.

De repente, Max se viu o objeto de um intenso escrutínio, e não gostou nem um pouco. Além disso, não lhe agradou o fato de aquele homem saber sua identidade, enquanto Max permanecia ignorante quanto à dele.

— Você presumiu corretamente.

Aquele sujeito deixava Max inquieto. Sua inteligência afiada era visível em seus olhos, e ele se movia com muita confiança. Se o tivesse encontrado perto de um cais escuro, Max já teria sacado a arma.

— Este é um dos meus associados, o sr. Alexander Lavoie — apresentou Ivory. — Ele é dono de um… clube de cavalheiros.

Dono de um clube de cavalheiros? O homem parecia mais um assassino.

— Por que está aqui, Sua Graça? — Os olhos de Lavoie eram duros.

— O que está querendo dizer? — Max não desviou o olhar.

— A maioria das pessoas com motivos para procurar nossa ajuda evita envolvimentos desnecessários. Elas se distanciam. Certamente não procuram este endereço ou nossa… companhia.

Então Lavoie *tinha* testemunhado mais do que deveria. Max não fazia ideia do que o homem significava para Ivory, mas estava claro que havia algum tipo de desafio na voz dele. Talvez fosse mesmo um assassino. Não importava. Não seria o primeiro assassino no caminho de Max, e suas cicatrizes poderiam provar.

— Minha irmã desapareceu, sr. Lavoie — disse Max, mantendo a voz controlada. — Embora me pareça que você já saiba disso. A srta. Moore se comprometeu a me ajudar a encontrá-la.

Os lábios de Lavoie se curvaram ligeiramente.

— Alex. — Ivory estava carrancuda, e seu tom era ameaçador. — Tem um motivo para você estar aqui, então, por favor, tenha a gentileza de compartilhá-lo conosco.

Os olhos âmbar deslizaram para Ivory.

— Talvez Sua Graça devesse ir embora antes.

— Eu não vou a lugar nenhum — retrucou Max.

Lavoie franziu a testa.

— Eu não acho que seja sensato...

— Ele fica.

As palavras de Ivory tinham um tom definitivo, e Max sentiu o peito apertar.

As sobrancelhas de Lavoie desapareceram sob o emaranhado de cabelo em sua testa, e ele observou Ivory com um olhar especulativo. Ela devolveu o olhar de forma impassível.

— Está bem. Tem uma entrada registrada em meus livros de apostas — contou o homem, voltando a encarar Max. — De quinhentas libras.

— Prossiga.

— Desafia Debarry a... — Lavoie hesitou.

Max enrijeceu, e seu coração pulou na garganta.

— Seduzir minha irmã — o duque concluiu por Alex.

— Sim, embora o termo utilizado seja outro, assim como o nome da mulher a ser seduzida.

— Quem ele deveria seduzir?

— Lady Helen.

— A minha tia? — Max tentou pensar na possibilidade de Debarry estar apaixonado por Helen e falhou miseravelmente. — Mas isso é um absurdo. Minha tia mal conhecia o homem. Tem certeza?

De uma bolsa perto da porta, Lavoie pegou um livro com capa de couro vermelho, que mais parecia com um livro de contabilidade, e o estendeu para Ivory.

— Veja com seus próprios olhos. A página está marcada.

Ela pegou o livro e o abriu na página marcada com um pedaço de cordão de couro.

— Com quem ele apostou? — indagou Ivory em tom profissional.

— Com o visconde Stafford.

Não era à toa que Stafford tinha fugido de Max no baile como se tivesse visto uma assombração. A aposta podia ser absurda, mas certamente seria motivo para Max querer tirar satisfação.

Ivory passou o dedo pela página e parou quando encontrou a entrada.

— Essa aposta era de conhecimento público?

Lavoie deu de ombros.

— Está nos meus registros. O uso dos livros deve ser solicitado em particular, e não os disponibilizo para leitura casual. No entanto, não posso garantir que outra pessoa além do visconde e do falecido conde não soubesse de nada.

— Quando eles fizeram a aposta? — perguntou Max, ficando ao lado de Ivory.

— Há um mês.

Ivory franziu a testa.

— Isso não faz sentido. O conde era conhecido por gostar de mulheres mais jovens. No arquivo de Debarry, tenho uma longa lista de jovens... — Ela se interrompeu, como se algo tivesse lhe ocorrido. — Tem mais apostas desse tipo aqui, Alex?

— Mais o quê?

— Apostas entre Debarry e Stafford. Apostas como essa, que nomeiam mulheres mais velhas como objetivo de uma sedução planejada.

Foi a vez de Lavoie franzir a testa.

— Talvez. Não posso dizer que analiso cada aposta estúpida que algum idiota bêbado coloca nos meus livros, mas tento me manter informado. — Ele pegou o livro de registro e folheou desde o início. — Aqui — disse ele depois de um minuto. — Tem uma de outubro. Uma aposta entre Debarry e Stafford que desafia Debarry a, hum, seduzir…

— Lady Marsden. — Ivory disse sem rodeios. — A viúva do falecido conde de Marsden.

— Exato. Como sabia disso?

— Porque em outubro eu ajudei a filha mais velha de lady Marsden a escapar de uma estalagem nos arredores de Londres antes que alguém pudesse reconhecê-la. Uma garota muito embriagada e chorosa, que insistia que seria a próxima condessa de Debarry.

Max entendeu a situação imediatamente, e uma onda de raiva tomou conta de seu corpo, chegando a borrar sua visão. Ainda bem que o conde estava morto. E Stafford logo se juntaria a ele, pensou Max.

— Eles não podiam nomear uma jovem no livro, mas ninguém se importaria com uma aposta feita com o nome de uma viúva ou solteirona — explicou Ivory.

Lavoie parecia furioso.

— Malditos. Eu não percebi.

— Você não tinha motivos para perceber — afirmou Ivory, mas Lavoie não parecia mais aliviado.

— Humpf. Bem, pelo que entendi do relato de Elise sobre a cena, sua irmã levou a melhor sobre o conde, Sua Graça.

Max se moveu, mas a mão de Ivory encontrou seu braço e o impediu de alcançar a lâmina em seu cinto. Lavoie não perdeu nada, e um leve brilho do que parecia aprovação reluziu em seus olhos enquanto ele olhava para o duque.

— Não posso dizer que não estou feliz.

— Você está tentando ser um idiota, Alex? — perguntou Ivory.

— Não, estou tentando fazer você entender que vai ter que cuidar dos restos mortais do visconde se deixar este bom duque sair daqui sozinho.

Alex Lavoie tinha razão. Max iria cortar o sujeito em pedacinhos.

— Ele não estará sozinho.

Max não conseguiu olhar para Ivory, com medo do que poderia ver. Lavoie estava a encarando de novo.

— Já localizaram lady Beatrice? — perguntou após um tempo de silêncio.

Ivory balançou a cabeça.

— Não.

— Hum. — Lavoie passou a mão pelo cabelo. — É possível que Stafford saiba de alguma coisa. Também é possível que ele saiba demais. Talvez você queira conversar com ele. Ou, se preferir, posso fazer isso. Ele vai ao meu clube esta noite.

— E como você sabe disso? — Max ficou satisfeito com a firmeza de sua voz.

Lavoie voltou os estranhos olhos para ele.

— Porque é quinta-feira, e o visconde não é nada senão previsível.

— Não será necessário que você converse com ele. Sou perfeitamente capaz de ter minhas próprias conversas.

— Ah, sim, claro. Mas não tenho paciência com tolos, Sua Graça. Se você planeja matar esse homem, faça a gentileza de não envolver meu estabelecimento. Não gosto de lidar com a polícia, e é muito difícil tirar manchas de sangue do estofado.

Max estava começando a simpatizar com ele.

— Justo.

— Ninguém vai matar ninguém — rebateu Ivory. — Um visconde morto que fez uma aposta tola não vai nos ajudar a encontrar sua irmã, Sua Graça.

— Mas faria eu me sentir melhor.

Ivory fez uma careta, e Lavoie sorriu.

— Você não deveria estar em algum lugar, Alex? — perguntou Ivory. — Enganando cavalheiros, ganhando dinheiro?

— Eu não engano ninguém, apenas… encorajo.

Ivory revirou os olhos.

— Espero você hoje à noite, então? — indagou Lavoie a caminho da porta.

Ela abriu a boca para responder, mas Max falou primeiro:

— Sim.

Ivory fez um som de desagrado.

— O duque e eu discutiremos e chegaremos a um acordo antes de qualquer coisa.

— Hum. Bem, se você decidir visitar meu estabelecimento esta noite ou no futuro, Sua Graça, lembre-se do que eu disse sobre o estofado.

— Vá logo — disse Ivory rudemente.

Lavoie sorriu para ela e saiu tão silenciosamente quanto havia chegado.

— Vamos. — Max já estava indo para a porta.

— Você não vai a lugar nenhum agora.

— Como assim?

— Pense — falou Ivory, bloqueando o caminho para a porta. — A aposta que o visconde e o conde fizeram foi feita em um livro de apostas em um clube de jogos, o que quer dizer que não foi sigilosa. Outras pessoas podem saber sobre ela, e é possível que saibam até a verdadeira natureza da aposta.

Max estava tentando se concentrar no que Ivory estava tentando dizer, mas tudo o que conseguiu reter foi a palavra "outros". Uma nova onda de fúria o dominou. Se aquilo fosse verdade, então havia outros que não tinham feito nada para impedir a situação. Outros que ficaram apenas assistindo...

— Você voltou para Londres na mesma noite em que Debarry morreu. Agora me diga a conclusão que as pessoas vão tirar disso.

Max congelou, a raiva se esvaindo e dando lugar a algo que o deixou arrepiado.

— Que descobri a aposta e o matei.

— Exatamente. Você parecia bastante decidido a matar o visconde um momento atrás.

— E ainda estou. — Ivory apertou os lábios em desaprovação. — Ora, não me olhe assim! Se eu tivesse matado Debarry, não o teria feito no quarto de hóspedes da minha própria casa e o deixado lá para que o maldito mordomo descobrisse o corpo — argumentou Max, começando a andar de um lado para o outro. — Eu o teria chamado para um duelo e o atravessado com uma espada. Ou daria um tiro em sua cabeça. Qualquer uma das opções seria boa.

Ivory suspirou.

— Independentemente disso, essa aposta fornece um motivo para assassinato.

— E se alguém me acusar de ter matado o conde por causa disso? O que fazemos?

Ivory estava novamente com o dedo no lábio inferior, e Max precisou fazer um esforço hercúleo para se concentrar.

— Acho que ninguém vai acusá-lo a esta altura. — Ela fez uma pausa. — É uma faca de dois gumes, Sua Graça. Um cavalheiro não pode acusá-lo abertamente de qualquer crime sem primeiro admitir que também sabia da aposta, e muito antes que você pudesse saber. Ele não apenas seria desonrado ao admitir ter conhecimento sobre toda a situação, mas quem garantiria que não foi ele o assassino do conde? E se ele tivesse tentado defender sua irmã e a honra dela? — Ivory fez uma expressão pensativa. — No mínimo, eu conseguiria virar o jogo usando esse argumento.

— Talvez seja exatamente isso que aconteceu. — Max estava tentando não parecer esperançoso. — Será que alguém descobriu as intenções maldosas de Debarry e levou minha irmã embora antes que ela pudesse ser inocentemente envolvida em um escândalo que não era de sua autoria?

— Hummm.

— O que significa "hummm", srta. Moore?

— Além das pétalas de flores, penas de avestruz, garrafas de vinho vazias e fitas vermelhas, sua irmã deixou o vestido de baile para trás. Um vestido daqueles não é uma vestimenta fácil de se tirar quando se tem pressa. Por que ela teria tido o trabalho de mudar de roupa se...

— Está tentando ser uma idiota, srta. Moore? — Ele repetiu a pergunta dela.

— Sei que se recusa a considerar isso, Sua Graça, mas é bem provável que lady Beatrice tenha sido cúmplice do que aconteceu ontem à noite, com ou sem aposta. As evidências sugerem...

— Até que eu tenha prova do contrário, srta. Moore, continuarei a acreditar no melhor sobre minha irmã.

— Hummm.

Max cerrou os punhos.

— Stafford estava no baile ontem à noite. Eu o vi lá. Ele até me evitou, e agora entendo por quê. Ele sabe de alguma coisa.

— Concordo.

— Você concorda comigo?

— Sim. Acho que Alex está certo e precisamos conversar com o visconde. Mas a partir daqui vamos precisar prosseguir com um pouco mais de cautela que da última vez, quando um touro entrou em uma loja de porcelana.

— Você disse "vamos".

— Sim, eu disse. Seria inútil acreditar, mesmo por um segundo, que você será sensato, voltará para casa e me deixará cuidar disso.

— Você está ficando mais esperta, srta. Moore.

— Essa não era a palavra que eu tinha em mente — resmungou ela.

— O que você tem em mente então? Em relação ao visconde.

— Você está realmente querendo saber qual é o plano?

— Cheguei à conclusão de que talvez você tenha certas informações e habilidades que eu não tenho. Pelo menos aqui em Londres. E reconheço que preciso de você... digo, das suas habilidades, se pretendo encontrar Bea.

— Você está ficando mais esperto, Sua Graça. — Ela abriu um sorriso genuíno que iluminou seus olhos, e Max sentiu um frio na barriga. — Espere aqui.

Ela desapareceu e voltou minutos depois com um livro muito parecido com o que Alex Lavoie carregava.

— O que é isso? — perguntou Max. — Outro livro de apostas?

— Não — respondeu ela. — Apenas uma maneira mais segura de lidar com Stafford.

Capítulo 7

Assim que Ivory entrou no clube, sua capa foi recolhida por um empregado silencioso. Um segundo empregado apareceu, trazendo uma bandeja de prata entalhada com taças de espumante borbulhante. Ela pegou uma taça e tomou um gole delicado, sentindo o líquido fazer cócegas em sua boca. Céus, que safra boa. Alex provavelmente estava contando com a aparição de algumas pessoas importantes naquela noite.

Ela colocou a mão no corpete do vestido, resistindo ao impulso de puxá-lo para cima. Fazia muito tempo que não usava um traje como aquele, e tinha quase esquecido como era sentir o toque do ar gelado em seus ombros e decote desnudos. Já as joias em seu pescoço estavam quentes. As pérolas escuras foram um dos últimos presentes de Knightley, e Ivory sempre ficava feliz em usá-las.

Adentrando mais o clube, observou o papel de parede ostensivo, as pesadas cortinas de seda e o tapete com estampa detalhada. As mesas de jogo estavam cheias de homens com roupas elegantes, intercalados por damas da nobreza em vestidos elaborados.

Assim como ela, toda mulher estava mascarada. Uma farsa ridícula, já que a identidade de muitas ali era óbvia mesmo quando escondida por uma máscara ornamentada. No entanto, era eficaz, pois o clube não seria tão popular quanto era o suposto anonimato. De máscara, as damas eram livres para flertar e aproveitar coisas que lhes eram proibidas à luz do dia pelas regras da sociedade.

— Duquesa — cumprimentou Alex, aparecendo ao seu lado.

Ivory tomou outro gole do espumante gelado.

— Olá, Alex.

— Sugiro que não respire muito fundo nesse vestido. Vai causar uma confusão.

— Isso é o que eu chamo de elogio.

— Bom, eu tento. — Ele mudou de tom. — Terceira mesa nos fundos. Ele está jogando faz uma hora. Não está totalmente sóbrio, mas também não está caindo de bêbado.

Ivory passou os olhos pela multidão e avistou um homem barrigudo e grisalho segurando uma bebida em uma das mãos enquanto a outra apertava a bunda de uma das garçonetes de Alex.

— Ele é persistente — comentou Alex.

Ivory observou a mulher se afastar habilmente das mãos rechonchudas do visconde. O sujeito inclinou a cadeira para trás para vê-la partir e disse algo a seus companheiros que causou gargalhadas.

— Onde está Elise? — perguntou Ivory.

— Roubando um duque, um visconde e dois condes. — Alex apontou a cabeça na direção oposta. Ivory viu de relance uma ruiva mascarada com um ousado vestido esmeralda, imersa em um jogo de *vingt-et-un*. Mal conseguia reconhecer Elise, mesmo sabendo quem ela era.

— Talvez você devesse aumentar o salário da minha irmã para que ela não sentisse a necessidade de esvaziar os bolsos da aristocracia aqui. Ela é esperta demais — comentou Alex em tom carinhoso.

Ivory bufou.

— Uma garota também precisa se divertir.

— É isso que o capitão é para você?

Ivory quase se engasgou com a bebida.

— O que disse?

Alex olhou de soslaio para ela.

— O capitão. Ou duque. Ou sei lá como ele se chama. Ele é uma diversão para você?

Ivory pigarreou. Nunca havia se sentido tão grata por estar de máscara, pois suas bochechas estavam ardendo.

— Eu já tive essa conversa com sua irmã. Alderidge é um *cliente*.

— Que teria deitado você naquele sofá em...

— Não vou me dar ao trabalho de responder a isso. — Ela cerrou os dentes. — E por que estava me espionando?

— É o que eu faço, Duquesa. — Ele inclinou a cabeça. — O que ele tem de diferente?

Ivory se controlou para permanecer impassível.

— Não há nada de diferente nele — mentiu ela. — Alderidge precisa da minha experiência, e eu preciso do dinheiro dele. Ele é um cliente e deve ser tratado como qualquer outro.

— Ele não é, não.

— Está tentando arranjar uma briga?

— Não. — Alex cruzou os braços. — Mas, se o duque de Alderidge deve ser tratado como qualquer outro cliente, por que ele acabou de entrar no meu clube?

Ivory virou a cabeça para seguir o olhar de Alex, e seus dedos apertaram a haste da taça. De repente, sua boca ficou seca e seu coração palpitou. Ele estava vestido inteiramente de preto de novo, do casaco, que mostrava o volume de seus ombros e peito, à ponta das botas. Até a camisa e o colete eram pretos, e ele não estava usando gravata. A simplicidade austera do duque contrastava com os trajes coloridos e elegantes dos outros cavalheiros e, para aumentar o efeito, o cabelo solto roçava seus ombros. Não exatamente apropriado ou civilizado. Pelo contrário: parecia um pouco imprevisível, um pouco indomável.

Os homens mais próximos a ele o observavam com cautela, enquanto as mulheres olhavam com um sentimento completamente diferente.

Os olhos cinzentos vasculharam a multidão com uma calma disfarçada até encontrarem Alex e, depois, deslizarem na direção dela. Ivory só soube que foi reconhecida pois ele tensionou a mandíbula. E, apenas com um olhar, ela foi transportada de volta ao calor de sua sala de estar, quando o duque a beijara intensamente e lhe prometera mais.

— Por que ele está aqui? — perguntou Alex novamente.

Ivory foi arrancada de seu transe.

— Porque eu pedi para que ele viesse.

— Desde quando você pede para clientes fazerem algo além de depositar dinheiro em seu cofre?

— Desde quando isso é da sua conta?

— Você acha que a presença dele é uma boa ideia?

Não, é uma péssima ideia. Pois, desde que ele entrou e capturou seus olhos, Ivory não conseguia se lembrar por que ele estava ali. Por que *ela* estava ali. Havia simplesmente se esquecido do visconde, da irmã desaparecida do duque, de uma aposta que tinha o potencial de fazer Alderidge ser preso. Ela só conseguia se lembrar do que sentira durante o beijo, quando ele a tocara e a chamara pelo nome e...

— Só para você saber, Duquesa: acho que posso gostar dele. — Alex obviamente desistira de receber uma resposta. Ou, mais provavelmente, conseguira a resposta que precisava.

As bochechas dela queimaram de novo.

— Mas vou gostar menos dele se alguém morrer aqui esta noite. — A frase foi dita em tom de advertência. — Espero que saiba o que está fazendo.

— Claro que sei o que estou fazendo.

Não faço ideia do que estou fazendo.

Max observou Ivory caminhar em sua direção, e tentou associar a visão daquela deusa de vestido vinho com a mulher que ele havia visitado em Covent Square e que se escondia sob um vestido cinza sem forma. Também tentou controlar o desejo instantâneo que lhe deixou com um frio na barriga e desceu para suas partes baixas. Ela estava absolutamente deslumbrante sob a luz suave do clube, de uma forma que fazia todas as outras mulheres presentes ficarem invisíveis. Seu cabelo estava preso em um penteado que deixava cachos caírem ao redor do rosto e sobre os ombros. A cor forte do vestido e as pérolas exóticas em seu pescoço faziam sua pele reluzir, e seus seios generosos criavam um vale profundo no topo do corpete. Ela era a personificação do pecado e de todas as coisas profanas que um homem faria para possuí-la. E, naquele momento, cada homem no recinto devia estar imaginando-a em sua cama. Ou deitada em um sofá...

— Quem é ela? — sussurrou algum admirador. Havia um grupo de rapazes logo atrás de Max, e o interesse que abafara a conversa deles era quase palpável.

— E isso importa? — falou outra voz arrastada, em tom de brincadeira. — Uma mulher dessas... Você não serve nem para beijar os pés dela.

— Não é bem os pés dela que quero beijar — provocou o homem. — Eu colocaria minha língua...

Max recuou e pisou no pé do jovem mais próximo. O dândi usava sapatos de dança e um colete num tom verde-amarelado tão reluzente que provavelmente brilhava no escuro. O duque se apoiou no calcanhar da bota e o homem ganiu como um cachorrinho ferido.

Max virou-se lentamente.

— Sinto muito.

— Maldito grandalhão... — começou o jovem, mas evidentemente desistiu de concluir a frase ao levantar os olhos.

Que homem inteligente.

O dândi ferido saiu mancando e ressentido, seguido por seus companheiros, e Max os observou partir por um momento antes de voltar os olhos para a srta. Moore. Ivory estava quase o alcançando.

Ela piscou, mas era difícil analisar sua expressão por causa da máscara dourada.

— Sua presença aqui é uma novidade esta noite, Sua Graça. Lembre-se de que está sendo observado.

— Se estou sendo observado, é porque estou ao seu lado. — E ele não estava mentindo. — Você está deslumbrante.

— Obrigada.

O duque observou, fascinado, quando um leve rubor tocou a parte visível das bochechas de Ivory sob a máscara.

— Stafford está na terceira mesa — falou ela ao passar, parando apenas para tomar um gole do que parecia ser espumante. Ivory inclinou a cabeça para trás, expondo o pescoço. Max desviou o olhar. Ele precisava se concentrar. E não na srta. Moore. — Colete com listras cor-de-rosa. Sente-se no assento vazio diante dele, mas me dê dois minutos.

E então ela partiu, abrindo caminho entre as mesas.

Aquelas palavras foram suficientes para ele mudar o foco para o sujeito que levianamente usara a honra de sua irmã como meio de entretenimento.

Max cerrou os punhos enquanto a observava se aproximar da mesa em questão e deslizar os dedos pelo encosto de uma cadeira entalhada como se acariciasse um amante. Ela disse algo que ele não conseguiu ouvir, mas todos os homens, incluindo o visconde, endireitaram-se em seus assentos ao mesmo tempo. Ivory se curvou ligeiramente, como se quisesse ouvir melhor uma resposta, e os ocupantes da mesa tiveram uma visão espetacular de seu decote. Um jovem saltou da cadeira e quase saiu correndo para puxar o assento vago para ela. Ivory era boa, Max não tinha como negar. Havia deixado quatro homens comendo na palma de sua mão sem esforço algum.

Ela se sentou na cadeira oferecida graciosamente, e o jovem de pé logo atrás dela demorou alguns segundos a mais para tirar as mãos de seus ombros nus enquanto ela se recostava no assento. O sorriso sensual de Ivory não estremeceu. Na verdade, pareceu até ficar maior.

Um sentimento sombrio tomou conta de Max, quase o cegando de raiva, e ele ficou chocado ao reconhecer que estava com ciúme. Sentiu-se perdido. Ele nunca havia tido motivos para ficar com ciúme antes, e certamente não por causa de uma mulher. Como marinheiro, jamais tivera a ilusão de que o prazer e a diversão encontrados na cama com outra pessoa fossem algo além de temporários, nem acreditava que fossem exclusivos. Não havia emoções envolvidas, muito menos uma perigosa como o ciúme. E, agora, ele não fazia ideia de como lidar com seus sentimentos.

De repente, percebeu que não estava mais sozinho. Tirando os olhos da srta. Moore, ele encontrou os olhos âmbares de Alexander Lavoie. O homem estivera observando enquanto Max assistia à srta. Moore, e agora estava com a expressão de alguém que sabia de alguma coisa.

— Olá, Lavoie — cumprimentou Max, sentindo como se tivesse sido pego fazendo algo de errado. — Posso ajudá-lo?

Lavoie ergueu uma única sobrancelha.

— Vim apenas dar-lhe as boas-vindas ao meu clube — falou. — *Bonne chance*, e tudo mais.

— Humpf.

— E para lembrá-lo de que gosto muito dos meus estofados.

— Já prometi à srta. Moore que não matarei o visconde no seu clube.

— Ah, mas eu não estou mais preocupado com o visconde. Agora temo pela vida daquele rapaz que tocou os ombros nus de um certo alguém.

Max cerrou os dentes. Lavoie fez sinal para uma garçonete e, em segundos, Max estava bebendo um vinho Madeira caro.

— Nunca cometa o erro de acreditar que ela não é capaz de cuidar de si mesma — alertou Lavoie em voz baixa, e então partiu.

Max tomou um bom gole da bebida; o líquido desceu queimando e deixou um rastro de fogo em sua garganta. Isso também ajudou a clarear sua mente. Então ele avançou pela sala, forçando o corpo a relaxar. Precisava de toda a sua lucidez. E de todo o seu autocontrole.

— Boa noite. — Max parou ao lado de Ivory, que estava de frente para o visconde. Ele tomou o cuidado de não olhar para ela e, em vez disso, dirigiu-se aos cavalheiros, notando que pelo menos dois deles estiveram no baile na noite anterior. — Tem lugar para mais um?

O visconde Stafford ergueu os olhos e ficou branco como um lençol. Max resistiu ao impulso de rir. Ou de quebrar o nariz e os dentes do homem. Em vez disso, manteve uma expressão simpática.

— Er... — Stafford piscava rapidamente.

— Claro que há, não é, senhores? — Ivory praticamente ronronou de seu assento. — Acabei de entrar no jogo e ainda não começamos.

Ela passou os dedos pelas pérolas em seu pescoço, fazendo-as escorregarem na direção do decote.

— Sim, sim, é claro que tem. — O jovem que ajudara Ivory a se sentar estava hipnotizado, e Max suspeitou que ele não fazia ideia de com o que estava concordando.

— Por favor, sente-se...

Ela gesticulou para a cadeira ao seu lado, parando de falar como se esperasse uma apresentação.

— Duque de Alderidge — disse Max, acomodando-se à mesa.

À sua frente, Stafford estava se remexendo desconfortavelmente. Ele não poderia se levantar e sair sem cometer o pecado imperdoável de ser desrespeitoso com alguém de um título mais importante. Ninguém mais na mesa parecia incomodado com a chegada de Max, e o clima era de um bom humor inebriado. Todos trocaram gentilezas e se apresentaram, e então as cartas foram distribuídas.

— Pelo que eu soube, você teve uma volta para casa difícil ontem à noite, Sua Graça — comentou o homem do outro lado de Ivory. Ele estava claramente embriagado e, embora seu comentário o tivesse rendido alguns olhares reprovadores, todos pareciam ansiosos para ouvir a resposta de Max.

— Perdão?

— Ouvi dizer que o velho conde de Debarry exagerou nas celebrações ontem à noite e seu coração não aguentou.

— Ah... Então você ouviu falar sobre essa infeliz ocorrência.

— *Todo mundo* ouviu falar disso — afirmou o homem, e todos na mesa concordaram.

— Foi uma situação bem difícil — respondeu Max, tentando carregar as palavras com a quantidade apropriada de angústia.

— Ouvi dizer que você viu o conde logo antes de ele bater as botas. É verdade? — perguntou o jovem com as mãos levianas, encorajado pela aparente disposição de Max em responder a perguntas.

— Sim, é verdade. E não consigo deixar de pensar que, se eu tivesse ignorado seus protestos e chamado um médico quando o vi pela primeira vez, em vez de acreditar quando ele disse que estava bem, talvez Debarry ainda estivesse vivo. — Max suspirou pesadamente. — Eu me culpo um pouco pela morte dele.

Os jogadores na mesa negaram em uníssono, menos o visconde.

— Não se culpe, Sua Graça. Ninguém sabe quando é a nossa hora — afirmou um sujeito.

Max encontrou os olhos do visconde do outro lado da mesa.

— De fato, ninguém sabe — concordou ele. — Na verdade, talvez seja melhor nem sabermos que ela está por vir.

Max sorriu, enquanto gotas de suor surgiram na têmpora do visconde. O homem pegou sua taça, apenas para encontrá-la vazia.

— Eu não conhecia bem lorde Debarry — falou Ivory de repente, sorrindo maliciosamente. — Mas ouvi de várias mulheres que ele viveu uma vida muito... gratificante.

A insinuação era clara, e resultou em outra rodada de risadas obscenas.

— Isso é verdade. Quem dera termos a mesma sorte — comentou outro homem com a mesma insinuação.

— Então talvez devêssemos tirar uma lição do exemplo dele — sugeriu Max. — Fazer tudo o que pudermos para aproveitar a vida antes de descansarmos em paz. Experimentar todos os prazeres e não deixar nenhum negócio inacabado. Você não concorda, lorde Stafford?

— S-sim?

— Diga-me, Stafford, se você pudesse escolher qualquer refeição, sabendo que seria a sua última, o que escolheria? — Max continuou jogando casualmente.

O visconde estava olhando para todos os lados.

— Err...

— Nossa, mas é impossível responder a essa pergunta! — comentou Ivory com uma risada. — São muitas possibilidades.

— Então, que tal uma bebida? — perguntou Max. — Se fosse fazer um último brinde a tudo que você *apostou* na vida, o que você gostaria de beber?

Stafford fez uma cara de enjoo.

— Conhaque — respondeu o jovem leviano, levantando o próprio copo.

— Um bom vinho — disse outro com alegria.

— E você, Stafford? — Max deu-lhe outro sorriso simpático. — Escolha o seu veneno.

— Veneno? — esganiçou Stafford.

— Ele quis dizer bebida alcoólica — esclareceu Ivory desnecessariamente, revirando os olhos.

— Uísque — sussurrou o visconde.

Max levantou a mão e acenou para uma garçonete.

— Um uísque para o bom visconde, então, por gentileza. Seu copo está vazio.

— Claro, Sua Graça.

A garota deu a Max um sorriso que prometia mais que um copo de bebida, se assim ele quisesse. Ela desapareceu e voltou num piscar de olhos, com o uísque em mãos, e o ofereceu a Max.

Max apontou para o visconde.

— É para ele.

Ela fez biquinho, mas estendeu o copo para Stafford. Trêmulo, o homem derramou uísque por toda a mesa e nas próprias roupas. Então, empurrou a cadeira para trás e ficou de pé num salto.

— Deus do céu! — praguejou. — Como sou desajeitado!

Os outros jogadores também haviam empurrado suas cadeiras para trás e estavam tentando resgatar as cartas encharcadas. O jogo havia acabado antes de realmente começar, e as expressões variaram de divertidas a irritadas com a confusão.

— Preciso me trocar — balbuciou o visconde, evitando o olhar de Max. — Que coisa terrível. É melhor eu ir.

— Deixe-me ajudá-lo — ofereceu Max, também de pé.

— Ah, não, não. Não há necessidade. Estou muito bem.

— Algum problema, senhores? — Alex Lavoie apareceu de repente ao lado do visconde.

— Problema algum — respondeu Max. — Apenas um pouco de uísque derramado, embora pareça que o estofamento foi poupado do pior. Estava apenas oferecendo ajuda a lorde Stafford.

— Que gentileza a sua — comentou Lavoie em tom sardônico.

— Vamos, Stafford, vamos deixar o pessoal voltar para o jogo. Com licença, senhores.

Max deu um passo para trás, em expectativa. O visconde olhou ao redor, observando todos os olhares sobre si, e engoliu em seco.

— C-claro. Agradeço, Sua Graça.

— Não há de quê.

Max começou a andar atrás do visconde, que de repente não parecia tão apressado em sair da multidão.

— Por favor, Sua Graça, devo insistir que…

— Você não deve insistir nada — falou Max em tom sério. — Continue andando. Vamos lá para fora, por gentileza.

Stafford se arrastou para a frente, até o saguão do clube, mas hesitou perto da entrada, seu senso de autopreservação finalmente dando as caras.

— Sua Graça…

— Boa noite, senhores. — Ivory surgiu habilmente na frente dos dois, bloqueando o caminho até a porta.

— Senhorita! — O visconde quase gritou com um alívio lastimável, claramente acreditando que havia encontrado uma salvadora para impedir a violência iminente. — Graças a Deus! Você se importaria em…

— Lorde Stafford, se tem algum interesse em chegar em casa inteiro esta noite, é melhor parar de falar, a menos que o duque o instrua a fazê-lo.

— O quê? — ofegou Stafford. Aquilo claramente não era o que ele esperava ouvir. — Quem é você?

— Sou a única pessoa nesta sala que fará de tudo para impedir Sua Graça de se vingar de uma certa aposta imprudente que você fez a respeito da irmã dele.

O visconde murchou visivelmente.

— Vocês precisam acreditar que eu não fiz por mal. Estávamos bêbados e…

— De quem foi a ideia da aposta? — perguntou Max calmamente.

— Do Debarry! Foi tudo ideia dele! Ele tinha visto lady Beatrice no baile dos Prevetts, e ela chamou sua atenção. Você sabe como era Debarry, um eterno sedutor…

Ele parou abruptamente quando viu a expressão no rosto de Max.

— Quem mais sabe sobre essa idiotice? — questionou Ivory.

— Ninguém! Juro!

— Para onde o conde gostava de levar suas conquistas? — solicitou Ivory.

— Conquistas? Como assim?

— Ora, Stafford, você acha que sou idiota? Lady Beatrice não foi a primeira jovem debutante a aparecer em uma aposta entre você e lorde Debarry.

O visconde passou a mão pelos cabelos ralos.

— Não estou entendendo o que você quer dizer.

— Pare de desperdiçar meu tempo — ordenou Ivory.

— Não sei...

— Ele é todo seu, Sua Graça — disse ela, virando-se para sair. — Faça o que quiser, ninguém deve procurá-lo mesmo.

— Espere! — ofegou Stafford.

Ivory se virou lentamente.

— Você tem uma chance de me impressionar com a verdade, Stafford.

— Ele nunca quis fazer mal, entende? — explicou o homem em voz trêmula. — Às vezes, ele as levava para uma hospedaria, fora da cidade e sob disfarces, para que não fossem reconhecidos. Costumava dizer que a emoção de enganar uma dama de companhia e ter um encontro clandestino era mais afrodisíaca do que qualquer coisa que pudesse ser comprada. Mas ele as tratava como princesas. As solitárias em busca de aventura. As esquecidas ou as desejadas, não importava. Ele dizia que todas as mulheres eram bonitas e deveriam ser adoradas.

— Ele as levava para casa?

— Nunca para a casa dele. — Stafford lambeu os lábios. — Mas, às vezes, ficavam na casa das moças. O conde achava que o perigo da descoberta fazia parte da aventura.

Max quase vomitou.

— E minha irmã era uma dessas aventuras?

— Não! Lady Beatrice era diferente... Ai, meu Deus. Você o matou, não foi?

— Claro que não o matei. Se eu o tivesse feito, ninguém jamais teria encontrado o corpo. — Ele estava começando a soar como a srta. Moore. — E certamente não o teria matado em minha *casa*. Eu teria escolhido um local muito melhor... Os fundos de um clube de cavalheiros como este, por exemplo.

Stafford choramingou e passou a mão na testa suada.

— Por que ela era diferente? — indagou Ivory.

— Oi? — O visconde lambeu os lábios.

— Você acabou de dizer que lady Beatrice era diferente. Por quê?

— Porque Debarry se apaixonou! — disse Stafford. — Ele queria se casar com ela. Pergunte você mesmo a sua irmã! Ela vai dizer que ele a pediu em casamento. Mais de uma vez, inclusive. Ela também lhe dirá que recusou todos os pedidos.

— Isso é um absurdo!

Max estava tentando compreender a história, mas suas emoções estavam agitadas como um mar tempestuoso. Horror. Decepção. Culpa. Raiva. Era difícil pensar com alguma clareza.

— Quem mais sabia sobre lorde Debarry e lady Beatrice? — perguntou Ivory calmamente.

Stafford arregalou os olhos.

— Ninguém! Só eu, mas nunca contei a ninguém! Juro!

— Hummm.

Ela estava batendo com o dedo na cintura do vestido.

A raiva crescia como uma onda rápida e devastadora dentro de Max, afogando sua culpa e decepção. Ele tentou se lembrar de que não podia causar uma cena. Afinal, não podia permitir que as pessoas fizessem perguntas sobre por que o duque de Alderidge havia espancado Stafford no saguão de um clube de cavalheiros.

— Você já viu um tubarão se alimentando, Stafford? — indagou Max.

O homem balançou a cabeça, ainda ofegante.

— Eles seguem meus navios de vez em quando, e minha tripulação se diverte jogando carne estragada na água para eles. São criaturas fascinantes, os tubarões. Eles rasgam as coisas em pedacinhos, sabe? Um pedaço de carne do tamanho de um homem desaparece sem deixar vestígios em menos de um minuto. — Ele fez uma pausa. — Eu odiaria ouvir algo que ponha em risco a honra e a reputação de lady Beatrice, mesmo que seja um boato. Estamos entendidos?

O visconde parecia estar tendo um ataque apoplético, e Ivory interveio.

— Desculpe a grosseria do duque, Stafford. Sua Graça é um homem habituado às implacáveis agruras do mar e dado a tendências bárbaras de vez em quando. — Ela olhou brevemente para Max. — Mas, tratando-se da irmã dele, a causa é justificada, não é?

A cabeça brilhante de suor do homem balançava freneticamente.

— Sim, sim, de fato.

— Que bom que concordamos. Rumores podem acabar com a vida de alguém, inclusive aqueles sobre grandes somas de dinheiro que você roubou de vários colegas na última década, vendendo-lhes ações fictícias em um certo negócio de importação. Acho que a prisão para devedores é um lugar miserável de se passar os últimos anos que lhe restam, não?

O visconde só faltou ficar invisível de tão pálido.

Max havia se perdido um pouco na conversa, mas não se importava. Ele estava se agarrando desesperadamente ao pouco de autocontrole que lhe restava. Seus punhos estavam cerrados, e ele devia estar tremendo de ódio.

— Saia da minha frente, Stafford.

O visconde cambaleou para longe da porta, voltando para a segurança do salão do clube.

— Tubarões, Sua Graça? — perguntou Ivory. — Sério?

De repente, Max precisava sair daquele lugar. E rápido. Ele precisava ficar longe da pressão das pessoas e do cheiro enjoativo de perfume e suor. Seu autocontrole estava se esvaindo como água por entre os dedos, e ele precisava de um lugar para se recompor. Precisava do ar gelado para esfriar a frustração e a fúria. Precisava... sair. Antes que fosse atrás do visconde e fizesse algo de que se arrependeria depois.

— Eu preciso ir.

— Então vamos. — Ele sentiu a preocupação na voz de Ivory.

— Ora! Sua Graça! — A voz familiar irrompeu do grupo de homens que acabava de entrar no clube e estava guardando casacos e chapéus. — Oizinho!

Max praguejou. Não era possível passar pelo grupo que bloqueava a entrada.

— Não posso lidar com ele agora.

Ivory tocou seu braço.

— Venha comigo...

— Sua Graça! Que sorte vê-lo novamente, e tão cedo! — Barlow apareceu na frente dele, dando-lhe um tapinha entusiasmado no ombro.

Max se afastou violentamente do toque, mas o homem não pareceu notar.

— Por favor, poderia me dar licença? Eu já estava de saída — disse ele entredentes.

— Não! Você não pode ir embora agora! Devo insistir que se junte a mim! — Barlow não se moveu. Em vez disso, baixou a voz de forma conspiratória e piscou para o duque. — Não quero me gabar, mas sou bastante talentoso no uíste. Acredito que formaríamos uma dupla esplêndida, Sua Graça. Certamente nos daríamos muito bem aqui esta noite, se é que você me entende.

Barlow ergueu a mão para dar mais um tapinha no ombro de Max e ele ficou tenso. Por um momento terrível, sentiu que poderia derrubar Barlow, nem que fosse para escapar dali.

Max avançou, mas Ivory apareceu repentinamente em sua frente, pressionou o corpo ao dele e envolveu seu pescoço com os braços. E então o beijou. Um beijo quente e de língua, que apagou tudo de sua mente, exceto a sensação dos lábios deliciosos contra os seus e dos dedos dela em seu cabelo. Como por vida própria, uma mão segurou a cintura delicada e outra embalou a nuca de Ivory enquanto ela sugava seu lábio inferior, mordiscando-o. O corpo de Max reagiu com uma velocidade impressionante, e todo o sangue desceu. Ele aprofundou o beijo, assumindo o controle e explorando a boca dela com a língua. Ivory se rendeu ao ataque enquanto exigia mais, e ele gemeu. O mundo ao redor desapareceu, simplesmente deixou de existir, até Ivory interromper o beijo e se virar para encarar Barlow.

— Encontre outro parceiro — ronronou ela com uma voz rouca que faria um santo pecar. — Sua Graça já tem compromisso esta noite, se é que me entende. — Ela piscou para o homem por trás da máscara.

O conde ficou vermelho.

— Err, eu...

Ivory se desprendeu dos braços de Max e entrelaçou os dedos aos dele. O grupo que antes estava parado na entrada já havia se dispersado, então ela o puxou na direção da porta. Ao saírem, ele agradeceu mentalmente a rajada de ar frio, enquanto ela soltava suas mãos e se virava para encará-lo.

— Está melhor?

Se ele estava melhor? Não, não estava melhor. Estava completamente fora de controle. Sua mente era um turbilhão de pensamentos e emoções, e seu corpo parecia em chamas.

— Por que fez isso?

Ela ainda estava próxima, mas o encarava na escuridão por baixo daquela máscara ridícula.

— Você parecia meio encurralado lá dentro. Fiquei com medo de que fizesse algo do qual se arrependeria.

Max havia feito algo do qual se arrependia. Beijara Ivory Moore de novo, e agora a fera que pensou ter enjaulado estava começando a se libertar, exigindo que ele terminasse o que Ivory havia começado.

Mechas soltas de cabelo caíam contra a bochecha e o pescoço dela, e a seda cor de vinho do vestido abraçava cada curva e cavidade do corpo feminino. Aqueles lindos olhos escuros brilhavam nas aberturas da máscara, cheios de perspicácia. Ele precisava de Ivory. Ele a desejava. Queria dar tudo a ela, todos os prazeres que aquela mulher pudesse imaginar e os que não pudesse também. Max a deixaria sem palavras, ele a faria implorar, a faria dizer...

— Talvez devêssemos continuar esta conversa em outro lugar.

Max se afastou de Ivory, tentando desesperadamente dispersar a névoa de desejo que confundia sua mente. O que diabo estava fazendo? Estava agindo como um marinheiro excitado em sua primeira folga em terra, e quase a pressionara contra a parede de um clube como se ela fosse uma prostituta.

— Sinto muito — murmurou ele.

— Por favor, não sinta — respondeu Ivory. — Receio que a culpa foi minha. Talvez fosse melhor eu ter escolhido um método diferente de distração.

Ela parecia distante. Fria.

Um método diferente de distração? Era assim que ela chamava o que acabara de acontecer entre eles? Max precisava se recompor e se concentrar no que era importante.

— Como você chegou aqui esta noite? — perguntou ela, como se o tivesse encontrado por acaso na rua. — De cavalo ou carruagem?

— Aluguei um cabriolé. — Max enfim conseguiu pronunciar uma frase.

Por que estavam conversando de assuntos tão tediosos? Quando foi que tudo começou a desmoronar e sair do controle? Desde quando ele não se reconhecia mais?

— Ah, eu também. Talvez...

— Sua Graça? — Uma voz soou atrás de Ivory.

— Sim? — Max deu um passo para o lado e viu um menino de casaco desbotado pulando de um pé para o outro na calçada, um pouco sem fôlego. Ele parecia estranhamente familiar.

— Tenho uma mensagem para você, milorde.

Ele estendeu um papel dobrado com o nome do duque escrito na frente e o verso lacrado com uma gota de cera vermelho-ferrugem. Max o pegou, reconhecendo a caligrafia de Bea instantaneamente.

— Como sabia que eu estava aqui? — perguntou ele, virando o papel nas mãos como se o exterior pudesse fornecer alguma pista sobre o seu conteúdo.

— O homem na frente da sua casa disse que você não estava lá. Falou que viria pra cá. Não recebo meu xelim se não entregar a mensagem em mãos. Não ganho nada esta noite se voltar com o envelope para Gil. — O menino estendeu a mão. — O homem também disse que você me daria um xelim extra se eu trouxesse a mensagem até aqui.

Foi então que Max se lembrou de ter visto o jovem entre os mensageiros na taverna de Gil.

— Que homem?

— Um dos meus — falou Ivory. — Mantive sua casa sob vigilância. — Ela apontou o queixo na direção do mensageiro. — Pague o menino, Sua Graça. Ele merece.

— Duquesa? — disse o menino. — Nem te reconheci! Pensei que fosse uma moça paga. E das caras. — O menino tapou a boca com a mão. — Er, digo...

— Está tudo bem — respondeu Ivory. — Essa era a ideia.

— Tá bom.

Ele pareceu aceitar a resposta sem problemas e se mexeu impaciente enquanto Max procurava o dinheiro.

— Está com pressa? — perguntou Ivory.

— Sim. King vai fazer um leilão. Tem muito convite pra entregar. Se eu voltar mais rápido, ainda posso fazer outra entrega hoje à noite.

— Hummm... Quando é o leilão? — indagou Ivory, em um tom que misturava curiosidade e desgosto.

O menino deu de ombros.

— Não sei. Em breve.

— Quem é King? — questionou Max. Não que aquilo importasse. A menos que a pessoa pudesse ajudá-lo a encontrar Beatrice.

— Um... empresário — disse Ivory. — Especializado na venda de objetos raros e requisitados.

— Ela quer dizer coisas roubadas — explicou o menino, solícito.

— Gil diz que tem um homem com um barco cheio de coisas chiques para esse leilão. Coisas velhas e desenterradas de alguma caverna no deserto ou algo do tipo.

Dessa vez, foi Max quem se mexeu impacientemente. Ele não estava interessado em nada daquilo. Encontrou dois xelins e estendeu a mão.

— Pelo seu trabalho — falou Max.

Ele pagaria o necessário para o menino simplesmente ir embora.

— Obrigado!

As moedas desapareceram com uma velocidade espantosa e, sem dizer mais nada, o mensageiro saiu correndo pela rua.

Max quebrou o selo, frágil no ar gelado, e abriu a mensagem.

— "Caríssimo Alderidge" — leu Max. — "Sinto muito pelos problemas que causei. Nunca pretendi que nada disso acontecesse. Vou deixar Londres por um tempo. Por favor, respeite meus desejos e não me procure. Estou segura e escreverei assim que puder. B."

Max passou a carta para Ivory sem sentir as mãos. Ela pegou o papel com muito cuidado e o inclinou para a luz da janela do clube.

— Esta é a caligrafia de Beatrice?

— Sim.

— Ela chamou você de Alderidge de novo. Não de Max. Parece com algo que sua irmã escreveria?

— Acho que está bem claro que não conheço minha irmã. Ela estava tendo um caso! — falou Max, finalmente aceitando a realidade que pesava como chumbo. — Ela e o conde de Debarry estavam...

— Apaixonados.

Que eufemismo... Max beliscou a ponta do nariz.

— Você disse isso desde o começo, mas eu me recusei a ouvir.

— Nem sempre estou certa.

— Não seja condescendente.

— Está bem. Estou sempre certa. E já era hora de você admitir isso.

Max sentiu a boca contrair. Ele sabia o que ela estava tentando fazer.

— Mas anime-se, Sua Graça. Caso acreditemos no visconde, e estou bastante inclinada a fazê-lo, lady Beatrice recusou a proposta de casamento de um conde.

— Ela também o amarrou na cama.

— Talvez *ele* fosse a aventura *dela* — comentou Ivory.

Max deveria ter ficado horrorizado. Em vez disso, apenas se sentiu... triste.

— Que tipo de homem pede uma mulher em casamento sem ter o consentimento do responsável dela antes? — questionou, reconhecendo o absurdo de sua pergunta. O decoro e a etiqueta haviam morrido muito antes do conde amarrado em fitas vermelhas.

— Um homem apaixonado?

Mais um eufemismo.

— Eu deveria tê-la levado para a Índia comigo quando ela pediu.

— Você ainda pode fazer isso. Sua irmã não está morta, mas vai precisar de compreensão. Só porque ela recusou a proposta de casamento de Debarry não significa que não se importava com ele. Onde quer que esteja se escondendo agora, provavelmente está sofrendo tanto quanto está apavorada com o escândalo. Lady Beatrice vai querer voltar para casa, mas não pode ter medo de você.

— Por que ela teria medo de mim?

— Você acabou de ameaçar Stafford com tubarões, Sua Graça.

— E você o ameaçou com...

— Exposição. Ele não deixa de ser um ladrão por ser da nobreza.

Max olhou fixamente para Ivory, pensando no livro de anotações que ela tinha nas mãos. "Uma maneira mais segura de lidar com Stafford", ela havia dito.

— Como você sabia...

— Sou paga para saber dessas coisas, Sua Graça. — Ivory esfregou as mãos nos braços e estremeceu. — Viu como sempre estou certa?

Max ignorou a tentativa de provocação.

— Você não veio de capa?

— Vim, mas ficou lá dentro.

— Vou buscá-la para você…

— Acho melhor ficarmos aqui fora. — Ela queria dizer que seria melhor *ele* ficar aqui fora. Longe de Stafford. Max entendeu a sugestão velada. — Pego minha capa com Alex mais tarde.

Max tirou o casaco.

— Vista meu casaco.

— Você precisa parar de ficar me dando seus casacos.

A ironia é que ele não parava de imaginar-se tirando a roupa dela desde que a conhecera.

O conde jogou o casaco sobre os ombros de Ivory, tentando não tocar sua pele nua.

— Sem discussão desta vez?

— Estou ficando mais esperta. — Ela o encarou com um olhar suave. — Você está bem, Sua Graça?

— Claro que estou — mentiu.

— É melhor voltar para casa.

O duque não queria ir. Queria fingir que nada daquilo tinha acontecido e que sua única responsabilidade era seduzir Ivory Moore. Mas não podia fazer isso. Pelo menos, não ainda.

— Eu sei. Preciso contar a verdade à minha tia, mesmo que seja a última coisa que ela queira ouvir de mim.

— Quer que eu vá com você?

Sim.

— Não. Não sou uma criança, srta. Moore. Não preciso que segure minha mão durante uma conversa desagradável.

A resposta provavelmente foi grosseira, ele sabia, mas era melhor do que a que ele queria dar. Era melhor do que implorar para que Ivory o acompanhasse, e não apenas para uma conversa, mas pela noite inteira. Uma noite. Uma semana. O tempo que fosse necessário para tirá-la de sua cabeça.

— Não foi isso que eu quis dizer, Sua Graça.

Max desviou o olhar.

— Desculpe.

— Você estará em sua casa amanhã, então? — questionou ela, em tom compreensivo.

— Não. Preciso voltar para as docas e verificar meu navio.

Max resolveria o que pudesse com Helen na manhã seguinte, então daria um jeito na parte de sua vida que vinha sendo negligenciada enquanto ele lidava com viscondes, escândalos, irmãs fugitivas e histórias de amor com final infeliz.

E então, finalmente, resolveria sua situação com a srta. Moore.

Alderidge alugou uma carruagem e deu ao motorista o endereço de Ivory, subindo atrás dela no veículo e sentando-se à sua frente. Durante a viagem, ficou imóvel observando a janela, e nenhum dos dois falou nada. Não havia nada a ser dito, ou pelo menos nada sobre o que Ivory quisesse conversar. Embora parecesse que o mistério havia sido resolvido, Beatrice ainda estava desaparecida. O conde ainda estava morto.

E ela havia beijado Maximus Harcourt de novo.

Ivory se remexeu e tirou a máscara. De repente, estava se sentindo sufocada pelo espartilho, e a umidade entre suas pernas era uma constante distração. Ela havia agido por instinto no clube, ao ver um homem oscilando no limite do autocontrole e procurando qualquer desculpa para descontar sua frustração. O duque teria arrancado a cabeça daquele sujeito inconveniente se ela não tivesse intervindo.

E que sacrifício, não?, zombou uma voz em sua mente. E agora, no escuro de uma carruagem bastante surrada, Ivory estava se sentindo humilhada por suas ações. Ela fora imprudente e nada profissional. Havia deixado seu desejo eclipsar tudo o que sabia ser certo. E inteligente. E seguro.

De novo.

Covent Square estava abarrotada àquela hora. A peça de teatro havia acabado e grande parte do público agora buscava outras formas de entretenimento. As tavernas estavam lotadas e havia um tráfego intenso de pessoas entrando e saindo dos muitos bordéis. Alguém, em algum lugar, estava tocando uma trompa, embora fosse difícil de distinguir o barulho estridente no meio das gargalhadas e gritos. Carruagens e cavalos disputavam posições nas ruas, e ninguém notou a chegada deles.

— Deixe-me acompanhá-la até a porta.

Foi a primeira coisa que o duque disse desde que entraram no veículo.

— Não. Afinal, você não quer ter de explicar o que estava fazendo na D'Aqueus & Associados caso alguém o reconheça.

Ela estava tirando o casaco dele.

— Pedirei para que minha assistente acerte o valor do serviço com você o mais rápido possível.

Ivory mordeu o lábio. O fim da parceria dos dois era estranho. Também significava o fim da desculpa para vê-lo. De ficar perto dele, de trabalhar com ele.

— Poderíamos continuar procurando lady Beatrice…

— Não. Minha irmã deixou bem claro que não quer que eu a procure. Deve achar que vou mandá-la para um convento no País de Gales assim que a encontrar. Se eu for atrás dela, só vou afasta-la ainda mais. Se aprendi alguma coisa, é que Beatrice não é mais uma criança e não posso continuar a tratá-la como tal. Eu me recusei a deixar que meu título ditasse a maneira como eu viveria a minha vida, então por que deveria ditar a dela? — Ele suspirou. — Cabe a Beatrice escolher uma vida para si daqui em diante. Eu… bem, *você* se certificou de que ela ainda tem escolhas. Mas esta deve ser a escolha dela, e devo respeitá-la.

Ivory assentiu, embora estivesse insatisfeita por não ter conseguido encontrar Beatrice e levá-la para casa em segurança. Era um tipo de fracasso que a irritava.

— Então parece que nosso negócio está concluído.

O duque pegou a mão dela sob o casaco que ela ainda segurava, e Ivory sentiu o calor da pele dele na sua.

— Você se lembra do que eu prometi, srta. Moore? — perguntou o duque, em um tom praticamente feroz.

Quando tudo isso acabar, quando minha irmã estiver segura em casa, vou beijá-la de novo.

— Sim — sussurrou ela.

— Então nosso negócio não está concluído. Nem perto disso. — Ele traçou o contorno do queixo dela com o dedo. — Mas não vou fazer o que quero em uma carruagem. Nem quando ainda existirem assuntos pendentes.

Ivory estremeceu sob o toque.

— Quando... concluirmos nossos negócios, Ivory Moore, será sem distração alguma. Sem restrições ou regras. Eu não serei um cliente. Não serei o homem com a irmã desaparecida. Não serei um duque nem mesmo um capitão. Eu serei apenas... outra coisa. — Ivory prendeu a respiração. — Pode me dar um tempo?

Ela daria a Alderidge qualquer coisa que ele pedisse, e este pensamento a aterrorizava.

— Posso.

CAPÍTULO 8

—Aí ESTÁ VOCÊ. Sabia que te encontraria por aqui — falou Elise entrando na cozinha, onde Ivory tomava uma xícara de leite morno misturado com uma dose considerável de uísque. — Não conseguiu dormir?

— Não — admitiu.

Haviam se passado vinte e quatro horas desde que as duas se viram pela última vez, trabalhando nas mesas de jogo do clube do irmão de Elise. Vinte e quatro horas desde que Maximus Harcourt se despedira com promessas que a deixaram em constante estado de antecipação e desejo.

Era possível que ela nunca mais pregasse o olho. Não sem ter sonhos que a deixavam agitada e excitada.

Mas era isso o que acontecia quando ela deixava um homem como Alderidge penetrar sua armadura. E agora Ivory só conseguia pensar nele. O que era ridículo e deveras vergonhoso. Ela se considerava uma mulher do mundo. Uma mulher com os pés no chão, equilibrada, controlada e inteligente. Mas o que estava sentindo era diferente de tudo que já havia sentido antes. Era como se tivesse saltado da beira de um penhasco e estivesse em queda livre, sem um pingo de preocupação sobre quando atingiria o chão.

— Duquesa?

Ivory pulou de susto e olhou para a frente, onde Elise estava acenando com a mão diante de seu rosto.

— Você está bem? Parecia estar com o pensamento a milhares de quilômetros daqui.

Na verdade, ainda estou em Londres. Mas nas docas das Índias Orientais, com um certo capitão-pirata.

— Desculpe. Estou bem. — Ela corou e tentou mudar de assunto. — Onde você estava?

Elise deu de ombros e se afastou, desaparecendo na despensa.

— Trabalhando. — Sua voz saiu abafada. Ela deu um gritinho de alegria e saiu com um prato de bolinhos coberto com um pano. — Além de ajudá-la a esconder corpos, também sou atriz, caso tenha esquecido. E, ao contrário de certas pessoas, a maioria de nós exerce nosso ofício em um palco, não no meio de um clube de cavalheiros.

Elise colocou o prato na mesa, sentou-se diante de Ivory em um banco polido, escolheu um bolinho e deu uma enorme mordida.

— O que está querendo dizer com isso?

Elise arregalou os olhos castanhos e quase se engasgou.

— Você está brincando, não é?

— Não faço ideia do que você está falando.

— Deixe-me refrescar sua memória, então. A cena envolve um duque, um beijo e as mãos dele no seu corpo...

Ivory sentiu uma onda de vergonha, mas o calor que esquentou seu corpo era causado por outra sensação.

— Você viu o beijo?

— Metade das pessoas no clube viu. — Ivory resmungou. — Bem, talvez eu esteja exagerando. Duvido que tantos assim tenham visto. Mas eu estava prestando atenção. Porque é isso que eu faço.

— Achei que Alderidge fosse matar alguém. Eu estava tentando distraí-lo.

— Bem, funcionou. Ele não matou ninguém. — Elise terminou o bolinho e pegou outro. — Ou matou?

Ivory balançou a cabeça.

— Não que eu saiba. Ainda.

— Se o visconde de Stafford aparecer boiando no rio amanhã, saberemos que você deveria ter levado Alderidge para casa, amarrado ele à *sua* cama e terminado o que começou, seja lá o que for.

Ivory tentou manter sua expressão neutra, mas falhou miseravelmente, a julgar pelo sorriso insinuante de Elise.

— Diga-me que ele não foi um cavalheiro, Duquesa — provocou ela.

Ivory ainda não estava pronta para discutir com Elise sobre Maximus Harcourt e suas promessas.

— Não fale besteira. Alderidge entendeu que o que aconteceu no clube não foi... de verdade. Não me envolvo com clientes. Nunca.

Elise deu uma risada zombeteira.

— Vocês dois fizeram um bom trabalho em me convencer do contrário. Eu vi como ele olhou para você no clube, Duquesa. Não havia nada de fingimento naquele olhar.

— Você tem algo relevante que gostaria de acrescentar ao caso, além da sua opinião? — perguntou Ivory.

Ela não ia discutir o que tinha acontecido na noite anterior. Ou o que poderia acontecer em noites futuras.

— O duque de Alderidge ainda é um cliente? — rebateu Elise inocentemente.

— Na verdade, não. A assistente dele pagou a conta dos nossos serviços esta manhã.

— Pois então não faço ideia do que está esperando. Por que ainda está sentada aqui e não amarrando o homem...

— Pare. Por favor.

Elise a olhou fixamente, e Ivory soube que seu rosto estava em chamas.

— O que ele tem de diferente?

— Seu irmão perguntou a mesma coisa, então darei a mesma resposta: nada.

— É por que ele não sabe quem você era?

— O quê? Por que isso importaria?

— Porque ele não tem interesse na Ivory que uma vez agraciou grandes palcos e era motivo de competição entre os homens. Porque ele não tem interesse na Ivory que se tornou duquesa de Knightley. Ele simplesmente quer... você. Exatamente como é agora.

Ivory olhou fixamente para a própria xícara. Elise conseguia ler muito bem uma situação, e isso era irritante. Mas também a tornava inestimável.

Elise se inclinou para a frente e examinou os bolinhos que restavam no prato.

— Lady Beatrice estava tendo um caso com Debarry, não estava?

Ela estava dando uma trégua a Ivory, e ambas sabiam disso.

— Sim.

— Eu sa-bi-a! — cantarolou.

— Além do mais, parece que o conde se apaixonou perdidamente por ela. Até a pediu em casamento.

— Não diga? A morte de Debarry deve ter sido um choque terrível para a menina. Consigo entender por que ela entrou em pânico e fugiu.

— Hummm.

— Já o duque deve ter ficado aliviado. Bem, talvez "aliviado" seja a palavra errada. Ninguém quer saber tanto sobre as aventuras sexuais de um irmão ou irmã, acredite.

— Hummm.

Elise estreitou os olhos.

— Pare de ficar fazendo "hummm". Eu conheço muito bem esse olhar.

— Ela disse que vai embora de Londres.

Algo na história ainda incomodava Ivory.

— Quem?

— Lady Beatrice.

Elise parou com a mão a meio caminho do prato, alerta.

— Como sabe disso?

— Ela mandou uma segunda mensagem para Alderidge ontem à noite, desculpando-se por suas ações e pedindo que ele não a procurasse.

— *Humpf.* Bem, é compreensível. Eu também não gostaria muito de ter aquele homem indo atrás de mim por causa das minhas indiscrições. — Elise escolheu um bolinho enquanto seus olhos se estreitavam. — E como assim uma segunda mensagem? Quando ela enviou a primeira?

Ivory relatou o conteúdo do primeiro bilhete e as circunstâncias da entrega.

— Então lady Beatrice teve a sorte de ter um cavalheiro não identificado no baile que a ajudou a escapar e enviar mensagens em seu nome.

O duque deveria enviar uma carta de agradecimento a esse homem. — Elise fez uma pausa. — Você sugeriu que Alderidge também saísse de Londres? Lady Beatrice pode ser convencida a voltar para casa mais cedo se o irmão não estiver à espreita em algum canto escuro da casa esperando para atacar. Desse jeito, terá que beijá-lo de novo quando ele encontrar a irmã, para evitar que ele a esgane...

Ivory sentou-se ereta.

— O que você disse?

— Eu disse que você terá que beijá-lo de novo...

— Não, antes disso.

— Que um homem misterioso ajudou lady Beatrice no baile.

— Como sabe que ele era um convidado do baile?

— Bem, alguém deve ter contado a ela que Alderidge estava de volta. Ela escreveu uma nota para o irmão, não para lady Helen, nas primeiras horas da manhã. E as únicas pessoas que sabiam que o duque estava em Londres eram as pessoas no baile. O duque disse que foi direto das docas para casa, e não é como se tivesse tido um desfile organizado pelas ruas de Londres para anunciar o retorno dele.

Ivory praguejou. Aquele era um detalhe que ela nunca deveria ter deixado passar. Por que não havia percebido antes?

Porque você anda distraída com Maximus Harcourt desde que ele entrou em sua vida.

Elise mordeu seu bolinho com uma cara pensativa.

— Quem quer que seja esse homem, ele provavelmente levou lady Beatrice para casa, ou para algum lugar próximo. Provavelmente saiu e voltou, mas pode ser que ninguém tenha notado sua ausência se ele foi rápido.

— Você está certa. — Ivory se levantou, passando por cima do banco. — Preciso de uma lista dos convidados. Tenho uma descrição geral do homem, pelo menos o suficiente para excluir uma parte dos convidados mais importantes. Podemos começar a visitar os estábulos atrás de cada uma das casas. Beatrice não pode ter ido para muito longe de camisola. Algum cocheiro ou cavalariço viu alguma coisa.

— Aonde você vai?

— Encontrar o duque.

— Mas é meia-noite.

— E é por isso que não vou à casa de lady Helen.

Ivory já estava na porta.

— Quer levar umas fitas de seda vermelha? — provocou Elise, e Ivory ouviu claramente o sorriso malicioso da amiga.

Depois de deixar Ivory na noite anterior, Max considerou ir direto para as docas, mas acabou voltando para sua casa em St. James. Fosse por culpa ou pela incapacidade de evitar o que era sua responsabilidade, ele não podia fugir da difícil conversa com Helen que o esperava. Era melhor acabar logo com aquilo. Procrastinar não resultava em nada de bom.

Esgueirou-se para dentro da propriedade silenciosa e dormiu algumas horas antes de ser acordado pelos primeiros raios de sol. O duque estava esperando na sala matinal quando a tia desceu e, assim que ela se sentou, ele contou tudo que havia descoberto. Não adiantava deixar de fora nenhum detalhe nem tentar amenizar o golpe. Ela merecia saber a verdade. Toda a verdade.

Tia Helen absorveu as palavras com seu habitual ar estoico, mas Max não conseguiu decifrar o que ela estava sentindo. Nervosismo? Decepção? Possivelmente ambos. Em relação a Beatrice e a ele. Max se ofereceu para ficar e lhe fazer companhia, mas Helen recusou. Na verdade, sugeriu que seria melhor se ele ficasse em outro lugar por alguns dias.

Então, o duque voltou para as docas e se dedicou ao trabalho que havia sido negligenciado. Felizmente, a maior parte de sua tripulação estava em terra, gastando o dinheiro suado em outras atividades. Os poucos que estavam de olho no *Odisseia* pareceram sentir sua inquietação e se mantiveram afastados. Ele contratava homens inteligentes por um motivo.

O trabalho de Max envolvia lidar com funcionários da alfândega, encomendar suprimentos e revisar um relatório completo sobre as condições do navio e os reparos necessários. Ele inspecionou velas, calafetagem e canhões. Até passou um tempo vasculhando as cartas que a irmã havia enviado ao longo dos anos, folheando as mais recentes em busca de pistas que pudessem lhe dizer para onde ela poderia ter fugido, mas não encontrou nada.

Quando anoiteceu, tentou relaxar dentro dos limites familiares de sua cabine, mas não conseguiu pregar o olho. Nas primeiras horas da manhã, ele já estava andando de um lado para o outro no convés superior do *Odisseia*, os pensamentos pulando descontroladamente entre Ivory Moore e Beatrice.

Ele desejava Ivory com uma intensidade perturbadora. Mas como poderia se dar ao luxo de satisfazer seu prazer quando a irmã ainda estava desaparecida, em algum lugar por aí? Se fosse um homem honrado, um homem bom, um irmão decente, estaria fazendo tudo ao seu alcance para garantir a segurança de Bea. E não perseguindo desejos egoístas.

Max achou que poderia dar espaço a Beatrice e confiar que ela voltaria quando estivesse pronta. Mas, no fim, admitiu a si mesmo que era impossível.

Não que fosse persegui-la ou aparecer em algum lugar exigindo que ela voltasse para casa. Max não queria assustá-la ainda mais. No entanto, precisava saber onde a irmã estava, só para ficar de olho no bem-estar dela, mesmo à distância. Certificar-se de que ela estava em um lugar seguro, comendo direito, até que estivesse pronta para voltar.

Max não se importava com Debarry ou com o fato de que a irmã tivera um caso com o sujeito. Bem, ele se importava, mas certamente não a renegaria por causa disso. Ela tivera um péssimo discernimento, fora inconsequente e egoísta, mas ainda era sua irmã. Ele ainda a amava.

O *Odisseia* estava atracado no cais, estranhamente parado. Protegido das correntes e do vento, não havia nem a batida da água no casco para quebrar o silêncio da noite. Estava frio e o céu iluminado, e a lua criava estranhas formas e sombras ao seu redor. Uma leve névoa flutuava em torno da floresta de mastros na doca, criando a ilusão de uma frota que pairava sobre as nuvens. Era quase assustador.

Max sabia que aquele lugar ganharia vida ao amanhecer, e que os sons de homens e animais iniciando os trabalhos diários ecoariam pelas paredes imponentes dos armazéns que circundavam o porto. As pessoas seguiriam a rotina normalmente.

E, em algum lugar, Beatrice ainda estava se escondendo.

O duque enfiou as mãos nos bolsos e sentiu um quadrado de papel grosso. Tirou o cartão do bolso, alisando um canto que estava dobrado. Não importava como visse a situação, ainda precisava de Ivory. Não por ele, mas por sua irmã. Precisava da inteligência daquela mulher, de seus recursos, de suas garantias calmas. Precisava...

— Sua Graça?

O coração de Max disparou e ele girou, colocando a mão no espadim em sua cintura.

Ivory Moore estava no convés, sem o capuz da capa e iluminada pelo luar. Era como se ele a tivesse invocado apenas com o pensamento. Em questão de segundos, viu-se lutando contra uma parte impulsiva e poderosa que exigia que ele a tomasse nos braços e a levasse para sua cabine. Que a dominasse com um beijo e cumprisse todas as promessas que fizera.

Seu lado decente e honrado venceu a batalha por ora, e ele perguntou:

— O que está fazendo aqui?

— Procurando você.

Um arrepio profano de prazer percorreu sua espinha antes de ele congelar.

— Sozinha? A esta hora da noite? Está maluca?

— Você ainda está acordado.

— Assim como metade dos ladrões e assassinos de Londres.

Ivory sorriu.

— Conheço metade dos ladrões e assassinos de Londres, Sua Graça. A maioria deles trabalhou para mim em algum momento.

— Então, o que está fazendo aqui?

Ela ficou em silêncio por um segundo.

— Ainda estou preocupada com a sua irmã.

Max sentiu o coração apertar.

— Somos dois.

— A pessoa que entregou aquele bilhete estava no seu baile — falou ela. — Quem quer que tenha ajudado sua irmã e deixado as mensagens estava lá. Não haveria outra maneira de sua irmã saber que deveria escrever um bilhete para você.

Mas é claro!

— Sua tia deve ter uma lista completa dos convidados. Assim que eu estiver com ela em mãos, vou analisá-la e filtrar os possíveis candidatos. Se eu conseguir determinar quem ajudou lady Beatrice, posso descobrir para onde ela foi.

Max abaixou a cabeça, seu otimismo inicial tomando um choque de realidade.

— Mesmo que você determine a identidade do homem que ajudou Bea, parece que esse indivíduo está apenas do lado dela. Duvido muito que me diga o paradeiro de minha irmã.

— Você ficaria surpreso com as informações que consigo extrair de pessoas quando necessário.

Max olhou para Ivory de súbito, sentindo um calafrio, mas ela estava olhando serenamente para a água. Ele não saberia explicar o motivo, mas imagens de cavaletes e outros dispositivos de tortura malignos vieram à mente.

— Guardo tudo no porão — disse ela sem olhar para ele. — Bem atrás da cozinha e da despensa.

— Guarda o quê?

— Meus instrumentos de tortura. E levo meus prisioneiros para lá. É isso que você está pensando, não é?

Ivory estava sorrindo, e Max percebeu que ela estava caçoando dele.

— Seu senso de humor é muito perturbador, srta. Moore — comentou, embora também estivesse sorrindo.

— Você já disse isso. — Ela se virou. — Sou uma empresária, Sua Graça, não um membro da Inquisição Espanhola. A informação é uma mercadoria, como qualquer outra coisa. — Ela fez uma pausa. — Além disso, parei de usar o cavalete de tortura faz uns meses.

— Fico aliviado em ouvir isso.

— Sinto muito — disse ela abruptamente, em tom sério.

— Pelo quê?

Por que ela precisaria pedir desculpas?

— Por não ter percebido antes que quem ajudou sua irmã estava no baile.

— Eu também não percebi.

— Sim, mas meu trabalho é me atentar a detalhes como esse.

Max a encarou.

— Que bom que você está aqui — foi tudo o que disse.

Ivory estendeu a mão, e o duque a puxou para perto. Ele sentiu os braços dela envolverem sua cintura e a cabeça descansar em seu peito. Não era um abraço apaixonado, mas de parceria. Era estranho perceber que, pela primeira vez em sua vida, ele não estava realmente sozinho.

— Nós vamos encontrá-la — sussurrou ela. — Eu prometo.

Os dois ficaram abraçados por um minuto que pareceu infinito, rodeados pelo silêncio, até que ouviram passos no cais deserto, acompanhados por uma cantoria arrastada e alta o suficiente para ser ouvida do alto do convés. Quem quer que estivesse caminhando pelos navios adormecidos estava de bom humor. Max inclinou a cabeça enquanto a pessoa se aproximava de onde o *Odisseia* estava ancorado. Ele não conseguia distinguir as palavras, mas a melodia que chegou aos seus ouvidos era familiar. Ele tinha ouvido aquilo recentemente. Nos degraus de uma igreja. Na sala de Ivory.

Ivory ficou completamente imóvel em seus braços.

— Está ouvindo isso? — sussurrou ela.

— Estou.

— "V'adoro, Pupille."

— Coincidência? — perguntou Max.

Ela se afastou dele.

— Não existem coincidências no meu ramo, Sua Graça.

Eles andaram sorrateiros até a amurada e, sob o luar pálido, avistaram a forma de um homem surgindo na névoa, como se estivesse flutuando. O sujeito usava um casaco grosso, o cabelo estava penteado para trás e brilhava como se estivesse úmido. Uma barba escura cobria seu queixo, e ele cambaleava ligeiramente, como se estivesse bêbado. Ivory estreitou os olhos para tentar enxergar melhor suas feições. As docas eram um lugar perigoso de madrugada, e poucas pessoas decidiam andar por ali sozinhas. E certamente não quando estavam embriagadas.

O sujeito continuava cantarolando a música. Não havia como a ária de uma ópera tão obscura ser cantarolada duas vezes, em dois dias, por dois homens diferentes. Bem, tudo era possível, corrigiu-se Ivory, mas era algo muito improvável. E ela sempre pendia para as probabilidades.

— Black — sussurrou Alderidge.

— Han?

— O homem. É Richard Black, capitão do *Açores*.

— Você o conhece?

— Sim — respondeu com uma pitada de hesitação.

— Quem é Richard Black?

O homem se aproximou ainda mais, e Ivory viu que o casaco dele estava aberto. Ele também balançava na mão um tricórnio antiquado, com uma espécie de pena na aba. Vez ou outra pendia para um lado, então corrigia a postura com o cuidado de alguém que estava claramente embriagado.

— Ele comanda um navio para a Companhia, assim como eu. A embarcação dele deve estar atracada aqui em algum lugar.

— Ele é um amigo?

— Mais ou menos. Não exatamente.

— Como assim "não exatamente"?

— Black é meio que um... empreendedor. Ele contrabandeia uma boa quantidade de carga para a Inglaterra. Essas mercadorias nunca chegam aos inventários da empresa. Ou qualquer tipo de inventário, na verdade.

— Como o quê?

— Arte e antiguidades roubadas, ópio, álcool, tapetes persas, tecidos raros. Varia de acordo com a demanda.

— Humpf. — Ivory absorveu a informação. — E você finge que não sabe de nada?

— Black tem uma rede de informantes pelos portos daqui até Bombaim. Ele é um comerciante de informações, bem como de mercadorias, e parece ter ouvidos em todos os lugares. As rotas que navegamos são perigosas. Enquanto eu tiver informações que me permitam manter meus homens e navios seguros, o que Black decidir colocar nos porões da embarcação dele não é da minha conta.

— Hummm. Esse capitão... ele conhece lady Beatrice?

Alderidge balançou a cabeça.

— Não. Pelo menos, não consigo imaginar como. Nunca falei dela para ele.

— Nunca? Nem de passagem?

— Não.

— Nem depois de uma boa garrafa de rum?

Alderidge fez uma careta.

— Não.

— Tem certeza?

Ivory estava procurando uma possível conexão. Aquele homem se encaixava na descrição geral que Collette dera. E assobiava a mesma ária desconhecida. Seria possível que ele fora a pessoa que ajudara Bea?

— Sim, eu tenho certeza — retrucou Max. — Não somos parceiros de bebida.

Um pensamento ocorreu a Ivory.

— Bea disse em sua última mensagem que ia sair de Londres. Você acha que ela poderia ter falado com esse capitão em busca de uma passagem para a Índia?

Ela sentiu Alderidge prender a respiração.

— Meu Deus...

— Você disse que ela pediu para você levá-la à Índia. Acha que é possível que ela tenha decidido tomar as rédeas da situação?

— Ela não faria isso.

— Mesmo? Se esse era o plano de lady Beatrice, e se ela for apenas um pouco parecida com você, não me surpreenderia se já estivesse na metade do caminho agora.

Alderidge ficou em silêncio, claramente tenso.

— Você já mencionou esse capitão para Beatrice? Em alguma carta ou conversa?

— Sim — disse ele. — Ela adorava ouvir sobre o infame capitão Black e suas façanhas. Eu deixei as histórias dele mais fantásticas.

— Ele não estava no seu baile, estava?

— Claro que não. — Alderidge parou. — Não que eu tenha visto, pelo menos.

Ivory olhou para fora novamente. O tal capitão estava quase ao lado do *Odisseia*, e andava cada vez mais torto. De repente, ela notou que três homens se aproximavam do sujeito por trás, e era evidente que não estavam bêbados.

— Ele tem companhia — sussurrou Ivory.

Alderidge grunhiu, e Ivory ouviu o som do aço deslizando da bainha ao seu lado.

— O que vai fazer?

— Não posso ficar parado assistindo a esse idiota ser morto.

Os predadores estavam se aproximando de sua presa. O som de lâminas sendo sacadas finalmente alertou Black de que havia algo de errado. Ele girou e os ladrões reduziram a velocidade, espalhando-se para cercá-lo. O capitão sacou seu próprio espadim em um movimento fluido, de repente parecendo muito menos embriagado.

— O desgraçado está brincando com eles — resmungou Alderidge.

— Quê?

— Ele está totalmente sóbrio e obviamente procurando briga — murmurou, baixando seu espadim.

Os ladrões estavam se aproximando, e um chamou o outro.

— São os irmãos Harris — falou Ivory.

— Oi?

— Os ladrões… — Ela apontou para os três homens que circulavam o capitão como lobos. — Não são a ralé comum que se vê em docas. São todos veteranos do exército de Wellington. Os franceses nunca conseguiram matá-los, embora não tenha sido por falta de tentativa. E agora estão sem trabalho, como tantos outros soldados.

— Você os conhece?

— Como já disse, Sua Graça, metade dos ladrões de Londres já trabalhou para mim em algum momento.

Black parecia ter percebido de repente que não estava enfrentando um grupo qualquer de ladrões inexperientes. Ele se agachou quando o primeiro avançou. Defendeu-se do ataque, com a habilidade de um esgrimista talentoso, embora tenha sido forçado a dar um passo para mais perto da água. O ladrão recuou e o segundo atacou, resultando no mesmo desfecho.

— Os Harris geralmente trabalham perto de casa — explicou Ivory a Alderidge, descendo o convés até onde as longas pranchas conectavam o navio ao cais.

— Onde?

— Na cafeteria no final da praça, perto da feira. Onde todos os riquinhos bêbados com gordas bolsas de moedas terminam suas noitadas, tentando evaporar o álcool do sangue com grandes quantidades de café horrível. — Ela balançou a cabeça. — Não sei por que eles vieram tão longe esta noite, mas suponho que o capitão tenha o suficiente para fazer a distância valer a pena. No entanto, por mais que Black seja bom com aquele espadim, posso garantir que a luta não terminará nada bem para ele.

— Idiota — resmungou o duque quando o som de aço contra aço ecoou nas paredes dos armazéns.

Ele e Ivory chegaram na passarela da doca e avançaram sem serem notados. Alderidge pegou o braço dela e a puxou para trás dele.

— Sua Graça — começou Ivory, tentando recuperar sua posição.

— Não me venha com "Sua Graça" — rebateu Max, bloqueando o caminho. — Isso vai ficar perigoso, e não quero que você se machuque.

Ivory revirou os olhos, apesar da onda de calor que a atravessou.

— Sua intenção é admirável, Sua Graça, mas...

— Fique aqui! — brandiu o duque.

— Ah, pelo amor de Deus! — resmungou ela.

Então, colocou dois dedos na boca e soltou um assobio ensurdecedor. Alderidge estremeceu de susto e praguejou.

— Que diabo você está fazendo?

Ele a encarou antes de empurrá-la para trás de novo. Ivory havia chamado a atenção dos quatro homens, e os três ladrões se afastaram rapidamente para avaliar melhor a nova ameaça. Black recuperou o terreno que havia perdido.

— Capitão Harcourt! — exclamou Black, um tanto ofegante, mas ainda com bravata. — O que o traz aqui numa noite tão bonita?

— A possibilidade de vê-lo pagar pelo tamanho do seu ego.

O capitão se abaixou e recuperou o tricórnio caído no chão.

— Não sei o que quer dizer com isso.

Ivory passou por Max.

— Por mais habilidoso que você seja com esse espadim, não vai conseguir escapar disso com vida, capitão Black — falou ela. — Eu sei, você sabe e eles também. — Ela gesticulou para os ladrões que ainda esperavam, oferecendo ao mais alto um leve aceno de cabeça ao perceber que havia sido reconhecida. — Então, tenho uma proposta para você.

Black se endireitou, olhando para Ivory como se ela tivesse aparecido em uma nuvem de fumaça.

— Você sabe meu nome, milady, mas não tenho o privilégio de saber o seu. E sempre procuro saber o nome de mulheres bonitas.

Ele se curvou e fez uma reverência com o chapéu em mãos. O gesto foi ridículo e Ivory quase riu alto.

— Elogios não vão levá-lo a lugar nenhum, capitão. Pague os homens e volte a cuidar dos seus negócios. Eles são bem razoáveis.

— Não farei nada disso! — retrucou, indignado. — Isso é praticamente um assalto de estrada!

— É o preço por subestimar seus adversários — comentou Ivory.

Black a encarou com olhos tão escuros quanto a noite.

— Onde você a encontrou, Harcourt? Ela é deveras… encantadora.

Ivory soltou um suspiro.

— Ouvi dizer que você era mais esperto, capitão.

Os olhos de Black dispararam para onde Alderidge estava. O duque acompanhava a cena se desenrolar com o que parecia ser diversão.

— Não tem nada a dizer, Harcourt? — perguntou ele com insolência.

O duque deu de ombros.

— A dama já falou praticamente tudo o que precisava ser dito.

— E desde quando você deixa uma mulher falar por você?

— Desde o momento em que ela está certa.

Ivory manteve os olhos fixos no capitão, com medo de olhar para Alderidge. Black praguejou em desgosto.

— Está bem, seus desgraçados. — Ele puxou uma bolsinha da cintura. — Isso é tudo que tenho.

Então jogou a bolsinha para o ladrão mais alto, que a pegou com destreza e pesou-a na mão.

— Vai ter que fazer melhor que isso, capitão — falou Ivory em tom entediado.

— Oi?

— Precisa dar o resto.

— Não entendi o que está querendo insinuar.

— Certo. Vamos deixar os cavalheiros encontrarem o que falta, então.

Ela cruzou os braços, enquanto os irmãos Harris avançaram ameaçadoramente. Black proferiu uma série de xingamentos que faziam jus à sua profissão.

— Está bem! — rosnou ele.

Uma segunda bolsinha, com o dobro do tamanho, seguiu a primeira.

— É o suficiente para a noite? — perguntou Ivory ao homem alto.

— Sim. Dá para o gasto. — O ladrão sorriu para ela. — Tenha uma boa noite, Duquesa — despediu-se, antes de desaparecer com os irmãos pela noite.

— Você planejou tudo isso! — exclamou Black, ao notar que eles se conheciam.

— Eu não planejei nada. — Ivory apertou os lábios. — Não tenho o hábito de planejar furtos e assaltos nas docas das Índias Orientais.

— Mas você os conhecia.

— Claro que eu os conhecia — rebateu Ivory. — Que tipo de idiota se colocaria entre um capitão desagradável e três ladrões armados, a menos que soubesse quem seria o vencedor?

O capitão piscou para ela algumas vezes antes de jogar a cabeça para trás e gargalhar. Ele enxugou os olhos com as costas da mão e enfiou o tricórnio na cabeça.

— Acho que estou apaixonado — disse ele. — O que preciso fazer para convencê-la a jantar comigo, milady? Ou tomar café da manhã?

— Vá embora, Black — rosnou Alderidge.

— Ah, então o capitão Harcourt não perdeu a língua? — Black guardou o espadim e deu um passo na direção dos dois. — Devo confessar, pensei que você estaria frequentando bailes chiques, todo vestido com roupas elegantes, Sua Graça — zombou. — Não esperava vê-lo aqui.

— Estou procurando uma mulher — disse Alderidge.

— Uma mulher? Ora, esta não é o suficiente para você?

Black olhou rapidamente para Ivory antes de voltar a fitar o duque.

— Talvez esta mulher esteja procurando passagem para fora da Inglaterra e apareceu por aqui nos últimos dois dias.

— E por que diabos eu iria contar alguma coisa para você, Harcourt? Toda informação tem um preço.

— Acabamos de salvar sua vida — lembrou Alderidge.

— Nada disso. *Meu* dinheiro salvou minha vida — corrigiu Black. — E devo confessar que estou bastante irritado por ter perdido uma quantia tão grande.

— Pagarei dez vezes o valor se me der as informações que procuro. Dinheiro não é problema para mim.

— Sim, sim, eu sei disso. Infelizmente, também não é um problema para mim. Não preciso do seu dinheiro, Harcourt.

— Que tal um jantar? — sugeriu Ivory.

Um interesse genuíno brilhou nos olhos de Black.

— Com você?

— A menos que prefira passar tempo com o capitão Harcourt.

— Não, é claro que não. Ele é certinho demais para o meu gosto. — Black olhou Ivory dos pés à cabeça com curiosidade. — Mas você me intriga. Temos um acordo.

— Não há acordo nenhum — Alderidge quase gritou.

— Você estava se saindo melhor quando deixava a dama falar por você, Harcourt — retrucou o capitão.

Ivory pigarreou.

— Diga ao duque o que você sabe para podermos decidir quanto vale essa informação.

Black olhava para ela com prazer.

— Meu Deus, esta mulher não é apenas encantadora, Harcourt, ela é fascinante! — Ele esfregou as mãos. — Devo insistir em um nome primeiro. Como demonstração de boa-fé. Certamente é algo justo a se pedir.

— Eu sou a srta. Moore.

— Srta. Moore… — repetiu Black. — Um bom começo para uma linda… amizade. E como devo chamá-la durante a sobremesa?

— Depende do que você tem a dizer ao capitão Harcourt.

A expressão de Black murchou ligeiramente e ele soltou um suspiro.

— Está bem. Nenhuma mulher esteve nas docas nos últimos dois dias procurando passagem.

— Tem certeza? — exigiu Alderidge.

— Claro que tenho certeza. — Black pareceu insultado. — Sei de tudo o que se passa aqui, e faço questão de saber. Eu *pago* pessoas para me contarem o que acontece.

— Inferno — praguejou Alderidge.

— O que você estava cantando antes? — perguntou Ivory baixinho.

Black pareceu confuso.

— Oi?

— Você estava cantando. — Ivory cantarolou a abertura da ária. — O que era?

Black balançou a cabeça, ainda olhando para Ivory com curiosidade.

— Não faço ideia.

— Se não sabe o que é, onde ouviu?

O capitão fechou os olhos, como se uma parede tivesse desabado.

— A dama fez uma pergunta, Black — rosnou o duque. Ele estava examinando a ponta de sua lâmina com os dedos.

— Não lembro.

Ivory ergueu uma sobrancelha.

— Pense com cuidado, capitão.

— Isso pode custar mais que um simples jantar, srta. Moore.

Antes que ela pudesse responder, Alderidge agarrou o pescoço do homem e apertou a ponta de seu espadim contra a jugular dele. Ela piscou, atordoada e impressionada com a rapidez com que o duque se moveu.

— Jesus, Harcourt! O que deu em você? — exigiu Black.

— A música. O que é?

— Perdeu a cabeça? — O capitão estava lutando contra o tamanho e a força superiores de Alderidge.

— A música. O que é?

— Não sei! — disparou Black, parecendo tão furioso quanto Alderidge. — Eu ouvi um sujeito cantarolando. Grudou na minha cabeça o dia todo. Agora tire suas mãos de mim!

— Onde você ouviu a música? — perguntou Ivory.

— E por que isso importa?

— Onde? — falou Alderidge, pressionando a lâmina contra a carne macia do homem. Black estremeceu.

— Quando eu estava fazendo uma entrega hoje.

— E onde foi isso?

— Por que eu diria a você...

— Onde foi?

— Ele ouviu na Casa Helmsdale — disse Ivory, quando tudo ficou subitamente claro, e sentiu um aperto no coração.

Black se sobressaltou, surpreso, e então se encolheu quando a lâmina de Alderidge cortou a camada superior de sua pele.

— Como sabe disso?

— A entrega que você estava fazendo era de uma carga de antiguidades roubadas retiradas de uma caverna no deserto. Você as vendeu para King, não foi? Para o leilão.

Black arregalou os olhos.

— Quem *é* você?

Ivory o ignorou.

— O homem que você ouviu cantarolando aquela música, como ele era?

— Não sei. Eu não estava prestando muita atenção.

— Você estava prestando atenção o suficiente.

Black fez um barulho de frustração.

— Estatura mediana. Ele não era grande, como este gorila enorme aqui. — Black se contorceu no aperto de Alderidge. — Só mais um camarada fazendo uma entrega, como eu.

— Você não sabe o nome dele?

— Faço questão de não saber. Eu apenas obtenho a mercadoria solicitada e a entrego em tempo hábil.

— Onde fica essa Casa Helmsdale?

Alderidge estivera disposto a ouvir, mas agora parecia que sua paciência estava no fim e ele precisava de respostas.

— Bem ao norte de Londres. Não é muito longe de Kentish. É propriedade de King — explicou Ivory.

Alderidge estava olhando para Ivory por cima do ombro de Black.

— E esse tal de King. Quem é ele? Naquela noite no clube, você me disse que era um homem de negócios.

Black soltou uma espécie de gargalhada ofegante.

— E eu sou um tsar russo.

Ele parou de rir e soltou um grunhido estrangulado quando o duque o apertou com mais força.

— Eu não estava falando com você — resmungou Alderidge.

— Ele é um receptador — disse Ivory categoricamente. — Do tipo mais elitista. Atende aos muito ricos e muito privilegiados e é especialista em arte e antiguidades roubadas, mas compra e vende qualquer coisa que lhe dê lucro. Joias, narcóticos, cavalos, até imóveis. Mais de um membro da sociedade já o procurou, desesperado para trocar um tesouro de família por dinheiro rápido ou para vender algo que sequer deveria estar em sua posse. Os tentáculos de King chegam tão fundo no submundo quanto sobem nos degraus da sociedade. O homem não tem consciência alguma.

— E esse leilão, o que é?

— É assim que King vende seu estoque. Seus leilões são realizados anualmente, no auge da temporada londrina. O evento é apenas para convidados, e os homens que comparecem são colecionadores com bolsos cheios e pouco respeito pela lei. Porque não basta só vender, ele…

— Coloca esses homens uns contra os outros, competindo não apenas para possuir algo, mas para garantir que o outro não consiga — concluiu Alderidge por ela.

Ivory assentiu.

— Exatamente.

O duque soltou o capitão de forma repentina, e Black cambaleou um pouco antes de se endireitar. Alderidge tirou uma miniatura do bolso.

— Essa garota. Você a viu lá?

Black endireitou o casaco e a gola e lhe lançou um olhar sombrio.

— Essa cena foi totalmente desnecessária, Harcourt. Talvez eu me lembre disso da próxima vez que souber que há uma frota de piratas ao redor do Cabo esperando para dar as boas-vindas ao *Odisseia* e acabar com a sua raça.

— A garota. Diga-me se você a viu lá — pediu com firmeza. — Por favor.

Black respirou fundo e estendeu a mão para pegar a miniatura. Ele a inclinou para o luar e franziu a testa.

— Não sei dizer. Preciso de uma luz melhor.

Alderidge murmurou algo baixinho e desapareceu.

Black observou enquanto ele recuava, então se virou para Ivory.

— Seja lá o que você acha que quer com King, devo aconselhá-la a reconsiderar e manter distância, srta. Moore. É verdade que meu negócio com ele tem sido bastante lucrativo, mas eu não daria as costas para ele, assim como não daria para um chacal.

Ivory o considerou.

— Por que está me dizendo isso?

— Porque você parece uma mulher… fascinante. Seria uma pena se um infortúnio lhe acontecesse.

— Isso é mais uma tentativa de bajulação, capitão Black?

— Não, não é. É um aviso. King é temperamental. Imprevisível. E as pessoas que complicam a vida dele costumam desaparecer. — Ivory o fitou em silêncio. Black a observava com olhos especulativos. — Mas você já sabia disso.

— Conheço bem King e suas práticas comerciais — admitiu Ivory.

— Hmm. Quer saber? Acredito em você. — Black fez uma pausa e a encarou com astúcia, antes de sorrir repentinamente. — Se... ou melhor, *quando* você se cansar de Harcourt, por favor, lembre-se de mim. Darei a você tudo o que eu puder.

— Não faça promessas que não pretende cumprir — alertou Ivory.

— Nunca faço promessas levianas, srta. Moore — respondeu Black, sério.

— Hummm. Então, se eu precisasse de você para...

— Para nos dizer se viu a jovem da miniatura. — Alderidge havia retornado com uma lamparina, ligeiramente sem fôlego e carrancudo. Ele ergueu a luz perto de Black e gesticulou para a pequena pintura ainda em sua mão. — Você a viu lá?

Black desviou o olhar de Ivory com relutância e voltou sua atenção para o retrato que ainda segurava.

— Sim. Sim, acredito que ela estava lá.

— Graças a Deus! — Alderidge soltou um suspiro. — Você tem certeza?

Black deu de ombros levemente, embora algo em sua linguagem corporal tivesse mudado.

— Tão certo quanto posso estar depois de ver uma pequena pintura.

— Ela tem cabelo loiro, mais claro que o meu, é mais ou menos da sua altura e tem olhos acinzentados. Tem uma pinta no lado esquerdo do rosto, na parte de cima da bochecha.

— Sim. Ela estava lá. — As palavras soaram forçadas.

— Ela estava lá com o tal homem? — perguntou Ivory. — Aquele que estava cantarolando?

— Pode-se dizer que sim. — O capitão observava Alderidge.

— Por favor, seja mais claro — pediu Ivory, aproximando-se de Black.

— O homem a levou para lá.

— Eu não entendo. Ela era uma convidada? Vai comparecer ao leilão?

O alívio inicial do duque estava dando lugar à confusão. Ele colocou a lamparina no chão.

— Não. — Os olhos do capitão deslizaram para Ivory. — Ela vai *participar* do leilão amanhã à noite.

Ivory sentiu um arrepio de medo.

— Ela está à venda...

— Sim, foi o que entendi. — O capitão estava se afastando de Alderidge, que estava completamente imóvel. Black fez uma careta de desgosto. — Um péssimo negócio, diga-se de passagem.

— E você a deixou lá? — A voz do duque era quase inaudível.

Black ergueu as mãos.

— Não é da minha conta o que se passa em casas chiques de gente rica. Cada um sabe do que gosta.

Alderidge avançou em direção a Black, mas desta vez o capitão antecipou o golpe e evitou o duque por um fio de cabelo.

— Eu só vi a garota uma vez antes de ir embora. Ouvi o homem dizer que ela seria mantida onde não pudesse causar problemas e levada de volta a Helmsdale amanhã à noite para o leilão. Ela será uma espécie de *grand finale*.

Ivory sentiu a bile subir em sua garganta.

— Você a ouviu dizer alguma coisa?

— Não. Estava quietinha como uma devota.

— E você a deixou lá? — repetiu Alderidge, desta vez com fúria. — Sabendo por que ela estava naquele lugar?

— Sou pago para fornecer objetos — respondeu Black asperamente. — Itens de porcelana, jade e ouro. Bugigangas que foram usadas por pessoas mortas há séculos. Pinturas feitas por outras pessoas mortas. Coisas para homens cujos bolsos só são superados por sua ganância e o desejo de possuir algo que ninguém mais pode. Cresci na periferia de Liverpool, Harcourt. Cada dia que posso dormir sob um teto e sem a fome roendo minhas entranhas é um bom dia para mim. Fiz o que precisava para chegar até aqui e continuarei a fazê-lo. Não vou me desculpar por isso. Essa garota vai sobreviver porque precisa sobreviver. Assim como eu fiz.

— Ela é minha irmã.

Black perdeu um pouco da ferocidade.

— Quê?

— A jovem loira é minha irmã. Ela está desaparecida há dois dias. O duque parecia estar prestes a partir Black em dois.

— Eu não sabia… — O capitão parecia genuinamente desconcertado.

Ivory se interpôs entre os dois.

— É claro que não sabia.

— O que posso fazer?

— Você pode nos dar detalhes — sugeriu Ivory. — O capitão Harcourt concordará em não cortar seu pescoço e jogá-lo ao mar para alimentar seus amados tubarões. Em troca, você concordará em nos contar tudo o que conseguir lembrar para que a irmã dele, a quem você deixou à própria sorte, possa retornar em segurança para casa. — Ela olhou para os dois homens. — Estamos combinados?

Capítulo 9

O CAPITÃO BLACK FORNECEU pouquíssimos detalhes além do que já havia falado e do que Ivory já sabia. A Casa Helmsdale, situada em um cenário campestre bucólico e fora de Londres, fora vendida havia quase uma década para cobrir as dívidas de jogo de um aristocrata libertino. Agora era propriedade de um homem que atendia apenas pelo nome de King. Havia boatos de que ele era o filho mais novo de uma família rica, mas que havia sido expulso e deserdado por, segundo rumores, questões que envolviam assassinato e traição. Ivory nunca deu muita importância às fofocas, pois nunca conseguira confirmar a veracidade das informações, mas sabia muito bem o quão implacável King poderia ser em sua busca insaciável por riqueza e poder.

No entanto, era a primeira vez que ouvia sobre uma garota fazendo parte das ofertas de um leilão. Parecia algo novo, embora não muito chocante.

Black partiu rapidamente, e Ivory e Alderidge voltaram para a cabine a bordo do *Odisseia*. O duque mal disse duas palavras, e apenas encarou fixamente um copo de conhaque, que encheu mais de uma vez. O silêncio dele era exasperante, mais que todo o resto. Ela quase queria o touro na loja de porcelanas de volta, batendo em tudo e exigindo sair para resgatar a irmã. Ivory observou o ambiente da cabine e seu olhar parou em duas pilhas de cartas amarradas com barbante sobre a escrivaninha. De onde ela estava sentada, era possível ver o nome de Alderidge escrito na frente do envelope que estava no topo da pilha, na mesma caligrafia que vira nas mensagens.

— São cartas da sua irmã? — perguntou com alguma surpresa. Havia centenas.

O duque grunhiu, o que Ivory interpretou como um sim.

— Ela escreve bastante — incitou Ivory. Ela precisava fazer Alderidge voltar a falar. Com cautela, alcançou a pilha mais próxima. Quando o duque não se mexeu, ela a pegou. — Existe qualquer menção a alguma coisa...

— Não há menção de nada importante em nenhuma dessas cartas — disse Alderidge, sem erguer os olhos. — Nenhuma menção de um homem em quem ela confiaria até ser traída da maneira mais hedionda. Nenhuma menção a qualquer coisa que teria me feito virar meu navio e voltar para a Inglaterra o mais rápido que os ventos pudessem me levar. Nada além de anedotas sobre festas e bailes, saraus e tardes de chá, a cor de vestido que está na moda. Histórias de seu gato favorito que anda pela cozinha e seu cavalo favorito nos estábulos. Divagações sobre flores preferidas, o perfume de que mais gosta e seu bolo predileto. — Ele fez uma pausa. — Visões e conjecturas de como seria se ela pudesse viajar comigo para a Índia.

Ivory mordeu o lábio, vendo a imagem de uma jovem abrindo o coração para um irmão que estava do outro lado do mundo.

— Ela escreveu o que não podia contar pessoalmente.

O duque fechou os olhos por um momento, mas teimou em permanecer calado.

— Diga-me o que está pensando — pediu ela finalmente, quando não aguentava mais.

Alderidge a encarou com olhos cinzentos gelados e distantes.

— Você não quer saber o que estou pensando.

Ele esvaziou o que restava no copo e se esticou para pegar a garrafa de conhaque.

Ivory se inclinou para a frente e pegou a garrafa primeiro. Ela precisava do duque sóbrio, embora ele tivesse todo motivo do mundo para se embriagar. Manteve a garrafa segura em suas mãos.

— Lembre-se do que conversamos, Sua Graça. Sobre alternativas a me contratar para lidar com defuntos.

— Espero que tenha bons contatos para isso — afirmou ele, e Ivory sentiu a raiva no tom de sua voz até a alma. — Você vai precisar. Quem venderia... — Ele se interrompeu, aparentemente sem palavras.

— Vamos lidar com eles — falou Ivory, tentando manter a voz firme.

Os olhos cinzentos a encararam com intensidade.

— *Eu* vou lidar com eles.

Alderidge levantou-se de repente, e a pequena cadeira tombou para trás e bateu no chão.

A chama da lamparina se mexeu, criando sombras estranhas na parede. Ele caminhou pela cabine, três passos para um lado e depois para trás, até parar na frente de um baú pesado perto da porta e se ajoelhar para abri-lo. Cavando sob uma pilha de lençóis e diários de bordo, extraiu um estojo de pistola longo e liso.

— O que pretende fazer com isso? — perguntou Ivory, enquanto o duque tirava uma pistola também longa e pesada.

— O que alguém costuma fazer com uma arma, srta. Moore?

Ela colocou a garrafa de conhaque na mesa com um estrondo, fazendo o líquido espirrar.

— Não assine a sentença de morte da sua irmã — alertou.

— Como assim?

— Onde está Beatrice agora, Sua Graça?

Alderidge a olhou, o maxilar tenso, da maneira que ela conhecia tão bem. Ivory continuou:

— Você não pode me dizer, porque não sabemos.

— Por isso vou procurá-la.

— Onde?

— Em algum lugar perto de Kentish. Ela não deve estar tão longe da tal Casa Helmsdale.

— Talvez sim, talvez não.

O duque estava carregando a pistola.

— E se você fizer a pergunta errada para a pessoa errada? — indagou Ivory. — E se King descobrir que a presença dela pode trazer complicações indesejadas para seu evento tão bem planejado? O que vai acontecer com lady Beatrice? — O raspar da vareta parou. — Será substituída. Morta primeiro, provavelmente, e depois substituída. E então, Sua Graça, estaremos procurando o corpo dela.

O duque pousou a pistola em cima do estojo.

— King é um homem perigoso. Ele não dá muito valor a nada, exceto dinheiro e o poder que isso lhe traz. Se algo não tiver mais valor, ele simplesmente o descarta — explicou ela.

— Então eu cortarei a cabeça dessa cobra. Vou atrás desse King antes de procurar Bea.

— Ele está muito bem protegido. Helmsdale é como uma fortaleza particular, com um verdadeiro exército guardando-a. As pessoas só entram na propriedade quando há o leilão e, uma vez lá dentro, não é possível simplesmente sair. É um planejamento brilhante. Estar presente naquela casa já torna a pessoa cúmplice de quaisquer atividades corruptas que ocorram lá dentro.

— Como você sabe de tudo isso?

— Já participei de um leilão.

— Por quê?

Ivory pigarreou.

— Precisava recuperar um item para um cliente.

— Então você conhece esse King.

— Pode-se dizer que sim.

— Pode se aproximar dele.

— Sim.

— Posso contratá-la para matá-lo?

— Eu não sou uma assassina.

— Não, não é… — O duque soltou uma risada sem qualquer traço de humor. — Você só limpa o trabalho dos assassinos.

Ivory desviou o olhar.

— Desculpe, isso foi desnecessário. — Alderidge levantou-se, sua frustração evidente. — E agora? O que devo fazer?

— Você pode me dar um tempo para pensar. — Ela se levantou da própria cadeira, incapaz de permanecer sentada. — Não sei o que aconteceu na noite do seu baile, mas acho que você está certo em presumir que quem ajudou Beatrice a sair de casa é a mesma pessoa que estava com ela em Helmsdale.

— A pessoa que a vendeu.

Ivory estremeceu.

— Só consigo imaginar que qualquer boa vontade que esse sujeito mostrou a ela naquela noite escondia motivações muito mais sombrias. Beatrice estava vulnerável, assustada e em desvantagem. Talvez ele tenha aproveitado a oportunidade quando ela apareceu em sua frente. Ele pode tê-la ameaçado, dito que você ou sua tia seriam feridos ou mortos se ela não cooperasse. É evidente que sua irmã foi coagida a escrever aquelas mensagens para você. Sem dúvida, na esperança de que você não fosse procurá-la.

Alderidge encostou-se na antepara da cabine com um baque e passou as mãos pelo rosto.

— Não posso contar isso a Helen. Ela vai morrer de preocupação.

— Vamos encontrar Beatrice. Ela está segura por enquanto, porque tem valor, mas precisamos ser inteligentes. Um homem como King não responde bem a ameaças. É preciso apelar para sua vaidade.

— Gosto mais da minha ideia.

— Qual, mesmo? A de invadir a Bastilha e acabar com as chances de sobrevivência de sua irmã?

— Funcionou para os franceses...

Ivory estreitou os olhos.

— Não, não funcionou. Só deu início a um motim desorganizado e causou a morte de inúmeras pessoas. Pessoas inocentes. Eu não vou correr esse risco, nem você. Nem sequer sabemos onde Beatrice está presa. Acho que seria melhor se você me deixasse cuidar disso.

Os braços dele caíram na lateral do corpo.

— Não me exclua. Não quando estamos tão perto.

Ivory o observou e viu a preocupação nos olhos cinzentos. Seu coração deu um salto.

— Marque um encontro com esse King — exigiu ele.

— Com você?

— Sim.

— Nem pensar.

— Por quê?

— Porque ele vai arruinar você.

— Como assim?

Ivory o olhou no fundo dos olhos.

— Quanto vale a sua irmã, Sua Graça? Quantos dos seus navios? Quantas das ações da sua empresa? Quantas de suas propriedades?

Alderidge devolveu o olhar.

— Tudo. Ela vale tudo — sussurrou ele em voz rouca.

Ivory lutou contra a emoção que de repente fez seus olhos lacrimejarem.

— E King saberá disso. Ele verá a verdade, assim como eu posso vê-la agora.

— Não me importo. Eu trocaria tudo por ela. É a minha irmã.

Ivory acreditou no duque e sentiu vontade de chorar com a intensidade do amor incondicional que aquele homem era capaz de sentir. No entanto, pisou no sentimento em seu coração antes que ele obliterasse completamente qualquer perspectiva que ela ainda tinha.

— Embora esse seja um sentimento nobre, acredito que tais extremos não são necessários, muito menos sensatos. King vai negociar, até porque existe a possibilidade de que isso seja benéfico para ele, mas você precisa confiar em mim para fazer esse negócio.

Ivory queria tocá-lo, mas permaneceu onde estava. Aquele homem não precisava de sua empatia agora. Era orgulhoso demais. Ele precisava de sua ajuda.

— Eu tenho escolha?

— Você sempre tem uma escolha, Sua Graça.

O duque a olhou com uma expressão sombria.

— Farei o que for preciso para recuperar Beatrice. Tudo o que tenho é dele, desde que minha irmã esteja e fique segura.

Ivory assentiu.

— Certo.

— Maldição!

Um mundo de frustração e angústia estava contido naquela única palavra. Na frente de Ivory estava um homem que comandava uma tripulação, que estava acostumado a controlar todos os aspectos de sua vida. Que estava acostumado a agir para conquistar o que queria.

E ela estava lhe pedindo para colocar esse controle nas mãos dela. Ivory não subestimava a importância daquilo.

— Eu confio em você. — Ele não desviou o olhar dela.

— Obrigada — respondeu Ivory baixinho.

O duque bateu um punho contra a própria coxa.

— Era eu quem deveria ser capaz de proteger minha irmã. De mantê-la longe do perigo.

— E você está fazendo isso, Sua Graça.

— Como? Ficando aqui?

— Contratando meus serviços.

Ela tentou aliviar o clima, precisando quebrar o estranho feitiço que parecia ter caído na pequena cabine. O duque baixou a cabeça.

— Você é impossível... — disse Alderidge, mas sem ressentimento. Ela mordeu o lábio.

— Você estava certo no final, não?

— Sobre o quê? — perguntou ele, de repente parecendo cansado. — Que eu não conhecia minha irmã bem o suficiente para mantê-la segura?

Ivory desconfiou que todo o conhaque que ele havia consumido estava começando a fazer efeito, o que era bom.

— Pelo contrário. Você a conhecia bem o suficiente para reconhecer que algo estava errado. Que ela estava tentando dizer algo nas mensagens.

O duque passou a mão pelo cabelo.

— Eu também estava errado.

Eles se olharam à luz da lamparina.

— Se me permite, Sua Graça...

— Posso sugerir que pare de me chamar de "Sua Graça"?

— Perdão?

— Quero que me chame de Max. É assim que todas as mulheres que tiram amantes mortos da cama da minha irmã me chamam.

— Max... — Ela repetiu o nome.

Ele fechou os olhos brevemente.

— Assim é melhor. — Ele encontrou os olhos de Ivory novamente. — E, só para deixar claro, não posso lhe garantir que não matarei esse tal de King. E aquele que vendeu Beatrice pode medir sua vida em horas assim que eu descobrir sua identidade. Estamos entendidos?

— Certamente.

Não havia muito sentido em discutir naquele momento.

— Excelente. Posso tentar avisá-la com antecedência, se quiser, para que possa planejar a limpeza dos corpos e afins...

Ivory fez uma careta.

— Seria muito gentil da sua parte.

— Embora eu não ache que vá sobrar o suficiente deles para você colocar em quartos de hóspedes.

— Que sede de sangue.

— Eu agiria da mesma forma se fosse você quem tivesse sido levada para o leilão.

Ivory o olhou fixamente e Max pigarreou, como se percebesse o que acabara de dizer.

— Mas fui avisado para não subestimar sua capacidade de cuidar de si mesma. Eu não espero encontrá-la como oferta em um leilão frequentado por homens sem moral alguma, não é?

Ele riu, embora soasse um pouco desesperado e trêmulo.

— Isso é uma pergunta?

— Não tenho certeza. Não tenho mais certeza de nada. — Max suspirou, a cabeça e os ombros ainda apoiados na antepara. — Minha tia era a única que estava certa, sabe? Se eu tivesse voltado para casa mais cedo, talvez...

Ivory bufou.

— Autorrecriminação não faz o seu tipo. E nem é útil.

— Mas talvez eu pudesse ter evitado que Beatrice se envolvesse com Debarry...

— Você está delirando se pensa que seria capaz de controlar a vontade de uma garota de 18 anos depois que ela toma uma decisão. Se ela queria Debarry, ela teria Debarry. Com você aqui ou não.

— Como sabe disso?

— Porque *eu* já fui uma garota de 18 anos.

Max deu um sorriso fraco que desapareceu rapidamente, e os dois ficaram sentados em silêncio.

— Você sabia que meus pais e meus irmãos já estavam mortos há mais de seis meses quando soube que herdei o título? E que demorou um ano para eu conseguir voltar a Londres?

— Você sente saudade deles? — perguntou ela, mesmo sem saber por que o estava fazendo. Talvez fosse por conta das circunstâncias bizarras que os levaram até ali, ou a cabine que fornecia um tipo de casulo de intimidade.

— Eu mal os conhecia. Passei a maior parte da minha infância no internato e fui para o mar quando tinha 13 anos. Voltei a Londres apenas uma vez antes de eles falecerem.

— Por que você não ficou? Em Londres, digo. Depois de descobrir que havia se tornado um duque?

Max encostou a cabeça na parede novamente.

— Eu fiquei, por um tempo, mas não… me encaixava em lugar algum aqui. — Ele olhou para ela. — Lembra-se do que me disse naquela primeira noite? Você me disse que este não era o meu mundo. E tinha razão. Não era o meu mundo naquela época, e continua não sendo. Voltei para casa há dez anos e descobri que havia administradores, secretários, advogados e uma infinidade de pessoas supervisionando o ducado com competência. Bea tinha 8 anos e dependia totalmente de Helen, com certeza não precisava de mim. Além de algumas assinaturas de vez em quando, minha presença era supérflua. Eu estava sufocando nesta cidade. Você não pode imaginar como é estar preso em um lugar ao qual não pertence.

O duque parou abruptamente, e Ivory ficou em silêncio por um longo momento. Então, endireitou a cadeira caída e afundou ali antes de pegar a garrafa na mesa e tomar um longo gole, sentindo o líquido ardente descer por sua garganta.

— Eu era uma duquesa.

As palavras escaparam de sua boca antes que ela pudesse pensar duas vezes sobre a confissão.

— Você era o quê?

— Você me perguntou uma vez por que meus amigos me chamam de Duquesa. É porque eu era uma.

— Como assim?

— Preciso explicar como alguém se torna duquesa?

— Sim. Digo, não. — Ele franziu a testa. — Se você é uma duquesa, por que está aqui? Em um navio comigo? Morando em Covent Square? Trabalhando para o sr. D'Aqueus?

— Porque não sou mais duquesa. Meu marido morreu há cinco anos.

— Isso não faz sentido. Uma duquesa ainda é uma duquesa, mesmo viúva.

— Não se ela era uma cantora de ópera antes de ser duquesa. Não se ela era desprezada pela família do duque, que a considerava uma oportunista gananciosa.

Por que diabo Ivory estava contando tudo aquilo para ele? E por que não conseguia parar de falar?

Max havia se afastado da parede e estava olhando para Ivory à luz da lamparina, e ela quase podia ver as informações se encaixando na mente dele. Até aquele homem, que raramente passava por Londres, devia ter ouvido a estranha história da cantora de ópera que se tornara duquesa.

— Por Deus! — ofegou ele. — Você era a duquesa de Knightley! Seu apelido não é um apelido!

Max deu a volta, sentando-se na cadeira que antes era dela e a observando atentamente. Ivory sorriu com melancolia.

— Então você deve entender, Sua Graça, que eu sei exatamente como é se sentir deslocado. Não havia uma alma no mundo de Knightley que não deixasse claro que eu era uma impostora, incluindo a família dele. Uma charlatã que havia esquecido seu lugar e deveria ser punida por isso. Meu lugar era em uma casa silenciosa e isolada, onde eu poderia ser mantida fora de vista e fora da lembrança dos outros, e usada como uma distração quando fosse necessário. Eu não era o tipo de mulher com quem um homem se casava, e certamente não um homem como Knightley. Mas ele não se importava. Ele... *nós* simplesmente desafiamos a todos, porque podíamos.

— Você o amava?

— Sim.

— E ele te amava?

— Sim.

— Valeu a pena?

— Sim.

Outro silêncio caiu, mas Ivory o quebrou.

— Isso é tudo o que você vai perguntar?

Max pegou a garrafa das mãos dela.

— O que mais importa?

— Você me surpreende às vezes.

Ele sorriu.

— Por que você sumiu depois que ele morreu?

— A família de Knightley tolerava minha presença em respeito ao duque enquanto ele estava vivo. Depois que ele faleceu, fizeram questão de me fazer entender que encontrariam uma maneira de me destruir caso eu continuasse a reivindicar um título que nunca deveria ter sido meu.

— Sinto muito.

Ivory deu de ombros.

— Não foi nenhuma surpresa. Cantoras de ópera não se casam com duques sem saber o que as espera.

— Então por que não volta aos palcos? Você ainda é uma lenda. Poderia ter qualquer homem que desejasse.

Ivory ficou em silêncio por um momento, tentando encontrar as palavras certas para fazê-lo entender a situação.

— Você sabe por que cantei em alguns dos maiores palcos da Europa?

— Não.

— Quando eu tinha 13 anos, um homem que passava pelo barraco que chamávamos de casa me ouviu cantando, por acaso. Minha família era pobre, tão pobre que ficávamos dias sem comer. Esse homem deu cinco libras para os meus pais, mais dinheiro do que eles viram em toda a vida, e me levou. Acontece que ele era dono de uma casa de ópera em Londres.

— Ele *comprou* você?

— Ele diria que investiu em mim. Ensinou-me a ler e a escrever. E, em troca de aulas de italiano, francês, canto e piano, tornei-me Ivory

Bellafiore, e dei um grande retorno ao investimento dele. — Ela fez uma pausa. — Mas Ivory Bellafiore não era uma lenda. Ela era uma ilusão. Era uma *femme fatale*, uma sedutora ou uma feiticeira, dependendo da noite. Uma ilusão que os homens desejavam possuir para que pudessem se gabar para os amigos. Uma ilusão que poderia ser comprada. Ivory Bellafiore não era nada diferente dos objetos que o capitão Black vende, destinados ao maior lance. — Ela podia ver Max cerrando os dentes. — Fiz muitas coisas para sobreviver na minha vida, coisas das quais não posso me arrepender, pois, no final das contas, trouxeram-me até aqui. Mas cansei de sobreviver. Ivory Bellafiore não existe mais e não vai mais existir. Eu deixei de ser algo à venda. Eu escolho e controlo meu destino. Entende?

Max a observava com um turbilhão de emoções passando nas profundezas cinzentas de seus olhos.

— Sim. É a mesma razão pela qual comprei o *Odisseia*. Eu não queria navegar no navio de outra pessoa, com uma tripulação que não era minha, traçando rotas para destinos que não eram de minha escolha. — Ele fez uma pausa. — É a mesma razão pela qual não posso ficar em Londres. Eu não sou um duque. Nunca fui.

Uma dor se alastrou pelo peito de Ivory quando ela percebeu o quão impossível seria se segurar a um homem como aquele. Ela via muito de si mesma nele.

— Por que me contou tudo isso? Sobre quem você é? — perguntou ele.

Porque eu confio em você. Porque você tem honra, coração e força. Porque, em outra vida, eu provavelmente poderia me apaixonar por você.

— Porque estou guardando seus segredos, e queria que você guardasse um dos meus.

Max inclinou a cadeira para a frente sobre duas pernas, aproximando-se dela. Ivory se manteve imóvel. Ele estava perto o suficiente para beijá-la, mas apenas apoiou os cotovelos nos joelhos e segurou a garrafa entre os dedos enquanto seus olhos cinzentos a fitavam. Seu lábio inferior estava molhado de conhaque, a umidade visível na luz bruxuleante da lamparina. Ela podia sentir o gosto da bebida em sua língua, e imaginou saboreá-lo na dele. Ivory sentiu o coração palpitando e um frio na barriga. Seu autocontrole estava se esvaindo, levando consigo seu bom julgamento e sua inteligência.

— Sua opinião sobre mim mudou? Agora que você sabe quem sou e as coisas que fiz? — As perguntas saíram por vontade própria.

— As coisas que você fez?

Ele franziu a testa.

— Eu me vendi, Max. — Pronto. Ela confessara. — Antes de ter poder suficiente para controlar meu próprio destino.

Ele a encarou.

— Eu sei quem você é. Você é Ivory Moore. Você é a mulher que lidou com um cadáver para salvar minha irmã. A mulher que me beijou para me salvar de mim mesmo. Você é a única que entende por que nunca poderei ser colocado em uma prisão que foi construída para mim pelo destino e pelas circunstâncias. — Ela engoliu em seco, a emoção obstruindo sua garganta. — Você é a mulher em quem eu confio.

Max se afastou dela abruptamente, e a cadeira caiu sobre as quatro pernas com um baque. Ele se levantou e colocou a garrafa de volta na mesa com cuidado. Abaixando-se, pegou as mãos de Ivory e a ajudou a ficar de pé. Então estudou as mãos dela antes de levá-las aos lábios.

— A mulher que quero mais que tudo.

O desejo dominou o corpo dela. O tempo pareceu ter desacelerado. Os lábios do duque roçaram o interior dos pulsos de Ivory.

— Max... — O nome saiu como um apelo, quando ela queria dizer como um protesto.

— Eu menti — disse ele, pressionando a boca contra a palma da mão dela.

Os joelhos de Ivory quase cederam.

— Sobre o quê?

Era difícil seguir o rumo da conversa quando os lábios dele estavam tocando sua pele.

— Eu disse que não tinha mais certeza de nada — falou ele baixinho. — Mas isso não é verdade. Eu tenho certeza de você.

Ivory procurou os olhos dele e encontrou apenas uma vulnerabilidade crua naquelas profundezas cinzentas.

— Você tem mais coragem do que qualquer pessoa que já conheci — sussurrou ele, puxando-a para mais perto de si, as mãos ainda unidas.

— Você está bêbado.

— Não o suficiente. Mas eu gostaria de estar.

— Por quê?

— Se eu estivesse bêbado, poderia usar como desculpa pelo que estou prestes a fazer.

Ivory nem sequer teve tempo de responder antes que ele a beijasse.

O beijo não foi nada gentil. Era o beijo de um homem em busca de esquecimento e consolo. Ivory gemeu sob os lábios dele, correspondendo ao nível de desespero. Max soltou as mãos dela e acariciou todo o corpo de Ivory, deslizando as mãos pelas suas costas e curvas da cintura e nádegas e subindo de volta. Então, mudou de caminho e acariciou a nuca dela, descendo por seu decote até a lateral dos seios, e polegares exploradores encontraram os mamilos sob o tecido do corpete. Ele estava investigando todos os cantos de sua boca, a língua cravando uma batalha com a dela, enquanto as mãos cobriam os seios de Ivory, acariciando e enviando correntes de puro êxtase.

Max a empurrou para trás, e Ivory bateu na antepara da cabine. Ela envolveu o pescoço dele, entrelaçou os dedos nas mechas de cabelo loiro e arqueou-se contra o seu corpo. O duque rosnou em aprovação, e levou a mão de um seio para a curva da bunda dela, agarrando a saia como se estivesse frustrado com a barreira. Ela conseguia sentir o volume da ereção contra sua barriga através das camadas de roupas, e também ficou impaciente com o obstáculo.

Ivory soltou o cabelo dele e deixou as mãos descerem pelas costas largas, traçando o vale que tinha admirado alguns dias antes. Mas agora suas mãos podiam tocar o que ela havia apenas observado, e ela passou as palmas pelas nádegas e os músculos das pernas do duque. Deus, tudo naquele homem era duro! Ela arqueou-se contra ele de novo, e Max gemeu, aprofundando ainda mais o beijo. Ivory se rendeu de bom grado, deixando-o assumir o controle.

Max segurou o rosto dela, mantendo-a firme sob o beijo, até deslizar os dedos para baixo, sobre seus seios, e mais para baixo, até prenderem sua cintura com vigor. Então, ele interrompeu o beijo e levou os lábios para um passeio por seu pescoço e decote, deixando um rastro úmido de fogo. A cabeça de Ivory pendeu para trás e ela tentou recuperar o fôlego, mas era impossível. Queria aquelas mãos fortes em sua pele. Aqueles lábios em sua pele. Em todo lugar. Ao mesmo tempo.

A palpitação que crescia entre as pernas de Ivory estava ficando insuportável. Tentou grudar ainda mais o corpo ao dele, como se os dois pudessem, de alguma forma, se fundir e encontrar a liberação que ela tanto desejava. Mas havia roupas no meio, dificultando o processo. Ela fez um som de frustração e, de repente, Max a segurou pela bunda e a puxou contra ele.

Ivory envolveu Max com as pernas de um jeito desajeitado, atrapalhada pela saia. Mas não importava, porque, através do tecido, ela podia sentir o volume da ereção dele *lá*, exatamente onde precisava, pressionado no ponto que já estava enviando faíscas de prazer para cada célula de seu corpo. Ela talvez tenha gemido, mas não saberia dizer, pois Max estava se pressionando nela. Ela retribuiu o movimento, fechou os olhos e deixou a cabeça cair sobre o ombro dele, as mãos na nuca dele e nas mechas de cabelo loiro. Então ofegou, lutando para respirar enquanto o orgasmo a atravessava como um maremoto.

Max a segurou com força enquanto ela tremia, beijando a curva de seu pescoço, deixando-a sentir os espasmos e redemoinhos de prazer em segurança nos braços dele. Quando os últimos tremores passaram, ela ergueu a cabeça, e nunca em toda a sua vida se sentiu tão sem palavras quanto naquele momento.

Max não lhe deu chance de pensar no que dizer. Ele a beijou com força, ajudando-a a colocar os pés no chão, mas sem soltar sua cintura. Ainda bem, pois era possível que Ivory não conseguisse se manter de pé por conta própria.

O duque se afastou um pouco, encarando-a novamente. Ele ainda acariciava sua cintura, e o toque daqueles dedos dificultava ainda mais que Ivory colocasse os pensamentos em ordem.

— Prometi a mim mesmo que esperaria tudo isso terminar — falou ele. Ivory ainda sentia a dura evidência do desejo dele em sua barriga. — Prometi que não me permitiria esse prazer até que Beatrice estivesse segura em casa.

— Max...

— Não posso fazer isso agora. Eu não posso dar o que você merece neste momento.

O que *ela* merecia? Ele acabara de lhe dar um prazer que Ivory nunca havia experimentado em toda a vida. Um prazer que tinha virado seu mundo de cabeça para baixo e apagado tudo de sua mente, exceto ele. E os dois ainda estavam vestidos.

Mas onde estavam os princípios dela? O que havia acontecido com suas regras sobre não se relacionar com clientes? Em que momento tinha abandonado tudo pela chance de ficar com aquele homem? Max estava certo. Eles não podiam fazer aquilo. *Ela* não podia fazer aquilo. Não ainda. Ivory sabia disso.

Que Deus a ajudasse, porque ela tinha se perdido pelo caminho.

— Não pense que é porque não desejo você, Ivory Moore — afirmou Max, em um tom que indicava dor.

— Não — sussurrou ela. — Eu não acho isso.

Ela deslizou os dedos pelas laterais da calça dele, sobre os quadris fortes. Ele gemeu e se afastou.

— Acho melhor descansarmos um pouco — falou ela, tentando usar um tom de normalidade. — Não há muito o que possamos fazer agora.

Mentirosa. Eles podiam fazer *muita* coisa até o dia amanhecer.

— Voltarei pela manhã.

Ela deu um passo vacilante em direção à porta.

— Aonde pensa que vai? — exigiu o duque.

— Para casa.

— Nem pensar! É muito perigoso lá fora.

— Eu vou ficar bem.

— Você não vai a lugar nenhum até que amanheça. E eu irei com você. Você vai dormir ali. — Ele apontou um dedo para a cama estreita em uma das extremidades da cabine.

— Com você?

Ivory imediatamente se arrependeu da pergunta. O que havia de errado com ela?

Os olhos do duque escureceram como um céu tempestuoso, e ele cerrou a mandíbula de novo.

Ela estava ciente de que sua resposta indicava que aceitara a ordem dele, e que agora estavam apenas resolvendo os pormenores do arranjo.

— Deve ser muito desconfortável dividir aquela cama, srta. Moore.

A expressão dele era clara. Ele estava tentando fazer a coisa sã e honrada.

Não se eu ficasse em cima de você. Ou embaixo.

— Não posso ficar com a sua cama.

— Há mais duas camas no ambulatório, uma na cabine do imediato e dezenas de redes penduradas no convés inferior. Eu me viro. — Ele parecia ter tomado a decisão por ela. — Tem cobertores extras no baú, se estiver com frio. Você não será incomodada.

Ela não sabia o que era pior: seu alívio pela sanidade e honra do duque terem prevalecido, ou a decepção que isso causava.

— Max...

— Não consegui manter minha irmã segura. Será que pode me permitir mantê-la segura pelo menos por uma noite?

A tristeza crua na voz dele a fez prender a respiração e perfurou seu coração.

— Claro. — Ivory engoliu o caroço que parecia ter se alojado em sua garganta.

— Venho buscá-la pela manhã. — O duque se afastou, parando apenas quando chegou à porta. — E depois vamos buscar minha irmã.

Capítulo 10

*E*STRANHAMENTE, M*AX* D*ORMIU* como uma pedra.

Talvez fosse porque ele tinha informações reais sobre o paradeiro de Beatrice, informações que o ajudariam a salvá-la. Ainda não sabia exatamente como, mas sabia que o faria. Que *eles* fariam. Não era bem uma resolução, mas era um ponto de partida.

Ou talvez fosse o conhaque. Era possível que tivesse mentido para Ivory quando disse que não estava bêbado. E, se fosse o caso, talvez tivesse uma desculpa razoável para o fato de tê-la agarrado da maneira que prometera a si mesmo que não faria, pelo menos até que toda a confusão com sua irmã se resolvesse.

Mas a verdade é que Max queria ter feito muito mais. Queria ter tirado cada peça de roupa dos dois até não sobrar mais nada entre eles. Queria tê-la adorado com as mãos e a língua do jeito que ela merecia. Queria tê-la deitado na cama, a provocado e saboreado, até que estremecesse de novo. Queria tê-la deixado inebriada de desejo até que apenas seu nome e seu corpo preenchessem cada canto do mundo de Ivory.

Max não estivera preparado para a paixão daquela mulher nem para o modo como ela se rendera em seus braços, mas provavelmente fora a experiência mais inebriante e erótica de toda a sua vida. E a coisa mais difícil da qual se afastar. Mas ele também não estivera preparado para a confissão que Ivory fizera — e eram as palavras dela, mais que a situação devastadora que haviam passado momentos antes, que estavam despertando emoções estranhas e peculiares dentro de Max.

Ela tinha lhe confiado um presente. Um pedaço de seu passado. Um pedaço de quem realmente era. E aquele presente era a coisa mais valiosa que qualquer mulher já lhe dera.

Muitas coisas sobre Ivory Moore passaram a fazer sentido. O duque de Knightley tinha sido um dos homens mais poderosos da Inglaterra. E não apenas por causa de sua riqueza ou de suas inúmeras conexões com o governo, a indústria, a sociedade e as cortes reais, mas também porque fazia questão de conhecer as pessoas e seus segredos. Max não chegou a conhecê-lo pessoalmente, mas sabia que todos queriam sua atenção e aprovação. O sujeito tinha a reputação de ser capaz de fazer uma engrenagem girar na direção que desejava sem esforço, ou de travá-la indefinidamente, se assim decidisse.

E o tal sr. D'Aqueus e sua firma, para a qual Ivory trabalhava? Talvez D'Aqueus tivesse sido assistente ou advogado do duque. Alguém que soubesse dos segredos e das manobras políticas que Knightley coletara, e aprendera a manipulá-los. Isso explicaria como Ivory acabara trabalhando na empresa, e a responsabilidade que ela assumira em nome do homem. Ela mesma devia ter colaborado com infinitos recursos trazidos de sua antiga vida no palco. Conexões com pessoas como Elise DeVries e Alexander Lavoie, por exemplo. Como Gil e os irmãos Harris. Não era de se admirar que o sr. D'Aqueus a tivesse contratado.

Independentemente de como acabara trabalhando para o homem, ela certamente aprendera bem o negócio.

Max dissera na noite anterior que permitiria que ela lidasse com o tal King. Era inteligente o suficiente para reconhecer que precisaria confiar nela, mas pretendia acompanhá-la aonde fosse necessário, e ajudá-la a fazer o que fosse preciso.

Ele dormira em uma das camas do ambulatório, apenas porque era o cômodo mais próximo de sua cabine, onde Ivory dormia, e pensou que ouviria se ela tentasse sair. Mas agora, enquanto vestia o casaco, Max sabia que ela poderia ter saído tocando um tambor que ele provavelmente não teria ouvido nada.

O sol lutava contra um acúmulo de nuvens baixas a leste, enviando uma luz fraca pelas escotilhas do ambulatório, quando o duque mergulhou na penumbra do corredor. A porta de sua cabine ainda estava fechada. Será que Ivory ainda estava dormindo? Ele ficou do lado de fora da porta e tentou ouvir qualquer tipo de ruído, mas a cabine estava silenciosa. Sua mente criou uma visão dela deitada em sua cama que lhe tirou o fôlego. Imaginá-la sentada na cama e esfregando os olhos sonolentos, ou talvez trançando o cabelo, fez seu peito ficar apertado com um tipo desconhecido de desejo.

De repente, percebeu que nunca havia levado uma mulher para sua cabine antes, principalmente porque a cama era pequena demais para qualquer tipo de diversão a dois. Mas saber que Ivory estava em *seu* espaço, um espaço que tinha sido só dele, o fez desejar coisas que jamais achou que desejaria.

Uma mulher que sentiria sua falta quando ele estivesse longe. Uma mulher que estaria esperando por ele, que o receberia em casa com um sorriso caloroso e uma cama quente. Uma mulher que se encaixava em seu espaço. Em sua vida. Permanentemente.

Max bateu na porta e ouviu uma resposta abafada. Pelo menos ela estava acordada. Ele bateu novamente e esperou um segundo antes de entrar na cabine.

— Bom dia… — Então parou abruptamente.

— Ora, bom dia, Sua Graça.

Alexander Lavoie estava reclinado em uma das cadeiras, uma bota cruzada sobre o joelho, e segurava um dos copos de conhaque deixados na mesa na noite anterior. Não havia nenhum sinal de Ivory Moore. Max ficou apreensivo.

— O que diabo está fazendo aqui? — Não se importava de soar rude.

— No momento? Apreciando um bom conhaque. Deve ser francês. Meus cumprimentos.

— Não são nem oito horas da manhã — rebateu Max, cruzando os braços e encostando-se na porta da cabine. — Não é um pouco cedo demais para beber?

— Ah, mas essa é a dose que eu costumo beber antes de dormir. Meus horários são um pouco diferentes dos de um sujeito como você.

— Onde está a srta. Moore?

Max não estava muito disposto para brincadeiras. Alex girou o conhaque no copo.

— Sabia que fiz a mesma pergunta, apenas duas horas atrás, quando passei pela D'Aqueus & Associados e fui informado de que ela tinha vindo até aqui? Em uma hora bem indecente, aliás. Então achei que podia dar uma passadinha na sua embarcação no meu caminho de volta para casa.

Max olhou para Lavoie de forma impassível.

— As docas não estão no caminho para a sua casa.

Lavoie deu de ombros.

— Você veio até aqui para se certificar de que eu não havia amarrado e amordaçado a srta. Moore e a escondido em meus porões?

O dono do clube de apostas ergueu os olhos do copo e analisou Max, e os dois se mediram em silêncio.

— Não imaginei que você a teria amordaçado. Nem que ela estaria em seus porões.

— Tenha cuidado, sr. Lavoie.

O homem inclinou a cabeça e colocou o copo sobre a mesa com um sorriso.

— Ivory me disse para pedir a você que esteja disponível esta tarde. Em sua casa, em St. James.

Max ficou com mais raiva, tanto de si mesmo, por não ter previsto aquilo, quanto da srta. Moore, por conhecê-lo tão bem.

— Onde ela está? — perguntou friamente.

— Ela mencionou algo sobre um compromisso e pediu minha carruagem emprestada. Fiquei muito feliz em ajudá-la, mas isso me deixou aqui, esperando por uma hora mais fácil de conseguir transporte público. — Alex fez uma expressão de desgosto quando disse as duas últimas palavras.

— Ivory deixou você aqui para me impedir de ir atrás dela.

Maldição! Ela havia conseguido despistá-lo. Ivory o deixou para trás e foi ver King, e ele não tinha a menor ideia de como encontrá-la. Max bateu a palma da mão no batente da porta em frustração.

Lavoie passou um dedo pela borda do copo.

— E eu posso ver o porquê.

— King está com a minha irmã. Ele planeja vendê-la como se fosse uma égua valiosa.

— Estou ciente.

— E devo ficar sentado sem fazer nada?

— Não. Você deve confiar nela.

— Está bem claro que ela não confia em mim!

Lavoie balançou a cabeça.

— Não é uma questão de confiança, Sua Graça.

— É o quê, então?

— Ela pode ter mencionado algo sobre você ser uma distração perigosa. — Lavoie manteve o tom inocente, mas Max entendeu as entrelinhas. — A srta. Moore lamenta qualquer inconveniência, mas está totalmente comprometida com seu trabalho. Você deveria ficar feliz.

Ah, sim. A srta. Moore e seu compromisso com o trabalho. Ao sr. D'Aqueus e sua maldita firma.

— Por que você não está com ela? — exigiu Max, frustrado, ignorando o calor que crescia dentro de si.

Se ele não podia acompanhá-la, então Alexander Lavoie deveria fazê-lo. O duque não precisava gostar do homem para saber que o dono do clube protegeria Ivory, se fosse necessário. Lavoie era inteligente e perigoso. D'Aqueus também escolhera bem ao contratar aquele homem.

— A srta. Moore não precisa de mim nem de mais ninguém fungando em seu cangote.

A insinuação era clara, e Max pensou em algo.

— Por que você trabalha para ele? Por que trabalha para o sr. D'Aqueus?

— Por que trabalho para o sr. D'Aqueus? — repetiu Lavoie devagar, protelando.

Um surto de impaciência fez aumentar a raiva de Max.

— A srta. Moore apresentou você como um associado. No entanto, você é claramente um homem de recursos, com um clube de jogos de grande sucesso. Suspeito que você tenha uma fortuna maior que a minha. Então, por que continuaria a trabalhar para o sr. D'Aqueus?

— Ah… — Lavoie tirou um fiapo invisível do casaco. — Digamos que é uma questão de lealdade. Ajudo sempre que posso.

— Por quê?

— Por que isso importa?

— Porque gosto de entender o motivo de as pessoas fazerem o que fazem. Porque gosto de saber de onde vieram, para onde gostariam de ir e o que estão dispostas a fazer para chegar lá.

— Você parece a Duquesa falando.

— Vou aceitar isso como um elogio.

— E foi, mesmo. — Lavoie ficou em silêncio por um longo minuto antes de responder. — D'Aqueus me emprestou o capital que eu precisava para começar meu negócio. Apresentou-me às pessoas certas. Ajudou-me a fazer conexões que foram vitais para o meu sucesso. Há muito tempo paguei a dívida monetária integralmente, mas essa gentileza merece mais que um pagamento com juros compostos. Lealdade merece lealdade.

Apesar de sua ira, Max sentiu algo relaxar dentro de si. Ele podia não conhecer bem aquele homem, mas conhecia muitos como ele. Colocava a própria vida nas mãos de homens assim todos os dias no *Odisseia*.

— Agradeço a sua honestidade.

— Não há de quê. — Lavoie juntou as mãos. — Bom, você a levou para sua cama? A Duquesa, no caso?

Max o encarou, sem saber se tinha ouvido direito.

— Oi?

— Já que estamos sendo honestos um com o outro, essa me parece uma pergunta razoável.

— Como isso pode ser razoável? — Max estava se recuperando do choque.

— Levou ou não?

O duque estreitou os olhos.

— Por que você mesmo não pergunta a ela?

— Eu perguntei, mas Ivory não quis responder.

— E eu também não vou.

Lavoie apertou os lábios.

— Entendi por que ela gosta de você.

— Por quê? Só porque me recuso a ser um fofoqueiro que usa a vida dela como material para entretenimento? Não acha que ela já sofreu muito com isso?

Agora Lavoie também estreitava os olhos.

— Então você sabe quem ela é.

— Claro que sei quem ela é.

— Você a reconheceu.

— Não, não a reconheci. Nunca a tinha visto na vida até encontrá--la desamarrando um defunto da cama da minha irmã.

— Então como você sabia quem ela era?

— Ela me contou.

Lavoie arregalou os olhos.

— Ela *contou*?

— Sim.

— Quando?

Max cruzou os braços.

— Quando ela quis.

Lavoie o estudava como um menino que acabara de encontrar um duende.

— Algum problema, sr. Lavoie?

— Não — respondeu ele, mas parecia contemplativo.

— Tem mais alguma coisa que você gostaria de dizer sobre a srta. Moore?

— Não.

— Então saia do meu navio.

Lavoie ficou de pé.

— Posso saber quais são os seus planos para esta manhã, Sua Graça?

— Não, não pode.

Lavoie voltou a se sentar com um suspiro, e Max fechou os olhos tentando manter a paciência.

— Pelo amor de tudo o que é mais sagrado, não farei nada que interfira no *compromisso* dela esta manhã. Eu nem sei para onde ela foi.

— Que coisa boa de ouvir. — Alex bebeu o último gole de conhaque do copo. — Eu odiaria ter que amarrar e amordaçar você e escondê-lo em seus porões.

Max ignorou a piada.

— Ela vai ficar segura?

Lavoie parou o copo a meio caminho da mesa.

— A srta. Moore estará segura? Desse tal de King? Ele vai machucá-la?

Lavoie enfim apoiou o copo de volta na mesa.

— Você se importa com ela.

— Claro que me importo!

Acho que estou meio apaixonado por ela. O pensamento não solicitado o paralisou. Aquilo era ridículo. Ele a admirava, certamente, e não havia como negar o desejo avassalador que sentia toda vez que Ivory estava perto. Mas nada daquilo era *amor*.

Horrorizado, o duque refraseou a afirmação:

— Quer dizer, eu me importo muito com a mulher que assumiu a responsabilidade de negociar a libertação de minha irmã.

— Ah… — A breve resposta disse a Max que os olhos penetrantes de Lavoie haviam percebido tudo. — Lembra-se do que eu falei sobre subestimar a capacidade da srta. Moore de cuidar de si mesma? — perguntou. — Ela não precisa de você.

— Isso não faz eu me sentir melhor.

Lavoie ficou de pé novamente e se inclinou sobre a mesa.

— Meu trabalho esta manhã não é fazer você se sentir melhor, Sua Graça. É garantir que você não a atrapalhe.

O dia havia começado escuro e cinza, e não havia melhorado à medida que a manhã avançava. As nuvens pairavam baixas, ameaçando neve ou chuva, ou algo entre os dois, e o vento havia se intensificado, sacudindo as janelas da carruagem enquanto ela viajava para o norte, nos arredores de Londres.

Fazia quase um ano desde a última vez que Ivory fizera o caminho até a Casa Helmsdale. O cascalho estalava sob as rodas da carruagem enquanto passavam por fileiras de árvores desfolhadas, seus galhos finos tocando o céu de inverno. Ela mudou de posição no veículo para olhar pela janela e tentou se concentrar no encontro que a esperava. E não no encontro que sem dúvida acontecera naquela manhã a bordo do *Odisseia*.

Max ficaria furioso ao descobrir que ela tinha partido. Ivory achava mais fácil nevar no inferno antes que Maximus Harcourt concordasse em esperar enquanto ela negociava a libertação de lady Beatrice com King. Qualquer confiança que ele depositara nela na noite anterior sem dúvida havia acabado com essa traição, e saber disso deixava seu peito apertado. Mas situações desesperadoras exigiam medidas desesperadas, e aquilo não era sobre ela e seus sentimentos. Nunca tinha sido. O futuro de uma garota de 18 anos estava em jogo, e Ivory não podia falhar. Se Beatrice queria ir para casa com pelo menos um pouco desse futuro intacto, Ivory precisaria manter o juízo e deixar seus sentimentos de lado.

A carruagem que Alex lhe emprestara se aproximou da casa e parou diante de um enorme portão flanqueado de ambos os lados por imponentes portarias de pedra, construídas na última década. Uma cerca alta de ferro forjado começava nas laterais da portaria, e Ivory sabia que rodeava a casa. Cada barra pontiaguda da cerca estava começando a ser dominada por heras, mas o efeito ainda era ameaçador. Era como se estivessem entrando em uma prisão. King não tolerava invasores.

Dois homens se colocaram no caminho da carruagem e Ivory ouviu-os trocarem palavras com o cocheiro. De repente, a porta da carruagem foi escancarada e um dos guardas enfiou a cabeça dentro do veículo.

— Diga para o que veio.

Nada de palavras de boas-vindas.

— Eu me chamo srta. Moore e estou aqui para ver King — falou ela. — Ele está me esperando.

O guarda olhou-a dos pés à cabeça.

— Aposto que está.

Ivory o encarou fixamente, sem demonstrar emoção. Ela já tinha perdido a conta de quantas vezes tivera que lidar com homens como aquele. Eram todos iguais, em qualquer lugar do mundo.

— Ele está me esperando — repetiu ela. — E eu odiaria ter que explicar por que cheguei atrasada.

O guarda vacilou um pouco sob o olhar dela.

— Vou abrir o portão.

— Isso seria sensato de sua parte — respondeu ela friamente.

— Ele está muito ocupado hoje — resmungou o guarda, como se não pudesse deixá-la com a última palavra, e bateu a porta da carruagem.

— Aposto que está — murmurou Ivory quando os portões se abriram e a carruagem voltou a andar.

King parecia uma das pinturas que Ivory tinha visto de Henrique VIII.

Era alvo, com cabelo loiro-avermelhado e olhos azul-claros em um rosto sério e obstinado. Ele usava trajes com cores suaves, embora compensasse a discrição da roupa com um alfinete de gravata que ostentava um rubi do tamanho de um ovo de pardal. Ouro e pedras preciosas reluziam nos dedos que seguravam o topo de uma bengala de ébano. Era um homem fisicamente bonito, mas Ivory sabia que havia uma criatura perigosa sob toda aquela aparência.

— Bom dia, Duquesa! — exclamou ele, entrando no escritório e avaliando-a dos pés à cabeça. — Faz muito tempo desde que esta casa foi agraciada por sua presença deslumbrante. Continua linda como sempre.

— Obrigada.

Ela havia escolhido cuidadosamente a roupa e usava um vestido elaborado que favorecia suas curvas: exatamente o que King gostaria de ver. Ivory ofereceu-lhe a mão, como ele esperava, e ele a aceitou, apertando-a levemente e pressionando os lábios sobre seus dedos.

— Você parece bem, King — falou ela.

— Estou bem, de fato — respondeu King, indicando a Ivory uma cadeira de frente para uma enorme escrivaninha de mogno.

Ela se sentou, forçada a inclinar a cabaça para olhar para King enquanto ele se empoleirava em uma pesada cadeira de couro atrás da mesa. O que, ela sabia, estava longe de ser por acaso.

— Você mudou a decoração desde a última vez que estive aqui — comentou Ivory, lisonjeira, olhando ao redor do escritório espaçoso.

Uma parede inteira estava coberta do chão até o teto com livros, e os títulos mais altos só podiam ser alcançados por uma escada deslizante construída para esse fim. O teto era de gesso, e querubins e criaturas esculpidas competiam por espaço ao longo das bordas. As paredes estavam cobertas com um papel de parede estampado e suntuoso, além de apresentarem uma série de pinturas emolduradas e penduradas que retratavam cenas de batalha ou mulheres voluptuosas reclinadas em ambientes opulentos. Havia cristais em todas as luminárias, e os móveis tinham detalhes em dourado. Era uma sala destinada a impressionar, mas fazia com que Ivory se sentisse sufocada.

— Minha nossa. — Ela se levantou, incapaz de ficar sentada, e caminhou até uma tela pendurada na parede perto da escrivaninha. — Isso é uma arte de Rubens?

O quadro mostrava uma mulher de pé sobre um homem deitado, jogando a cabeça dele para trás e cortando perversamente seu pescoço com uma espada curva. Anjos pairavam acima do par, apenas observando a cena. King fez um barulho de deleite.

— É *Judite decapitando Holofernes*. Não é a coisa mais divina que você já viu?

— Certamente. — Apesar da cena macabra, os detalhes eram primorosos. — Achei que estivesse perdido.

— Nada está perdido quando se sabe onde procurar. — King esfregou as mãos. — Eu não tive coragem de me separar desta obra. — O sorriso do homem fez Ivory sentir um calafrio desagradável. — Olhe a expressão dela, Duquesa. Ela sabe exatamente o que está fazendo. De tirar o fôlego, não é? Ela me lembra um pouco você.

Ivory esboçou um sorriso, como se ouvir aquilo lhe agradasse imensamente.

— É impossível achar palavras para dizer o quanto estimo uma mulher que aprecia um talento raro como o capturado nesta tela. Rubens era um mestre em seu ofício. — Ele se recostou na cadeira. — Assim como você era. Sabia que eu tinha 16 anos quando a vi pela primeira vez em um palco, Duquesa? Sempre lamentei muito por você não ter retomado suas apresentações desde então.

Ivory deu de ombros delicadamente.

— A mulher que você viu naquele palco está morta, King. Ela não existe mais. Eu segui em frente, e gosto do que faço agora.

King esboçou um sorriso.

— Porque você é boa nisso.

— Fico lisonjeada.

— Deveria ficar, mesmo. Falando nisso, me diga, deu tudo certo com aquele colar de diamantes?

— Sim. — Ivory voltou sua atenção para a pintura. — Meu cliente ficou muito aliviado por tê-lo recuperado.

— Seria melhor ele pensar duas vezes antes de colocá-lo em outro pescoço.

— De fato.

— Como eu disse, nada está perdido quando se sabe onde procurar. — King fez uma pausa. — Mas, desta vez, você não veio aqui em busca de diamantes, não é?

Ivory finalmente tirou os olhos da pintura, contando agora com seus anos de experiência em atuação.

— Não, não são diamantes.

— O que é, então?

— É uma garota.

King inclinou a cabeça, com uma expressão ilegível.

— Uma garota?

— Hummm. Andei ouvindo algumas coisas, sabe?

— E o que você acha que ouviu, Duquesa?

— Ouvi dizer que você adquiriu um lote para o leilão desta noite, da variedade loira. Aproximadamente 18 anos, ingênua e que provavelmente trará mais problemas do que retorno ao seu investimento.

— Mas muito, muito bonita. Certamente há muitos homens dispostos a pagar bastante por esse lote.

Ivory deu de ombros.

— O mundo está cheio de mulheres bonitas. Devo confessar que estou surpresa que você decidiu investir em tal… — Ela fez uma pausa, como se procurasse a palavra certa. — Risco. Pensei que cavalos já eram risco o suficiente.

— Confesso que a oferta me pegou de surpresa e precisei refletir antes de aceitá-la. Mas com grandes riscos vêm grandes recompensas, não é mesmo? — retrucou. — E o homem que a vendeu estava desesperado. O pai dele gastou a maior parte da fortuna da família, e ele dizimou o que restou. Agora se sustenta trazendo para mim todo tipo de tesouro que resta em sua propriedade. Alguns itens eu compro, outros, não. Mas sua última oferta foi intrigante. Ele não sabia o que fazer com ela. — King sorriu. — Eu, por outro lado, tive algumas ideias.

— Que tipo de homem não sabe o que fazer com uma mulher? — zombou Ivory, tentando disfarçar a isca que estava jogando.

— O tipo covarde. E não muito inteligente. Você não ouviu a parte sobre a fortuna perdida?

Ivory olhou para King de soslaio.

— Você sabe quem ela é, não sabe?

— Claro que sei.

— E você a comprou mesmo assim?

King franziu a testa ligeiramente.

— Como não gostar dela? Ela é linda, dócil...

— Dócil? — Ivory fungou. — Eu não usaria essa palavra para descrevê-la.

— Quem a quer?

King estava tamborilando os dedos na mesa, o ritmo combinando com o galope do coração de Ivory.

— Um cliente.

King fez um som de desagrado.

— Não se faça de tola, Duquesa. Não é nada atraente.

Ivory suspirou, sinalizando seu remorso.

— Está bem. Eu represento a família dela.

— O irmão dela. O duque?

King se inclinou um pouco para a frente, como se estivesse ansioso. Ivory não respondeu e caminhou ao longo da parede, parando em frente a uma pintura com duas mulheres nuas curvilíneas que a olhavam timidamente enquanto brincavam em uma fonte.

— Na verdade, não. A tia.

King recostou-se na cadeira.

— Pensei que o duque estaria ansioso para evitar a ruína da irmã.

Ivory riu alto, de maneira debochada.

— A ruína? Você está brincando, não? — Os dedos de King congelaram, e o batuque parou abruptamente. Ivory o olhou. — Meu Deus, King! Você achou que ela era virgem? Foi o que você pensou para o leilão? Pretendia vender a virgindade dela para quem pagasse mais?

Ivory reprimiu um tremor, enquanto o homem contraiu os lábios de forma desagradável. Ela balançou a cabeça.

— Você sabe por que a tia dela me contratou, em primeiro lugar? Foi porque o conde de Debarry bateu as botas na cama da jovem, devido a atividades depravadas que não detalharei. Digamos apenas que o velho não conseguiu acompanhar.

Uma mancha vermelha começou a subir pelo pescoço de King.

— Ouvi dizer que Debarry morreu de apoplexia em um baile.

Ivory sorriu e voltou para a pintura de Judite.

— Claro que ouviu.

King ficou carrancudo.

— Foi um trabalho seu, então?

— Evidentemente. — Ivory respirou fundo, escolhendo as palavras com cuidado. — Entenda, o duque é um idiota arrogante. Ele tem tanto interesse na irmã quanto tem em mim. Prefere passar todo o seu tempo na Índia, em vez de em Londres, com a família. Diga-me quanto vale uma irmã promíscua para um homem assim. — Ela deu de ombros. — O duque só a teria de volta para garantir que o nome da família não fosse ainda mais manchado, mas ela já estava arruinada muito antes de ser vendida para você.

— Não acredito nisso.

— Então pergunte a ela você mesmo. Pergunte de que cor eram as fitas que ela usou para amarrar o conde na cama.

King estava olhando para Ivory com frieza, mas estendeu a mão para trás e puxou um cordão de sino com borlas douradas. Em menos de um minuto, um brutamonte apareceu na porta.

— Traga-me a garota — exigiu, e o homem desapareceu.

Ivory sentiu uma gota de suor frio deslizando por suas costas. Beatrice estava ali. Ela estava tão perto. Fingindo casualidade, vagou para a próxima tela na parede. Um general romano em armadura completa estava no processo de matar uma besta escamosa que se contorcia.

O rosto dele, assim como o da mulher na primeira pintura, mostrava apenas uma determinação cruel.

— Devo presumir que o homem que a vendeu para você não foi totalmente sincero. — Ivory jogou outra isca.

— Eu mesmo farei esse julgamento — retrucou King.

— Se quer minha opinião, King, no futuro, continue apenas lidando com o que conhece. Pinturas. Esculturas. Coisas que não brincam com condes entre quatro paredes.

— Não pedi sua opinião, Duquesa.

— Só estou tentando ajudar. Sabe que só quero o melhor para você.

— Você só quer o melhor para mim quando lhe convém — respondeu ele com um sarcasmo mordaz.

— *Touché*.

— Eu tinha algo muito especial arranjado para esta garota esta noite — refletiu King sombriamente. — Eu não quero...

O brutamonte voltou empurrando uma garota pela porta. Ela era alta e esbelta e tinha os mesmos olhos cinzentos do irmão, só que os dela estavam arregalados e cheios de medo. Usava um vestido branco adornado com bordados de prata. Suas madeixas loiras estavam penteadas para trás, cascateando por suas costas, e ela tinha uma coroa de pequenas flores brancas na cabeça.

— Meu Deus, King. Você não poupou esforços, hein? Só falta um par de asas.

— Traga-a aqui — exigiu King.

O guarda avançou, cutucando Beatrice para a frente. Ela parou diante da enorme mesa, parecendo uma estudante prestes a ser repreendida. O guarda saiu da sala, e Ivory foi para o lado da mesa, ficando um pouco atrás de King, para que ela pudesse encarar a garota.

Ivory queria que Beatrice olhasse para ela, mas a menina estava olhando para o chão.

— Fui informado de que você não é nada do que me venderam — começou King.

Beatrice não respondeu.

— Olhe para mim quando estou falando com você — ordenou o homem, e Beatrice finalmente ergueu a cabeça.

— Diga-me que você é virgem.

Beatrice empalideceu.

— Responda!

A garota começou a lacrimejar.

— Minha nossa, King. Não grite com ela. — Ivory fez um barulho de desgosto. — Você está assustando a menina e machucando meus ouvidos. Quem a vendeu para você que deveria ter lhe informado isso, não ela. — Então, suavizou a voz. — Mas é uma resposta de "sim" ou "não", querida. Responda ao homem e economize muito tempo para todos nós.

Uma única lágrima escorreu pela bochecha de Beatrice enquanto ela balançava a cabeça lentamente, na negativa.

Ivory se inclinou para mais perto de King.

— Você sabia que Debarry a pediu em casamento?

Os olhos de Beatrice se fixaram nos de Ivory. Finalmente!

— Mas não imagino que isso vá agregar muito valor a ela. Pena que o conde não está mais vivo. Ele teria vendido a si mesmo para recuperá-la. — Atrás de King, Ivory levou o dedo aos lábios, rezando para que a garota tivesse algum bom senso. — Certamente mais que o irmão dela está disposto a fazer.

Beatrice voltou a olhar para o chão, e Ivory soltou um suspiro cuidadoso. King tinha as mãos cerradas sobre a mesa.

— O que você quer por ela, King? — perguntou Ivory em tom entediado. — E seja razoável. Ela é a irmã arruinada de um aristocrata que mal pisa em Londres. Ela é uma ninguém.

King se levantou abruptamente, virando-se para encarar Ivory.

— Você não tem ideia do quanto isso me desagrada — anunciou ele, com uma voz tão gélida que era agourenta. — Eu tinha planos para esta jovem. Planos que revelei aos interessados. Agora criei expectativas que não poderei atender, e isso nunca é bom para os negócios. É tarde demais para substituí-la por algo de igual qualidade. — Ele olhou fixamente para ela. — Você arruinou minha noite, Duquesa.

Ivory estava sentindo frio, embora suasse sob o vestido. Mostrar fraqueza ou medo naquele momento seria perigoso.

— Sendo muito sincera, King, eu não estraguei nada. Você mesmo arruinou todos os planos quando comprou uma mercadoria arruinada. — Ela fez uma pausa. — Na verdade, posso até ter poupado você de constrangimento, já que não tem fama de vender falsificações.

— Talvez...

King passou por ela, parou em frente à pintura de Rubens e estudou a cena sangrenta por um longo minuto. Em algum lugar, um relógio marcou o tempo durante o silêncio. Beatrice fungou alto e Ivory prendeu a respiração.

De repente, o homem se afastou da pintura e qualquer raiva que havia demonstrado fora substituída por um olhar perspicaz.

— Ela é sua, Duquesa, se você a quiser.

Ivory sentiu os pelos de sua nuca se arrepiarem.

— Quanto?

— Duzentas libras. Foi o que paguei por ela.

A mente de Ivory estava em disparada. Não havia como King simplesmente dar o que ela queria tão facilmente. Havia alguma charada.

— Só duzentas libras? — Ela se certificou de que sua voz não demonstrasse nada além de ceticismo frio.

— Sim. E sua presença no leilão desta noite.

— Por quê?

— Porque me agrada que você compareça à minha pequena festa.

Por quê?, Ivory queria exigir, mas segurou a língua, sabendo que só receberia sua resposta quando King estivesse pronto.

— Não há nada de pequeno nas coisas que você faz, King — respondeu, mantendo a voz baixa e levemente divertida.

O homem sorriu.

— De fato, não há.

Ivory não gostou nem um pouco do tom dele. Seu instinto gritava em alarme. Ela não conseguia imaginar o que King estava tramando, mas era como se o perigo iminente estivesse pairando sobre ela como uma gigantesca lâmina de guilhotina, esperando ser utilizada quando ninguém esperasse.

— Sou conhecido por ser um homem que fornece o... *impossível.* — King gesticulou com a mão alegremente para as paredes do escritório. — Pinturas perdidas e afins. E você também tem a reputação de fornecer aos seus clientes o impossível. Jovens perdidas e afins. — O homem arqueou as sobrancelhas. — Acho, Duquesa, que esta é uma excelente oportunidade para nos ajudarmos. Uma... troca, digamos, para garantir que cada um de nós consiga o que deseja. — Ele fez uma pausa. — Porque há algo muito mais extraordinário que eu poderia oferecer no lugar dela. Você estava certa, essa garota aqui não é ninguém. — King sorriu então. — Mas Ivory Bellafiore é.

Ivory finalmente entendeu o que o homem estava tramando, e sentiu como se houvesse uma bigorna de chumbo em seu peito, impedindo-a de respirar. King cobriria seu prejuízo naquela noite colocando-a na jaula dourada da qual ela havia fugido. A gaiola para a qual ela havia prometido a si mesma que nunca mais voltaria.

— Não estou gostando nada da sua sugestão. — Ela manteve a voz firme com um esforço monumental.

O rosto de King endureceu.

— Então deixe a garota. Volte para o seu duque e diga que você não conseguiu recuperar a irmã dele. Embora meus clientes não fiquem satisfeitos, alguém *vai* comprá-la, mesmo que ela esteja arruinada. No mínimo, vou receber de volta o que paguei por ela, que, aliás, não foi tanto assim. Mas depende de você. Você pode levá-la para casa agora ou deixá-la aqui.

Ivory olhou para Beatrice, que a observava novamente, e viu o terror e a miséria estampados nos belos traços da menina. Ela sentiu o peso daquele olhar cinzento, tão parecido com o de Max que era como se estivesse olhando para ele. Então, pensou no duque e no quanto ele amava a irmã. No quanto ele tinha confiado em Ivory para fazer exatamente aquilo: salvá-la. Pensou no mero erro estúpido de uma garota de 18 anos que acabara desencadeando uma série de eventos que estava prestes a custar-lhe tudo. Pensou no que poderia acontecer se Beatrice fosse vendida para um dos clientes de King.

Beatrice Harcourt podia não ser virgem, mas era inocente em relação aos homens.

Ivory Bellafiore não era.

De repente, uma sensação de calma a dominou, e uma clareza perfeita que facilitou muito que dissesse suas próximas palavras:

— Está bem — respondeu por fim.

O homem sorriu e juntou as mãos.

— Esplêndido! Fico muito feliz em ouvir isso!

Ivory o olhou impassivelmente, sentindo-se como se estivesse vendo tudo aquilo acontecer de um lugar distante.

— Mas por apenas uma noite. Esses são os meus termos.

— Você não está em posição de exigir condições, Duquesa.

— Talvez não, mas Ivory Bellafiore está.

King riu.

— Ora, Duquesa, você é corajosa. Eu admiro isso.

— Então estamos de acordo?

— Sim.

— Ótimo. Vou levá-la de volta para a família agora.

Ela foi até onde Beatrice estava.

— É claro, é claro. Tenho certeza de que eles ficarão emocionados em ter a cordeirinha rebelde de volta ao rebanho. — King juntou-se a ela. — Um conde — murmurou ele. — Quem teria imaginado? Ainda bem que eu não soube antes, ou eu mesmo poderia ter experimentado um pouco da mercadoria.

Beatrice se encolheu, e Ivory pegou o braço da menina e a puxou para trás dela.

— Não seja grosseiro, King. Não é nada atraente.

O homem riu.

— Ah, Duquesa. Você será magnífica esta noite. E, por favor, não se preocupe com o que vestir. Eu cuidarei disso. Enviarei uma carruagem às oito horas em ponto. Espero encontrá-la esperando. Seria uma pena se sua cordeirinha ou alguém da família dela fosse vítima de um terrível acidente.

Ivory não pensou nem por um segundo que o homem estava fazendo uma ameaça vazia.

— Seria mesmo — concordou ela.

— Tsc, tsc. Londres está tão perigosa ultimamente, não? — comentou King.

Capítulo 11

Londres era perigosa.

Este era um dos pontos do discurso que Max tinha preparado em sua cabeça para Ivory, quer ela quisesse ouvir ou não. Ele havia organizado os argumentos lógicos e ensaiado as palavras para explicar por que ela não podia simplesmente sair sem ele daquele jeito. Nunca mais.

Mesmo sendo esperto o suficiente para saber como ela reagiria. Ivory certamente zombaria dele e o lembraria das inúmeras conexões que tinha no submundo de Londres. Ela devia estar lidando com o tal King com a mesma desenvoltura com que lidava com cadáveres.

Mas saber disso não o deixava mais aliviado.

Nada o deixara aliviado desde que encontrara Alexander Lavoie bebendo conhaque em sua cabine e descobrira que Ivory Moore havia sumido. E agora ele estava circulando por sua casa em St. James como um leão enjaulado, esperando.

Esperando que Ivory aparecesse. Esperando notícias de Beatrice. Esperando informações sobre King. Esperando, esperando, esperando.

Esperar não era o seu forte.

Os criados, espertos, haviam encontrado tarefas que os mantinham bem longe de seu caminho, e Max percorria o corredor vazio, perseguindo seu reflexo no chão de mármore polido, quando ouviu o barulho de rodas parando do lado de fora. Foi até a janela alta mais próxima e afastou a cortina cara. Uma carruagem estava parada na frente da casa. O cocheiro ainda estava em cima do veículo e conversava com alguém dentro da carruagem pela abertura atrás dele. A carruagem se mexeu, a porta se abriu e então Ivory saiu.

Já era hora!

Max voou para a entrada da casa, mas tirou um minuto para se recompor. Precisava estar em seu melhor para a conversa que estavam prestes a ter. Sem esperar que ela batesse, abriu a porta.

E então ele a viu.

Beatrice estava paralisada no degrau mais alto, olhando para ele. Um alívio intenso, como nunca havia sentido, o inundou, quase fazendo seus joelhos cederem. Ele olhou a irmã da cabeça aos pés, procurando feridas ou algum outro trauma físico, mas ela usava uma capa cinza lisa que cobria um vestido marrom simples. Seu cabelo estava penteado para trás, trançado e escondido sob um gorro. Não fosse a palidez incomum de seu rosto e os olhos vermelhos, era como se ela tivesse acabado de voltar de um passeio matinal.

— Bea — disse ele, atordoado.

Ela fungou e então, num piscar de olhos, pulou em seus braços e enterrou o rosto em seu peito. Max a envolveu em um abraço, emocionado.

— Sinto muito — sussurrou ela, com a voz cheia de tristeza.

— Eu sei — falou Max.

— Fui tão estúpida.

— Eu sei.

— Você deve me odiar.

— Eu nunca poderia odiá-la — garantiu ele ferozmente, sabendo que era verdade. — Você é minha irmã.

Max olhou por cima do ombro da irmã, para a segunda figura que esperava logo atrás, que tinha o rosto escondido pelo capuz da capa. Ela esperava pacientemente, como uma criada bem-educada faria até receber instruções de sua dama.

— Venha — disse ele, soltando-se do abraço e olhando para a praça na frente da residência. — Vamos entrar.

Bea assentiu em lágrimas e agarrou o braço dele, deixando-se conduzir até o corredor. O som de passos apressados sinalizou a chegada do mordomo, sem dúvida alertado pelo barulho da porta. Naquele momento, estavam cercados por ouvidos indesejados.

— Bem-vinda, senhorita — cumprimentou o mordomo, fechando a porta atrás deles e correndo para pegar a capa de lady Beatrice. — Não sabia que voltaria esta tarde.

— Ela decidiu voltar para casa um pouco antes do previsto — respondeu Max pela irmã.

— Devo chamar lady Helen? — perguntou o mordomo. — Ela está descansando lá em cima.

— Não, não, deixe-a descansar. Receio que ela esteja bastante cansada ultimamente. Sabe como é, o tempo nublado do inverno deixa qualquer um exausto. — O duque deu de ombros. — As duas terão muito tempo para conversar depois.

Não havia a menor chance de Max deixar Helen falar com Beatrice antes dele.

— Claro, Sua Graça.

Max deu um tapinha no braço de Beatrice.

— Imagino que esteja exausta da viagem, minha querida. E aposto que a estrada foi um tanto assustadora. Que tal irmos para a sala de estar?

Beatrice assentiu em silêncio.

— Deseja comes e bebes, Sua Graça? — indagou o mordomo.

— Não. Isso é tudo, obrigado.

O duque dispensou o mordomo, desesperado para se livrar do homem.

O mordomo saiu e Max olhou para Ivory, encontrando o olhar dela, e sentiu um desejo insano de pegá-la nos braços e beijá-la apaixonadamente. A raiva que estava sentindo pela traição da manhã evaporou, deixando um misto de respeito e hesitação. Um milhão de perguntas brotaram em sua mente, cada uma exigindo uma resposta, mas todas teriam que esperar. Por enquanto, ele só podia aceitar que aquela mulher fez o que prometera: trouxera Beatrice para casa em segurança.

— Vamos sair do corredor? — sugeriu Ivory calmamente.

Max abriu caminho para a sala de estar e conduziu Beatrice para dentro, mas agarrou o braço de Ivory antes que ela pudesse segui-la.

— Você está bem? — indagou ele, procurando seus olhos.

A vontade de beijá-la era avassaladora. A saudade que crescia desde que a tinha visto pela última vez estava insuportável. O duque sentia vontade de dar a ela o impossível. De fazer o impossível.

— Estou bem, obrigada.

Claro que ela estava.

— Ivory, eu…

— Levei Beatrice para minha casa antes de virmos para cá. Ela tomou um banho e vestiu roupas mais decentes para que ninguém desconfiasse de que ela não estava viajando nos últimos dias.

Ivory olhou por cima do ombro dele, na direção de Bea.

— Obrigado.

O agradecimento parecia medíocre.

— Não há de quê.

Ele deu uma espiada na irmã, que havia afundado em um sofá com uma expressão sombria.

— Ela foi…

— Não, ela não foi tocada. Não por King, pelo menos. — Ela fez uma pausa, como se organizasse os pensamentos. — Ela está muito envergonhada e constrangida com o que aconteceu, e devidamente apavorada com o que poderia ter acontecido.

— Ela contou quem…

— Sim.

— Quem foi? — perguntou, enquanto era dominado pela fúria.

Ele abraçou o sentimento, porque era algo familiar, algo que o ancorava em meio às outras emoções que o golpeavam.

— Você precisa ouvir isso da boca da sua irmã — disse Ivory. — Beatrice precisa assumir a parte dela nisso.

Max soltou um suspiro.

— Mas é melhor você mudar essa cara. Parece que está prestes a matar alguém.

— E estou.

— Lembre-se do que falei sobre vingança. Você não pode desfazer o que aconteceu.

— Não, mas posso garantir que alguém pague por isso.

Ivory inclinou a cabeça, e ele ficou extremamente grato por ela não estar tentando acalmá-lo com futilidades.

— O que... Como você... Quanto... — Ele parou, tentando ordenar os pensamentos.

— King e eu chegamos a um acordo sobre a libertação de sua irmã — explicou Ivory, com os olhos indecifráveis.

— Que tipo de acordo? — exigiu Max.

Aquilo não parecia nada bom.

— O tipo de acordo em que todos saem ganhando. — Ela deu outro sorriso estranho e gesticulou na direção da sala de estar. — É melhor ir conversar com ela, Sua Graça. Lady Beatrice precisa do irmão.

E eu preciso de você.

Ele segurou o braço de Ivory com um pouco mais de força.

— Fique.

— O meu lugar não é com a sua família, Sua Graça.

Você está errada. Seu lugar é comigo.

— Eu quero que você fique. Por favor. Se não por mim, então por Beatrice.

Ivory mordeu o lábio inferior.

— Está bem.

— Obrigado.

Quando Ivory passou por ele, Max fechou a porta e girou a chave na fechadura. Não correriam o risco de a conversa ser ouvida por bisbilhoteiros.

Ivory se sentou em uma das poltronas perto da lareira e apontou para o sofá com a cabeça, e Max se aproximou da irmã, sentando-se na extremidade oposta. Ele olhou para Bea e pensou em como ela havia crescido tão rápido. Ela não era mais uma garotinha. Mesmo com os olhos avermelhados e pálida, tinha a beleza de uma mulher, não mais de uma menina. Quando foi que ela havia deixado de ser a menininha que ficava feliz por ganhar uma concha de presente e se tornara uma mulher que se divertia com condes entre quatro paredes?

— Conte-me sobre Debarry — falou ele, sem saber por onde começar.

Debarry parecia o começo daquela história, então achou mais lógico perguntar sobre o conde. Beatrice o encarou com os olhos secos, e então olhou na direção de Ivory, como se buscasse apoio. Ivory assentiu, encorajando-a.

— Fui uma tola — disse ela.

— Acho que já sabemos disso — respondeu Max. — Mas não é como se eu nunca tivesse feito bobagens na vida.

Beatrice o encarou com o lábio inferior tremendo levemente.

— Eu não o amava.

— Debarry?

Ela assentiu.

— É por isso que não aceitei me casar com ele.

— Mas gostava dele o suficiente para amarrá-lo na sua cama?

As palavras pareciam cruéis, mas precisavam ser ditas. Beatrice se encolheu, mas não desviou o olhar.

— Ele fazia eu me sentir especial. Poderosa. Como se eu pudesse controlar meu destino. Eu amava como ele me fazia sentir. — Max apenas continuou observando a irmã. — Eu nunca quis que ele morresse. Eu não o amava, mas me importava com ele. — Uma única lágrima escorreu pelo rosto de Bea, e ela a enxugou com raiva. — Ele estava reclamando de um mal-estar a semana toda. Eu não devia... — Ela parou de falar antes de olhar para o irmão, seus olhos implorando por compreensão. — Eu estava me sentindo sufocada neste lugar, Max. Você não tem ideia de como é.

Max sentia os olhos de Ivory sobre ele, mas tinha medo de encará-la.

— Você está errada.

— Como posso estar errada? — gritou Beatrice. — Como pode saber como me sinto? Você tem toda a liberdade do mundo. Tem uma nova aventura esperando por você todos os dias em todos os horizontes. Você vive de acordo com suas próprias regras. — Ela fez uma pausa, fazendo um esforço visível para se recompor. — O que há aqui para mim? O que posso esperar da minha vida?

— Você pode esperar tudo — afirmou Max.

Não era verdade? O que ela poderia querer que não era alcançável? Max sabia que haviam adentrado um território desconhecido.

— Como o quê, Max? Um casamento sem amor arranjado pela fusão adequada de título e fortuna? A produção de pelo menos uma criança a cada dois anos, para que elas possam ser esquecidas em um berçário até que tenham idade suficiente para serem esquecidas em outro lugar? Uma infinidade de eventos da alta sociedade, com pessoas mais preocupadas com estilos de vestido do que com as mudanças que estão acontecendo no mundo? — Bea respirou fundo. — Não quero essa vida, Max. E ninguém parece entender isso.

— Eu entendo.

As palavras a fizeram parar.

— O quê?

— Eu disse que entendo.

Ele olhou para Ivory, que fitava Beatrice com olhos gentis e compreensivos. Ela havia entendido a irmã muito antes dele. Ela havia entendido *ele* muito antes dele mesmo.

Bea piscou, surpresa.

— Então por que nunca me levou com você? Por que me deixou aqui?

— Porque pensei que estava fazendo o que era melhor para você. Eu não queria que se machucasse. Ou pior. — Beatrice olhou para baixo com tristeza. — Conte-me o que aconteceu na noite do baile.

Max sabia que estava se esquivando de uma conversa muito mais longa e profunda que precisaria ter com Beatrice, mas ainda não era a hora.

A irmã respirou fundo e estremeceu.

— Eu entrei em pânico. Quando percebi que Debarry estava morto, fugi. Só pensava que precisava ficar o mais longe possível de tudo aquilo. Infantil, eu sei.

— E depois?

— Dei a volta nos estábulos. Achei que talvez pudesse pegar um cavalo ou… Não sei o que estava pensando. Na verdade, eu não estava pensando. Estava só de camisola e capa.

Bea estudava as próprias mãos, seus dedos torcendo o tecido da saia.

— E quem estava lá? — perguntou Max cuidadosamente.

— O conde de Barlow — sussurrou ela. — Ele estava fumando atrás do estábulo.

— Barlow... — repetiu Max, concentrando-se muito em manter a voz calma.

O homem estivera no baile, conversara com Max naquela noite e no dia seguinte, na rua. Perguntou se poderia marcar um encontro para discutir negócios... Deus! Max havia esquecido do compromisso, e agora sabia exatamente sobre o que Barlow queria discutir. Ele ficou enjoado.

— E o que Barlow fez?

Beatrice engoliu em seco.

— A princípio, ele me ajudou. Levou-me escondida até uma carruagem e depois para a casa dele. Disse que eu podia ficar lá até a história ser esquecida. Prometeu falar com a tia Helen e garantir que ninguém soubesse o que realmente havia acontecido.

— Humm...

— Mas, então, não me deixou mais sair. Trancou-me no quarto, e não havia como escapar. Ele me disse que só tinha um jeito de me deixar sair. — O tecido da saia de Beatrice estava completamente retorcido entre os dedos apertados. — Como esposa dele.

— O quê?!

Beatrice olhou para ele com ferocidade reluzindo nos olhos cinzentos.

— Eu disse que preferia morrer a me casar com ele. Que ele poderia me violentar ou me arruinar, mas que eu nunca me casaria com um homem como ele.

Max sentiu seu sangue gelar.

— Meu Deus, Beatrice!

— Eu não ia fazer isso de verdade. — Beatrice baixou o olhar novamente, de volta para as mãos. — Me matar, digo.

— Fico feliz em ouvir isso. — Max se mexeu desconfortavelmente no sofá.

— Mas aquele monstro não sabia disso. Ele me fez escrever as cartas, com receio de que você fosse me procurar. Acho que ele não contava com sua volta a Londres. Sinto que ele tem medo de você.

Ela disse a última frase com certa satisfação.

A visão de Max estava um pouco embaçada. Só então ele se deu conta de que Ivory havia se levantado e ido para trás do sofá, e que apoiava uma mão em seu ombro, um toque quente e firme.

— A propriedade dos Barlow está em ruínas, Sua Graça — explicou Ivory. — Há décadas. Presumo que Barlow pensou que poderia forçar lady Beatrice a se casar com ele, nem que fosse para ter acesso ao dote dela.

Max sentiu cada músculo de seu corpo ficar tenso.

— Essa é a coisa mais idiota e absurda que já ouvi. Ele achou que eu não descobriria as circunstâncias do noivado repentino? O fato de ter chantageado Bea para que se casasse com ele?

— Acho que ele não contava com você na história. Deve ter pensado que você ainda estava a um oceano de distância e que precisaria negociar apenas com sua tia.

— Que teria concordado com qualquer coisa para preservar a reputação de Bea.

— Provavelmente. — Max sentiu a mão dela sair de seu ombro. — Barlow conhece bem King. Ele está vendendo o que resta de sua propriedade, peça por peça. É assim que está sobrevivendo.

— Então ele pensou que poderia vender minha irmã como se fosse uma prataria? — Max sabia que sua voz estava ficando mais alta, mas não se importou.

— Ele estava desesperado. Nada havia saído como planejado e ele precisava de dinheiro.

— Ele não vai precisar mais de dinheiro muito em breve — rosnou Max.

— Eu sinto muito. — Beatrice estava olhando de Max para Ivory. — Eu nunca quis que nada disso acontecesse.

Max controlou sua raiva.

— Mas aconteceu, e ainda não terminamos de conversar sobre isso. Por Deus, Bea, você poderia... — Ele não conseguiu nem terminar a frase.

— Eu sei. — A jovem abaixou a cabeça. — Eu decepcionei você.

— Sim. Mas acho que decepcionei você primeiro... — O duque suspirou. — Vamos resolver isso. Juntos.

Alguém tentou abrir a porta.

— Beatrice? Alderidge? Vocês estão aí? — chamou Helen em tom frenético.

Max se apressou para destrancar a porta, e Helen irrompeu na sala, olhando ao redor até encontrar a sobrinha.

— Minha criada disse que Beatrice tinha acabado de chegar. Que ela tinha voltado da viagem mais cedo. Estava preocupada em não ter tempo suficiente para passar um vestido de jantar. — Helen ficou paralisada. — Eu mal pude acreditar.

— Ela está bem, tia Helen — garantiu Max.

Helen se virou e de repente Max se viu sendo abraçado por uma mulher que nunca tivera motivos para abraçá-lo no passado.

— Obrigada — sussurrou Helen, com a voz trêmula. — Obrigada por trazê-la para casa.

— Não fui eu — afirmou ele, mas Helen não pareceu ouvi-lo, apenas se afastou para correr para o lado de Beatrice.

Ele procurou Ivory, e notou que ela estava indo para a porta.

— Para onde você vai?

Ivory se sobressaltou, como se não esperasse ser detida.

— Para casa — respondeu ela. — Você e sua família têm muito o que conversar, e não precisam mais de mim.

Você está errada, Max queria dizer. *Eu preciso de você mais do que nunca.*

Ela parou com a mão na maçaneta.

— Se precisar de mais alguma coisa, não hesite em perguntar. Se eu não estiver disponível, o sr. Lavoie ou a srta. DeVries poderão ajudá-lo.

A cada palavra, parecia que Ivory estava se afastando cada vez mais dele, e Max não sabia como impedi-la.

— Ivory...

— Adeus, Sua Graça. Foi um prazer trabalhar com você.

E, então, ela partiu.

Capítulo 12

Quando a saúde do duque de Knightley começou a piorar no último ano de casamento com Ivory, ele comprou secretamente a casa em Covent Square, mandou reformá-la e a transformou em um oásis escondido à vista de todos. Ele e Ivory sabiam que, apesar de seus esforços em conjunto, de testamentos e documentos, e das discussões acaloradas com os filhos dele, o duque não poderia protegê-la quando partisse. Porém, ambos confiavam que a desenvoltura e a inteligência de Ivory garantiriam que ela se viraria bem sozinha. E ela tinha se virado.

Até então.

Ivory suspirou, olhando desinteressada para a escuridão que caía do lado de fora da janela e o volume crescente de pessoas prontas para mais uma noite de farra. Pessoas retornando a velhos hábitos sob o disfarce de novas aventuras.

E Ivory entendia isso muito bem.

Ela fechou a cortina e acendeu um candelabro. As caras velas de cera de abelha emitiam um brilho suave e projetavam longas sombras nos cantos do escritório. O relógio acima da lareira marcava o tempo incansavelmente, contando os minutos até ela voltar para a Casa Helmsdale e fazer o que havia jurado que nunca mais faria.

Ela tinha feito um acordo com o diabo, e faria de novo se tivesse a chance. Nem que fosse só para ver mais uma vez o alívio e o amor no rosto de Max quando Beatrice correu para os braços dele. O verdadeiro significado de família. Devoção e perdão. Apoio e compreensão. Ela quase chorou ao ver a cena.

Ivory sentou-se no chão atrás da escrivaninha, sentindo a superfície lisa e gelada da madeira nas costas e o tecido espesso do tapete nas pernas. Olhou para as chamas acesas na lareira enquanto esticava as pernas à frente e tomava outro gole do uísque, que se esvaía na garrafa tão rapidamente quanto o fogo na lareira.

Estava perdida. Tudo o que havia planejado com cuidado e executado com paciência estava prestes a ruir. Toda a sua existência, o seu modo de vida, tudo fora ofuscado por um desejo inquieto e desesperado, tão doloroso que ela mal conseguia controlar as próprias emoções. Por causa dele. Por causa do que ele tinha lhe mostrado.

Ela ouviu vozes pela casa. A de Roddy, e outra mais grossa e urgente. Passos pesados soaram no corredor, aproximando-se até pararem na porta do escritório. Ela não se mexeu.

— Ivory? Onde você está?

A voz de Max veio de algum lugar perto da porta, do outro lado da mesa.

Ivory fechou os olhos, sem saber se tinha forças para enfrentá-lo. Ela não queria mentir para ele, mas também não podia contar a verdade.

— Estou aqui — disse ela com resignação, sabendo que ele a encontraria em questão de segundos. Fechou os olhos e tomou outro gole de uísque.

— Ivory?

Ela ouviu o som da porta se fechando e o clique da fechadura. E então sentiu, mais que ouviu, Max contornar a mesa e parar do lado dela.

— O que diabo está fazendo aqui?

Ela jogou a cabeça para trás, batendo na mesa, e abriu os olhos. *Me escondendo de você.* Em vez disso, respondeu:

— Eu moro aqui.

— Você está bêbada?

O rosto do duque estava envolto em sombras, mas sua pergunta era direta.

— Não o suficiente — afirmou Ivory. — Roderick não deveria ter deixado você entrar.

— Eu consigo ser muito persuasivo. — Ele permaneceu em silêncio por um longo momento antes de ficar bem na frente dela. Seu corpo grande bloqueava o escasso calor que emanava da lareira, e ela sentiu um arrepio pelo ar frio que tocou sua pele. — Por que você está aqui? Escondida atrás da mesa?

Ivory tomou outro gole de uísque.

— Você deveria ir embora — disse baixinho.

Max tirou o casaco e o deixou cair no chão. Então ficou de joelhos e se arrastou para o espaço vazio ao lado dela, sentando-se ali, com as costas apoiadas na mesa. Ele esticou as pernas, quase o suficiente para que Ivory o tocasse, caso encontrasse coragem. Íntimo, mas distante.

A história da vida dela...

A proximidade do corpo de Max havia bloqueado o calor que a lareira fornecia, mas acendera uma necessidade selvagem, mais intensa que mil fogueiras. A mesma necessidade contra a qual estava lutando desde que o vira pela primeira vez. Ivory olhou para a ponta da bota dele, reluzindo fracamente à luz do fogo. Ela temia fazer uma besteira caso olhasse diretamente para o duque. Naquela noite, suas emoções estavam todas por um fio, contorcendo-se e fervilhando em busca de uma faísca para pegarem fogo.

Max se mexeu, soltando a gravata com um suspiro de alívio. Jogou o tecido de lado e alcançou a bebida que ela ainda segurava. Ivory permitiu que ele pegasse a garrafa sem protesto e o ouviu respirar fundo antes de tomar um gole. Ela se recusava a pensar nos lábios dele tocando o mesmo local que os dela haviam tocado. Ela se recusava a pensar no sabor daqueles lábios agora: uma mistura de uísque e desejo. Ela não pensaria em nada.

— É um bom uísque.

— A vida é muito curta para beber uísque barato.

Ela o ouviu tomar outro gole enquanto voltava sua atenção para a ponta da bota dele, para a borda de sua saia que estava presa sob a coxa musculosa do duque. Ela apertou as próprias coxas para aliviar a palpitação que aumentava entre suas pernas.

— Conte-me o que aconteceu com King. Diga-me como conseguiu trazer Beatrice de volta.

Ivory sentiu uma vontade de rir histericamente.

— Eu negociei. — Ela pronunciou a palavra com cuidado.

— Essa resposta não é o suficiente.

— E por que você se importa?

— Porque quero saber quanto a libertação dela custou.

Nada que ela já não tivesse negociado. Ela havia sobrevivido àquilo antes, e sobreviveria de novo.

— Duzentas libras. O que ele pagou por ela.

— Só?

— É só o que lhe interessa. Esse é um assunto comercial entre King e D'Aqueus.

— Entendi.

Max parecia aliviado, e ela sabia que ele havia interpretado as palavras exatamente como ela pretendera. Ela lhe deu um argumento que ele conseguia assimilar: um acordo entre dois homens de negócios.

Ele devolveu a bebida para ela, e Ivory olhou para o gargalo, desafiando-se a colocar a boca onde a dele estivera. Em vez disso, deixou a garrafa de lado.

— Por que está aqui, Max? Sentado no chão, no meio da Covent Square?

— Acho que perguntei isso primeiro.

— E eu respondi.

— Não, você se esquivou.

Ivory inclinou a cabeça.

— Não seja difícil.

— Não estou sendo difícil. Estou preocupado.

Max estava com as mãos apoiadas nas próprias coxas. Relaxado. E ela achou que ia gritar se não fizesse alguma coisa.

— Não se preocupe, Max. Estou bem.

— Agora é você que está sendo difícil. E não está bem. Pessoas que estão bem não se escondem atrás de mesas.

— Não estou me escondendo. Estou saboreando uma boa safra.

— Sozinha? No chão?

— É um tapete confortável.

— Ivory… — Havia um leve tom de pergunta quando o duque pronunciou o seu nome, e ela mordeu o lábio. — Ivory, olhe para mim.

— Não posso.

Ele suspirou e virou o corpo para encará-la. Ela sentiu o peso do olhar dele e apertou o tecido da saia.

— Vou beijá-la agora.

Ele estava tão perto, os olhos cinzentos procurando os dela.

Sim. Beije-me e não pare.

Max estendeu a mão e acariciou uma bochecha, o polegar roçando o lábio inferior dela. O coração de Ivory batia forte e o sangue rugia em suas veias. Ela talvez tenha assentido. Desejos, vontades e sonhos que trancara havia muito em seu coração a invadiram de forma repentina e impiedosa. Ela queria ficar com aquele homem, estar ao lado dele, e não porque ele pagaria por isso, mas porque ela podia.

As cuidadosas barreiras que havia construído ao seu redor estavam desmoronando como um castelo de areia diante da maré alta. Maximus Harcourt não era mais apenas um cliente, assim como não era uma simples diversão ou distração. Não adiantava mais fingir, e admitir isso tirou um peso de suas costas. Para o bem ou para o mal, aquele homem havia se tornado algo mais.

— Max...

— Shh. Vou te beijar, Ivory. E então vou fazer amor com você.

— Mas eu acho...

— Você acha demais. Pare de achar. Pare de pensar. Apenas sinta.

Ivory assentiu, e seu corpo estremeceu. Ela se deixaria levar, só daquela vez. Faria algo por si mesma.

— Lá em cima...

— É muito longe — respondeu o duque com uma voz rouca, um tanto desesperada, enquanto se colocava de joelhos e se inclinava sobre ela. Ele a segurou pela cintura. — Faz muito tempo que quero fazer isso.

Max beijou sua testa, e Ivory foi inundada pelo aroma dele. Uma essência masculina única, inebriante e com um leve toque de uísque. Ela segurou o colete dele, como se aquilo pudesse mantê-la firme. Ele deslizou os lábios para a bochecha dela, marcando-a de forma irreversível.

— Adoro sentir você — sussurrou Max.

Ivory levou uma mão até a gola da camisa dele e acariciou seu pescoço, descendo pelo ombro forte. Ela sentiu a tensão dos músculos definidos sob os dedos, e Max gemeu baixinho perto de seu ouvido. Os lábios dele eram gentis e insistentes em seu pescoço, e o arranhar da barba por fazer em seu queixo a fez fechar os olhos e apertar seu ombro.

Ele abriu os botões da frente do vestido dela com dedos ágeis, empurrando o tecido pelos ombros de Ivory e explorando o decote exposto com a boca. Então, a puxou para que ela ficasse de joelhos e começou a empurrar o vestido e as anáguas para baixo, desfazendo laços perfeitos e a despindo em movimentos urgentes.

O espartilho e a camisola de Ivory foram os próximos a serem jogados para o lado, com um grunhido que poderia ser de triunfo ou frustração, era difícil definir. Ela estava nua agora, ajoelhada em meio a tecidos esparramados, e o ar frio a deixou arrepiada. Max se ajoelhou diante dela e a segurou pela cintura, traçando pequenos círculos em sua pele. Lentamente, ele subiu os dedos por seu corpo e chegou aos seios, roçando os mamilos eriçados e sensíveis com os polegares. Ivory o encarou, ofegante.

— Tão linda — sussurrou ele, curvando-se para tomar sua boca de forma exigente.

Ela se rendeu e começou a trabalhar freneticamente para livrá-lo das roupas. Não bastava ter as mãos de Max em sua pele nua. Ivory queria senti-lo por inteiro: a fricção do calor, da pele e do suor.

Ela o ajudou a tirar a camisa e se deparou com o peitoral glorioso, cheio de músculos implorando para serem explorados. A ponta dos dedos de Ivory seguiu uma leve penugem loira que engrossava à medida que se estreitava em uma trilha que desaparecia pela calça do duque. Ela se inclinou para a frente, deixando um rastro de beijos ao longo de seu pescoço até embaixo, chupando suavemente seus mamilos e passando a língua sobre suas costelas. Max gemeu, enredando os dedos no cabelo dela e a incitando a continuar a descida. Então ela tocou a frente da calça dele, sentindo a protuberância da ereção esticada contra o tecido.

Ivory estava molhada, o frio em sua barriga e a pulsação entre suas pernas corroendo seu autocontrole. A necessidade de tê-lo em seu âmago era esmagadora, o suficiente para fazê-la tremer enquanto abria os botões da calça dele.

— A calça... — ofegou ela, sem se importar em soar desesperada. Ela *estava* desesperada.

Max se separou dela por tempo o suficiente para estourar os botões da calça e tirá-la junto das botas. Então segurou Ivory pela cintura de novo e a deitou sobre o tapete diante da lareira. Posicionando-se entre as pernas dela, inclinou-se para a frente e a beijou com força, uma guerra ardente de dentes e línguas. Ao mesmo tempo, deslizou uma das mãos por sua barriga e os dedos dele encontraram seu centro molhado. Ele sibilou de prazer.

Ivory se arqueou do chão, sentindo cada terminação nervosa de seu corpo em chamas. Ele a penetrou com um dedo, e ela ofegou antes de agarrar o pulso dele e afastar a mão.

— Não. Eu quero você dentro de mim quando eu gozar — disse ela. — Por inteiro.

Max rosnou e se deitou em cima de Ivory, apoiando as mãos no chão. Ela finalmente conseguia senti-lo por completo, a ereção pressionando sua abertura, e envolveu a cintura dele com as pernas, sabendo que estava perigosamente perto de atingir o ápice. Max a penetrou muito lentamente, abaixando a cabeça para mordiscar um dos mamilos dela. A sensação beirou a dor e intensificou cada toque, fazendo Ivory estremecer.

Ela mexeu os quadris contra ele, quase cega pelo tormento.

— Max — gemeu.

Sua súplica pareceu romper qualquer contenção que restava por parte dele, e o duque se afundou dentro dela com tudo. Ivory fechou os olhos ao sentir uma onda de êxtase que quase a fez pegar fogo, ofegando quando ele começou um leve movimento de vaivém. Ela apertou as pernas ao redor da cintura dele e segurou os antebraços que flexionavam a cada estocada. Estava sendo inundada pelo prazer, onda após onda, enquanto ouvia a respiração ofegante dele em seu ouvido. Max estava suado, e ela abriu os olhos e virou a cabeça o suficiente para lamber o gosto salgado do pescoço dele. Ele gemeu alto, aumentando o ritmo das estocadas. Sem aviso, o mundo de Ivory colapsou, e prazer de uma intensidade que ela nunca experimentara explodiu dentro dela, esvaziando sua mente de tudo, exceto da sensação dele em seu interior.

Max ficou tenso, pulsando dentro dela, e cada músculo de seu corpo pareceu sentir a maré de prazer. Ele caiu contra ela e rolou para o lado, puxando-a junto. Os dois ficaram deitados no tapete, em silêncio, recuperando o fôlego e sentindo o ar gelado. Ele estendeu a mão para pegar o casaco e os cobriu, apoiando a cabeça de Ivory em seu ombro.

— Você deveria parar de pensar com mais frequência — afirmou ele, olhando para o teto, enquanto acariciava o braço dela sob o cobertor.

Ivory sorriu, sem saber se devia rir ou chorar. Acabou não fazendo nenhum dos dois, apenas virou a cabeça para beijar o peitoral dele. Ela só queria preservar aquele momento, fixá-lo em sua memória. Permitir-se o luxo de fingir que as coisas poderiam ser diferentes, nem que fosse só por aquele pedacinho de tempo que ainda lhe pertencia.

— Você tem que admitir que tenho razão — provocou ele.

— Você tem razão — falou ela, sorrindo.

— Hummm. Fale de novo que tenho razão.

— Só se você fizer *aquilo* de novo — brincou ela.

Ele riu baixinho.

— O quê? Isso? — Ele se ergueu e lhe deu um beijo lânguido que a deixou tonta. — Ou isso? — Ele acariciou um seio com a mão livre, descendo por sua cintura e barriga até chegar ao seu sexo e massagear seu clitóris.

Ivory prendeu a respiração.

— Isso.

Ela nunca se cansaria daquele homem. Deveria estar saciada e exausta, mas já estava ficando excitada de novo, preparando-se para ele. E Max sabia.

Ele passou a mão pela parte interna da coxa dela, abrindo-a mais. A diversão havia sido substituída por um desejo lascivo nos olhos cinzentos, e ele prendeu o olhar dela enquanto a penetrava com o dedo.

— Não pare — suplicou Ivory ofegante, sentindo cada vez mais calor.

— Está me dando ordens de novo, srta. Moore? — perguntou o duque em uma voz rouca.

— Sim — ofegou ela.

Max tirou o dedo repentinamente, e Ivory soltou um som frustrado. Mas, da mesma forma repentina, ele a puxou para seu colo, derrubando o casaco e enlaçando as pernas dela ao seu redor. Então, agarrou a sua cintura e a encaixou um pouco para trás, e Ivory sentiu o pênis duro em sua entrada. Uma satisfação feroz a deixou ainda mais excitada.

— Isso foi rápido — comentou ela, estendendo a mão para tocá-lo.

— Você faz eu me sentir invencível — afirmou Max com a mesma voz rouca, encarando-a.

Ivory estava acariciando a ereção dele agora, deslizando a mão fechada da base até o topo. Apertou suavemente, passando o polegar na gotícula que havia saído da cabeça e espalhando a umidade por toda a extensão do membro. O duque ofegou e segurou a mão dela, parando a carícia. Então, guiou-o para a entrada dela, ainda fitando Ivory.

— Quero estar dentro de você quando você gozar.

Ivory sentiu um lampejo de luxúria e se deixou afundar em Max, sentindo-o deslizar perfeitamente para dentro dela. Ela mexeu os quadris, deleitando-se com a sensação de ser preenchida por ele, de sentir aquela grossura em seu interior. Max gemeu e se moveu embaixo dela, conduzindo-a pela cintura.

— Não se segure — pediu Ivory, sentindo-se impulsiva com o poder que tinha sobre ele naquele momento. Ela apertou-se contra ele, e Max fechou os olhos, lutando para se controlar.

— Você primeiro — o duque conseguiu dizer, cravando os dedos nas nádegas dela e iniciando um leve movimento, uma cadência pulsante que ela não conseguiu conter.

Ivory gemeu e segurou os ombros dele, tentando encontrar um ritmo que permitisse algum tipo de contenção, mas seu corpo havia assumido o controle, e ela apenas cavalgou e deixou o prazer rugir por suas veias. Fechou os olhos, sentindo faíscas explodindo atrás de suas pálpebras enquanto se aproximava do clímax.

Max a penetrou com força, as mãos agarrando sua cintura e prendendo-a contra ele, e Ivory explodiu em espasmos, cravando as unhas nos ombros dele enquanto se entregava ao prazer. Ele deu mais uma estocada, causando uma nova onda de tremores nela, encontrando-a no clímax. Ivory afundou o rosto no pescoço dele e relaxou, certa de que nunca mais se moveria. Nunca um homem fora tão atencioso com o prazer dela.

Eventualmente, ela virou a cabeça e sentiu a barba dele arranhar seu queixo.

— Você tem razão — disse ela, simplesmente.

Ele riu novamente e ela sorriu, adorando aquele novo som em sua vida.

— Claro que tenho. — Max passou os dedos pelas costas dela, parando perto das nádegas. Nenhum dos dois fez qualquer tentativa de cobri-los dessa vez. — Mas, se quiser repetir, vou precisar de alguns minutos.

— Hummm.

Ivory ergueu a cabeça com um esforço épico, cruzou os braços sobre o peito de Max e apoiou o queixo nas mãos para poder ver o rosto dele. O duque estendeu a mão, agarrou as anáguas abandonadas no chão e criou um travesseiro. Então traçou o rosto dela com os dedos e a fitou.

— Está procurando algum tipo de arrependimento? — perguntou Ivory.

A outra mão dele apertou as costas dela.

— Talvez.

Ela abaixou a cabeça, beijou o peitoral dele e sentiu a batida constante do coração. Um dia ela poderia se arrepender de sua incapacidade de manter aquele homem em sua vida, mas nunca se arrependeria do tempo que tiveram juntos.

— Pois não vai encontrar.

Max sorriu, e Ivory perdeu o fôlego que estava tentando recuperar. Daquele jeito, sem nada entre os dois além do sorriso íntimo de um amante, ele era irresistível. Seria muito fácil se apaixonar na segurança de seus braços.

— Da próxima vez, prometo que faremos isso numa cama de verdade. Bem, isso e um monte de outras coisas.

Ivory sentiu seu coração se despedaçar. Ela queria mais próximas vezes do que ele seria capaz de dar, mas afastou o pensamento e se agarrou mais um pouco àquela fantasia momentânea.

— Como conseguiu essa cicatriz? — indagou ela, traçando com o dedo a marca branca que corria ao longo da linha do cabelo dele.

A pergunta parecia tão normal, como algo que uma amante faria.

Max olhou para ela.

— Eu não prendi um morteiro direito, e ele girou para a minha cabeça.

Ivory apenas o encarou.

— O que foi? — riu Max. — Você queria que eu dissesse que encarei os olhos da morte ao enfrentar um corsário bárbaro e seu sabre? Enquanto carregava uma bela jovem nos braços para um lugar seguro?

Ela fez uma careta.

— Bem, não precisava da parte da bela jovem em seus braços, mas sim.

Max riu, um som profundo que retumbou pelo corpo de Ivory.

— Lamento decepcioná-la, então.

— Você realmente foi atingido por uma arma na cabeça?

— Era minha segunda semana como aspirante e tínhamos acabado de chegar ao porto. Fui nocauteado, ou pelo menos foi o que me contaram depois. Meu crânio rachou e passei os dois dias seguintes deitado em um ambulatório escuro me sentindo muito mal, com uma dor de cabeça terrível.

— Pensando bem, a história de carregar uma bela jovem é melhor. Ela era muito pesada?

— É de fato uma história melhor do que a verdadeira, que envolve meu próprio sangue e vômito.

Ivory tocou a cicatriz de novo. O machucado claramente tinha sido costurado por alguém sem experiência.

— O navio não tinha um médico?

— Tinha, mas ele estava em algum lugar no porto. *Ele* devia estar com uma mulher nos braços. Talvez até duas. — Max suspirou. — Foi o cozinheiro quem suturou o corte.

— E o cozinheiro estava bêbado?

— Provavelmente, sim.

— Meu Deus!

— Você está começando a ferir meu ego. Primeiro me chama de pirata desgrenhado e agora isso. Por acaso está sugerindo que minha boa aparência está irremediavelmente prejudicada?

— Estou sugerindo que foi um milagre você não ter morrido de infecção.

— Suspeito que houve quantidades generosas de rum envolvidas na situação — afirmou Max. — As garrafas ficavam com o cozinheiro.

— Por que você me contou a verdade?

Ivory sentiu Max ficar tenso.

— Como assim?

— A maioria dos homens nunca teria admitido um erro.

— O que eu disse sobre me colocar no mesmo nível da maioria dos homens? — ele a lembrou, sorrindo de leve. — Além disso, o que eu ganharia mentindo para você?

— Meu respeito?

— Ah, mas eu já tenho o seu respeito.

Max mexeu as sobrancelhas sugestivamente, e Ivory lhe deu um tapinha.

— Todo mundo mente — comentou Ivory depois de um momento. — No mínimo, por omissão.

Assim como ela estava fazendo.

— Talvez.

Ivory se inclinou para a frente, beijando o pescoço dele, antes de recuar e encontrar os olhos cinzentos a encarando.

— Nunca conheci ninguém como você, Ivory. Nunca.

— Tenho certeza de que você diz isso para todas as mulheres — tentou zombar ela.

— Não. — Ele não estava rindo. — Eu quero você.

Max segurou o queixo de Ivory e a forçou a encará-lo.

— Você me tem agora. Em cima de você. E nua, ainda por cima.

— Não é isso que estou querendo dizer. E você sabe disso.

Sim, ela sabia.

— Não faça isso, Max.

— Ivory…

— Por que você não pode simplesmente aproveitar o momento? Por que precisa ser mais?

Ela não podia se permitir criar expectativas.

— Porque já *é* mais. — Ivory se afastou dele, sentindo falta do seu toque na mesma hora. Max se sentou. — Você não é algo para ser apenas *aproveitada*.

Ivory se esticou para pegar a camisola e o espartilho, vestindo-se com movimentos bruscos.

— Você é uma mulher brilhante. Esperta. Corajosa. Engenhosa. Linda. Gentil. — Ele fez uma pausa. — Teimosa e cabeça-dura, também, mas ninguém é perfeito. — A última frase era uma provocação, mas só fez Ivory sentir uma pontada no coração.

Ela hesitou um pouco antes de colocar o vestido pela cabeça, e não se preocupou com as anáguas que ainda estavam atrás de Max antes de fechar os botões.

Max ficou de pé e segurou os braços dela.

— Ivory.

Ela parou, mas não conseguiu se afastar.

— E o que você vai fazer comigo quando me tiver? — perguntou.

— Como assim?

— Você me quer, mas como? Como sua esposa? Sua amante? Uma amiga? — A mandíbula de Max estava fechada com força, e os olhos cinzentos pareciam nublados. Ivory apenas continuou: — E onde você me manteria? Em seu navio? Na sua casa em St. James? Ou talvez em uma de suas propriedades rurais?

E aquele era o ponto crucial de tudo. O que ela construíra ali, em Covent Square, representava sua liberdade. Sua independência. Ela havia se tornado uma mulher livre, contando apenas consigo mesma para se sustentar e sobreviver, sem precisar de homem nenhum. Knightley mostrara o caminho, e Ivory nunca tinha olhado para trás.

Um futuro para ela e Max era impossível. Eles eram muito iguais. Ambos livres das restrições de um mundo que os prenderia em tradições e expectativas. Nenhum deles jamais poderia ter o outro de verdade. Não por muito tempo, pelo menos.

— Você também é diferente de qualquer homem que já conheci — falou Ivory gentilmente. — Você é forte, piedoso e honrado. Teimoso e cabeça-dura às vezes, mas ninguém é perfeito.

Max quase sorriu, e Ivory ficou na ponta dos pés e lhe deu um beijo leve.

— O que existe entre nós é... — Ela se interrompeu, tentando encontrar a palavra certa. — Mágico. Real. Não precisa ter um rótulo.

E não precisa ter paredes e grades.

Ele soltou um suspiro pesado.

— Não posso deixar você ir.

— Eu estou bem aqui.

Pelo menos por mais alguns minutos.

Max pegou a roupa no chão, gelada pelo ar frio, e se vestiu. Ele estava exaurido depois de ficar com Ivory, abalado até os ossos pela intensidade do desejo que se apoderou dele enquanto a tinha nos braços. E agora, enquanto a observava se vestir, podia senti-la afastando-se dele novamente, e desprezava sua incapacidade de impedi-la.

— Vou precisar contratar você de novo.

Era a única coisa em que conseguiu pensar que poderia uni-los mais uma vez. Que poderia interromper o distanciamento inevitável dela.

— Para quê?

— O conde de Barlow — disse ele.

Estava ficando mais fácil dizer aquele nome sem ficar cego de raiva.

— Ah. Precisa se livrar de um corpo?

— Não, não há um corpo. Ainda. Aprendi algumas coisas com você.

Ela pareceu surpresa.

— Como o quê?

— Como ter paciência.

— Então você vai me contratar para fazer o quê?

Para ficar comigo.

— Ainda não decidi o que farei com Barlow. Vou pensar com calma.

Ela cruzou os braços.

— Assassinato sempre acaba em bagunça.

— Sim, você já disse isso.

Aquilo era ridículo. O destino de Barlow não era responsabilidade de Ivory.

— Seria melhor manter Beatrice fora de vista até decidir o que fazer.

— Concordo.

O relógio soou no topo da lareira e Ivory olhou para cima, como se de repente se lembrasse de onde estava.

— Desculpe, mas preciso ir.

— Para onde? — Max franziu a testa.

— Tenho outro compromisso.

— A esta hora da noite?

— Eu costumo trabalhar à noite — respondeu ela friamente.

— Deixe-me levá-la para onde você precisa ir, então.

— Não há necessidade. Meu cliente vai enviar uma carruagem.

— Ivory, o que há de errado?

— Nada.

Ela já estava indo em direção à porta. Por que ela sempre fazia isso? Maldição!

— Por favor, deixe-me acompanhá-la. Eu posso ajudar.

— Esse assunto não lhe diz respeito — rebateu ela, como se nem o tivesse ouvido. — Eu me viro muito bem sozinha.

Claro que ela se virava bem sozinha. Até muito recentemente, Ivory Moore nem sabia que Max existia. Ela não precisava dele. Não precisava de ninguém.

E aquilo não era bom o suficiente para ele.

Ele se moveu em passos rápidos e a alcançou na porta, dando-lhe um beijo repentino e desesperado. Ivory o segurou pela camisa e retribuiu com vigor.

O beijo terminou tão abruptamente quanto começou, e ele pressionou a testa contra a dela, ofegante.

— Vou esperar por você — sussurrou ele.

Ivory apertou o tecido de sua camisa.

— Por favor, não espere.

Ela ergueu a cabeça, beijando-o com uma doçura tão dilacerante que o deixou abalado. Então, separou-se dele com os olhos cheios de uma tristeza incompreensível.

— Adeus — falou ela pela segunda vez naquele dia, e saiu pela porta.

Max não saiu imediatamente da D'Aqueus & Associados. Ele permaneceu no escritório, enquanto a velha casa rangia ao seu redor e os sons abafados das pessoas animadas na rua penetravam pela janela fechada. Ele puxou a cortina de lado e observou quando Ivory, envolta em sua capa, subiu em uma carruagem que a esperava na praça movimentada. Era uma carruagem luxuosa, pintada de preto e decorada com finas linhas vermelhas. Dois cavalos cinzentos idênticos se mexeram impacientes na frente do veículo, como se estivessem com pressa para sair da multidão da praça. Não havia indicação de quem era a carruagem, mas seu dono certamente era rico.

Outro nobre com um problema que precisava ser varrido para debaixo de um tapete Aubusson.

A porta da carruagem se fechou. As pessoas saíram do caminho e, em poucos minutos, o veículo foi engolido pela multidão até desaparecer completamente de vista na esquina. Max suspirou e fechou a cortina. Ele pretendia esperar, independentemente do que ela dissera. Não importava quanto tempo levasse, ele estaria esperando quando ela voltasse para casa. O duque não estava mentindo ao dizer que tinha aprendido a ser paciente.

Max foi até a escrivaninha e pegou a garrafa de uísque que ainda estava no chão, como se procurasse uma prova de que o tempo que havia passado com Ivory não tinha sido apenas sua imaginação. Como que para se certificar de que o prazer e a felicidade que haviam compartilhado eram reais. Ele pegou seu casaco e o colocou nas costas de uma cadeira. As anáguas de Ivory haviam sido abandonadas perto da mesa, e ele estendeu a mão para tocar o tecido.

Aquela mulher era impossível. E difícil. E irritante. Ele estava dizendo a verdade quando falou que nunca havia conhecido alguém como ela. No entanto, apesar de toda a coragem que demonstrava, Ivory era como uma criatura arisca e selvagem, sempre fugindo quando alguém se aproximava demais. Mantendo-se distante quando se sentia pressionada.

Ele estava dobrando as anáguas quando percebeu um movimento na porta. Nem teve tempo de reagir antes de se ver empurrado contra a estante, enquanto mãos ásperas o seguravam pela camisa.

— Cadê ela? — exigiu uma voz furiosa.

Max enrijeceu.

— Sr. Lavoie — disse ele, controlando o temperamento por um fio. — A que devo o prazer?

— Cadê ela? — repetiu Lavoie, só então vendo as roupas nas mãos de Max. — Ela está aqui?

Max empurrou Lavoie para trás com dificuldade, surpreso com a força do homem.

— Devo presumir que você está procurando a srta. Moore.

— E devo presumir que você sabe onde ela está, já que está segurando a roupa de baixo dela — comentou ele em uma mistura de frieza e fúria, mas a urgência nas palavras deixou Max com um mau pressentimento. — Ela está aqui?

— Não — respondeu Max. — Acabou de sair. Uma carruagem veio buscá-la.

— E você simplesmente a deixou ir? — rosnou Lavoie, com os punhos cerrados. — Seu desgraçado!

Max decidiu abraçar a raiva que crescia dentro de si, já que era melhor do que o medo que começara a sentir.

— Eu não sou o guardião de Ivory, não controlo para onde ela vai ou o que faz!

Lavoie praguejou.

— Ela não contou para você.

— Não me contou o quê?

Lavoie olhou para as anáguas nas mãos de Max e esfregou as mãos no rosto.

— Claro que ela não contou. Jesus, que mulher tola! — Ele recuou um passo, como se não confiasse em si mesmo perto de Max. — Foi uma carruagem preta que veio buscá-la? Com detalhes em vermelho?

Max franziu a testa.

— Sim. Mas como você sabe…

— Porque ouvi rumores no meu clube de que Ivory Bellafiore voltou a Londres. Que ela faria uma apresentação muito… privada esta noite, em uma casa nos arredores da cidade, para um homem de muita sorte.

Max sentiu seu coração parar e o sangue gelar.

— Como vai lady Beatrice, agora que está segura em casa? — perguntou Lavoie, em tom acusatório.

Lavoie não estava sugerindo que…

— Foi a carruagem de King que veio buscá-la, Sua Graça, para levá-la de volta à Casa Helmsdale. Consegue adivinhar o porquê.

Max estava balançando a cabeça em negação.

— Ela me disse que negociou a liberdade da minha irmã.

Lavoie estreitou os olhos cheios de raiva.

— É claro que ela negociou, não? Ela se trocou pela sua irmã.

— Ivory não faria isso. Ela nem conhecia minha irmã. Beatrice não significa nada para ela.

— Para um homem inteligente, você é muito burro — retrucou Lavoie. — Ela não fez isso pela sua irmã.

Max recuou um passo e sentiu uma dor mordaz ao bater os ombros na estante. Estivera tão feliz por ter Beatrice em casa que não insistiu em saber a verdade por trás das respostas vagas de Ivory. E depois, no chão do escritório, ele a deixou fugir de suas perguntas porque estava muito ocupado beijando-a.

Ela havia se oferecido em troca da libertação de Beatrice. E tinha feito isso por ele. Por quê? Por que sentia por ele o mesmo que ele sentia por ela? A mente de Max era um campo de guerra entre euforia, culpa, fúria e medo.

Ele a resgataria. Não importava o que custasse.

O primeiro pensamento de Max foi chamar sua tripulação e abrir caminho até Helmsdale, mas seus homens estavam espalhados por Londres e levaria muito tempo. Ele precisava pensar em outra estratégia.

— Como faço para entrar nesse leilão?

Alex balançou a cabeça.

— Acho que você já fez o suficiente.

— Não estou interessado em suas opiniões, Lavoie. Como faço para entrar?

Alex cruzou os braços, claramente descontente.

— Você não conseguirá entrar. King sempre emprega um verdadeiro exército para patrulhar o perímetro tanto da propriedade como da casa. Ele é um maldito paranoico. Só entra quem tem um convite. Não tem outro jeito.

— E você tem um?

— Você acha que eu ainda estaria aqui se tivesse um convite? — retrucou Lavoie.

Max pegou seu casaco e o vestiu.

— Então isso é um "não".

— Sim, é um "não, eu não tenho um convite". — Alex fez uma pausa. — Para onde você está indo?

— Vou encontrar alguém que tenha um convite.

— Eu vou junto.

— Ótimo — disse Max, já a meio caminho da porta. — Você pode dirigir.

A Pata do Leão estava lotada àquela hora da noite, e o ar estava abafado com o calor de tantos corpos juntos em um espaço tão pequeno. Além disso, havia o forte cheiro de lã molhada, cerveja e gordura. Era quase impossível ouvir algo em meio ao barulho.

Max varreu o interior da taverna com os olhos, procurando rostos conhecidos, até finalmente encontrar a garçonete ruiva, que carregava uma bandeja pesada cheia de canecas de cerveja. Ele se colocou no caminho dela e tirou a bandeja de seus braços.

— Cadê a Gil? — perguntou em voz alta.

A ruiva fez uma careta.

— Estou trabalhando — reclamou ela, tentando pegar a bandeja.

— Cadê a Gil? Responda e eu saio do caminho.

Ela revirou os olhos.

— Nos fundos. Onde mais estaria? — respondeu, então pegou a bandeja e voltou para a multidão.

Max foi para o fundo da taverna e empurrou a porta que dava para a sala onde a taberneira costumava ficar, apenas para ser saudado pelo cano de uma pistola.

— Cavalheiros batem primeiro — advertiu Gil, sem abaixar o cano da pistola.

— Não sou um cavalheiro. E pode guardar a arma. A taverna está cheia demais para você ter tempo de se livrar de um corpo.

— Você está começando a falar como a Duquesa, capitão Harcourt.

— Já me disseram isso.

Ela abaixou a arma.

— O que quer?

— Um convite para o leilão de King.

Gil arqueou uma sobrancelha.

— E o que diabo faz você pensar que eu tenho um?

— Porque nem todos os convites devem ter sido entregues. E, se uma mensagem não é entregue nas mãos do destinatário, ela volta para cá.

— E como você sabe disso?

— Eu presto atenção.

— *Humpf*. — Gil olhou para ele. — Mesmo que eu tivesse um desses convites, por que daria para você?

— Diga seu preço.

Ela arqueou a outra sobrancelha.

— Acho que já ouvi você falar isso antes.

Max a encarou, esperando.

A mulher apertou os lábios, colocando para trás uma mecha de cabelo ruivo e considerando a proposta.

— Uma participação nos lucros do seu navio. A crescente demanda por algodão me intriga.

Max relaxou levemente. De todas as coisas que pensou que a mulher poderia exigir, a participação nos lucros do navio não era uma. Ele pigarreou.

— Feito.

A boca dela fez um "O" perfeito.

— Feito? Assim tão fácil? Eu deveria ter pedido o navio inteiro!

— Mas não pediu. — Embora o duque certamente tivesse dado seu navio se isso significasse conseguir Ivory de volta. — Podemos definir os detalhes de nossa nova parceria depois. Você tem minha palavra. Mas agora preciso de um convite.

— Que pressa é essa, capitão? Com medo de que um belo pedaço de tela seja arrebatado antes que você chegue lá? — zombou a taberneira.

Max sentiu cada músculo de seu corpo ficar tenso. Ele havia considerado fazer um apelo a Gil em nome de Ivory, mas não a conhecia bem o suficiente para ter certeza de que ela seria solidária, e Alex também não tinha certeza. Era melhor deixar Gil pensar que ele era um bastardo egoísta a contar que Ivory havia se vendido.

— Algo do tipo.

Gil torceu a boca, mas foi até uma mesinha no canto e pegou um quadrado de papel dobrado selado com cera vermelho-sangue.

— É seu dia de sorte, capitão — falou ela. — Este aqui foi devolvido pelos meus meninos. — Ela olhou para o nome. — O visconde Rollins não vai precisar disso esta noite, nem em nenhuma outra. Parece que ele quebrou o pescoço depois que seu cavalo passou por cima de uma cerca viva e ele ficou do outro lado ontem à tarde.

— Trágico… — disse Max, aceitando o convite.

Ele quebrou o lacre de cera e desdobrou o papel, revelando um cartão lavrado. Parecia mais um convite para uma coroação do que para um leilão.

Gil também pegou uma máscara que cobriria todo o rosto de um homem.

— Os convites são entregues com uma dessas.

— Isso é medonho.

Max pegou a máscara com olhos vazios das mãos dela.

— Os convidados de King estão todos no mesmo patamar. As máscaras tiram a identidade dos convidados, permitindo que apenas o dinheiro reine supremo. E suponho que o anonimato seja útil quando se está comprando coisas que não deveria ter.

Max supôs que tudo aquilo fazia sentido de uma maneira estranha e distorcida.

— King está ciente da recente morte do visconde?

— Não vejo como ele estaria. O convite foi devolvido a mim, não a ele. — Ela franziu a testa. — Como você sabia que haveria convites devolvidos?

— Tentei a sorte. — Max enfiou o papel no bolso do casaco, com a mão já na porta. — Aprendi com os melhores.

Capítulo 13

Ivory chegou à Casa Helmsdale antes das carruagens dos convidados do leilão, embora elas não devessem estar muito atrás. Ela foi conduzida pelo salão de baile com todos os tesouros ali expostos e levada a um dos aposentos do andar de cima. Era uma suíte destinada a uma rainha. Havia uma enorme lareira com um fogo crepitante, que aquecia até os cantos mais afastados, e uma grande cama com lindas cortinas de seda em tons de rosa e azul, que dominava um lado do quarto principal. O papel de parede era de um tom creme com padrões de folhas rodopiantes, que se repetia nas almofadas bordadas espalhadas pela cama. À esquerda de Ivory, num cômodo reservado, uma banheira profunda estava cheia de água fumegante, ao lado de toalhas macias empilhadas com uma seleção de barras de sabonetes perfumados em cima. Em uma mesinha ao lado da porta, uma garrafa de vinho repousava aberta ao lado de uma taça cheia e uma bandeja com uma variedade de queijos e bolinhos.

O primeiro instinto de Ivory foi se recusar a tomar banho ou comer algo. Mas qual seria o ponto? No fim, a escolha fora dela. Ela sabia exatamente o que estava fazendo quando concordou com o acordo.

Não fazia sentido desperdiçar um banho quentinho só para sentir pena de si mesma, então se despiu, deixou a roupa na cama e entrou na água fumegante. Ela afundou na banheira, fechando os olhos e sentindo uma leve dor em lugares em que não sentia nada havia muito tempo. O que será que Max estava fazendo naquele momento? Com sorte, estava na casa dele fazendo companhia para a tia e a irmã, onde era seu lugar.

Quando a água começou a esfriar, ela se ensaboou e se enxaguou rapidamente antes de sair e se secar com uma toalha. Então voltou para o quarto e descobriu que suas roupas haviam sumido, tendo sido substituídas por roupas íntimas tão finas que eram quase transparentes e um espartilho com fitas de cetim. Havia também meias de seda, sapatos bordados e um conjunto de joias que daria o que falar. E, ao lado de tudo, um vestido feito para deixar os convidados boquiabertos.

O tecido era da cor do crepúsculo, um índigo profundo que mudava de tom conforme se movia. O corpete era indecentemente baixo, e as saias cascateavam de uma larga faixa que ficava presa por um laço um pouco abaixo de seus seios. Ivory passou a mão pelo tecido, lutando contra o arrependimento que crescia em seu peito. Ela tinha desempenhado aquele papel muitas vezes na vida e sabia exatamente como o roteiro se desenrolaria depois da última nota.

Ela nunca havia se sentido tão sozinha quanto estava se sentindo ali, no quarto da Casa Helmsdale.

Uma batida veio da porta, e uma criada quase tão grande quanto os guardas de King enfiou a cabeça pela porta.

— Posso ajudá-la a se vestir, madame? — perguntou ela, mesmo que não fosse bem uma pergunta.

Ivory suspirou e assentiu.

Max não tinha um plano.

E, para um homem que traçava caminhos meticulosamente e sempre se preparava para os piores cenários, não ter um plano era aterrorizante. Ele estava improvisando cada passo, e só se lembrava de ter ficado tão nervoso duas vezes na vida. Em ambas as vezes, ele estava no convés do *Odisseia* enquanto o navio sacolejava em um mar agitado, o ar ao seu redor estava pesado, denso e elétrico. Sofrendo com a sensação de não poder fazer nada além de observar o céu escurecer e as nuvens se acumularem ameaçadoramente.

O salão de baile da Casa Helmsdale não era tão diferente de um oceano tempestuoso. Max foi revistado quando entrou na residência, uma invasão eficiente de seu espaço pessoal, pois dois guardas se certificaram de que ele não estava armado. A falta de meios para se defender o fez se sentir ainda mais exposto e vulnerável. Estava munido apenas de sua inteligência.

Um silêncio estranho dominava o ambiente, sendo interrompido apenas pelos sussurros dos convidados. No centro do amplo salão havia um enorme tapete quadrado, que abafava qualquer passo que normalmente ecoaria no piso de madeira encerado. Os homens presentes usavam roupas escuras que não davam nenhuma indicação de sua personalidade ou preferências. Cada um deles também usava a máscara preta fornecida por King com o convite, o que dava um ar bastante sinistro ao evento.

Não havia sinal de Ivory. Ou de qualquer outra mulher, aliás.

Ao redor do salão, caixas de vidro, cavaletes e pedestais exibiam as mercadorias do leilão, banhadas pela meia-luz dos candelabros. Max juntou-se ao resto dos convidados e circulou pelos cantos com as mãos cruzadas atrás das costas. De vez em quando, ele parava para estudar uma peça, como se estivesse avaliando seu valor, antes de se afastar novamente.

Ele parou em frente a uma pintura vibrante de uma bela mulher reclinada contra uma tapeçaria escarlate, com um cisne branco arqueado entre as coxas e descansando a cabeça em seu peito nu. Era erótico e magistral, e ele sabia que deveria reconhecer a obra de algum lugar, mas havia uma centena de pensamentos diferentes zunindo em sua cabeça naquele momento, e nenhum envolvia arte.

Max se aproximou e leu o pequeno cartão embaixo da tela, que dizia "*Leda e o Cisne*". Ao lado da pintura havia uma estátua de bronze imponente, um Davi triunfante com um pé apoiado na cabeça de um Golias derrotado. O pequeno cartão na base do pedestal simplesmente dizia "*Davi*".

— Você é um admirador de Michelangelo? — perguntou uma voz atrás dele.

Max se endireitou, virando-se para encontrar um homem segurando casualmente uma bengala de ébano incrustada e com diversos anéis de rubis nos dedos. O sujeito vestia um traje de noite preto impecável, assim como todos os outros presentes, tinha um cabelo loiro-avermelhado curto em um penteado moderno caindo sobre a testa e aparentava ter mais ou menos a mesma idade que ele. O homem o fitava com olhos azul-claros, e poderia ser qualquer um dos convidados do leilão, não fosse pelo fato de que não estava usando máscara.

— Sim, são primorosos — respondeu Max com calma, sabendo instantaneamente com quem estava falando.

— São mesmo, não? — Os olhos claros o avaliaram. — Esta é uma bela peça — disse ele, gesticulando para a escultura. — Bronze, não mármore, o que a torna especialmente rara. Assim como a pintura. Você sabia que esta tela foi encontrada em um bordel em Rouen? — comentou com desgosto. — Consegue imaginar? Michelangelo relegado a decorar as paredes de prostitutas?

— Não, não consigo.

King deu de ombros.

— Bom, isso é o que acontece quando deixam o povo governar. Camponeses franceses ignorantes despojando os grandes castelos e palácios, felizes em trocar tesouros por um barril de pólvora úmida. — Ele deu um sorriso frio. — A revolução está sendo muito lucrativa.

— De fato.

Os olhos de King se estreitaram e ele perguntou abruptamente:

— Quem é você?

Max sabia que, mesmo com a máscara, ele ainda seria notado. Sem dúvida, King tinha uma ideia de quem era cada um ali naquela sala, e certamente sabia quem havia sido convidado ou não.

— Maximus Harcourt.

Que King fizesse o que desejasse com a informação.

— Alderidge.

— Sim.

— Como entrou aqui? — indagou o anfitrião em tom de curiosidade.

— Da mesma forma que todos os outros: pela porta da frente.

— Entendo... — King tamborilou os dedos no cabo da bengala, analisando cada centímetro de Max. — Devo confessar que sua presença esta noite é muito inesperada. Chocante, até. — King, no entanto, não parecia nada surpreso. Na verdade, parecia estar se divertindo.

— Sua irmã não está mais aqui, Sua Graça.

— Eu sei.

— Espero que ela tenha aprendido a lição. Alguns homens simplesmente não são confiáveis.

Max manteve uma postura impassível por pura força de vontade.

— Por que está aqui, então? — perguntou King. — Veio me matar pelo papel que tive nas... desventuras de lady Beatrice?

— Não. Não esta noite.

— Humm. Bem que a Duquesa me disse que você era um idiota arrogante. Você não decepciona.

— A srta. Moore não deveria estar aqui.

King sorriu.

— Ah, então você veio para resgatá-la! A Duquesa faz as próprias escolhas, Sua Graça. Como ela fez esta tarde, quando chegamos a um acordo sobre a libertação e o retorno seguro de sua irmã. Qualquer culpa tola que você possa estar alimentando em relação às ações da Duquesa em seu nome não terá valor para mim. — Max concentrou-se em respirar fundo, e King suspirou impaciente. — Ela não precisa ser resgatada, Sua Graça. Isso não é nada que ela não tenha feito antes.

— É algo que ela nunca deveria ter que fazer novamente. Por ninguém.

Max deu um passo ameaçador na direção do homem, e imediatamente três guardas se aproximaram deles. King parou de tamborilar no cabo da bengala enquanto acenava para os capangas se afastarem.

— Quanto? — disse Max baixinho.

— Receio que não esteja entendendo, Sua Graça. Isso é um leilão, onde tudo está disponível para o homem que oferecer mais. Não posso fazer negócios paralelos em cantos sombrios. Minha reputação ficaria arruinada. — Ele fez uma pausa. — Permitirei, porém, que fique para o leilão, desde que não atrapalhe a minha festinha. Se isso faz você se sentir melhor, terá a chance de resgatá-la no final da noite, desde que não esbanje todo o seu dinheiro com as belas peças que o cercam. Pois o impossível se tornará bem possível. Pelo menos para um homem inteligente.

— Por que você faria isso?

— Porque me diverte.

Max olhou para os guardas ainda rondando King e considerou suas chances. Elas não eram boas. Seria impossível ajudar Ivory se ele estivesse morto.

— Eu quero vê-la.

King gargalhou de surpresa.

— E por que você acha que eu lhe concederia tal pedido?

— Porque assim eu não o matarei um dia pelo seu papel nas… desventuras da minha irmã.

King olhou para Max com perspicácia.

— Nossa, que dramático…

Max esperou.

— Ora, está bem. Vou permitir dois minutos de conversa. Dois minutos para dizer o que quer que seja que você precisa desabafar, pedir todas as desculpas que acha que vão fazê-lo se sentir melhor. — Ele deu um passo para o lado, gesticulando para Max andar. — Eu adoro drama, afinal.

Diante do longo espelho de corpo inteiro, Ivory passou as mãos pelo vestido de seda. Fazia muito tempo que não se arrumava daquela maneira. Fazia muito tempo que não se submetia ao papel que estava prestes a exercer.

— Você está deslumbrante.

Ivory encarou o reflexo da porta no espelho. King estava parado no batente, apoiado casualmente em sua bengala.

— Há quase uma centena de homens lá embaixo que estão praticamente tremendo de emoção com a possibilidade de uma aparição de Ivory Bellafiore. Será um milagre se eles conseguirem se concentrar em seus lances.

Ela continuou observando-o do espelho, sem se virar.

— Ora, vamos, Duquesa, não faça essa cara. Acha que vou leiloar você como uma obra de arte comum para o primeiro velhote com mais dinheiro do que cabelo que aparecer? — Ele fechou a porta e atravessou a sala, parando bem atrás de Ivory e encontrando os olhos dela no reflexo. — Você merece muito mais que isso.

Ele acariciou o cabelo que caía pelas costas dela, ainda úmido do banho. Ivory franziu a testa e se afastou, e King abaixou a mão.

— Se alguém quiser arrematar você esta noite, terá que se provar.

— O que isso significa?

— Você verá. Pode ser que ninguém o faça. Pode ser que *eu* acabe aproveitando a sua companhia nesta bela noite. E tenho que admitir, Duquesa, a ideia é tentadora.

— Não entendo. Por que faria isso?

— Porque me diverte.

Ivory sentiu uma onda de raiva e virou-se para encará-lo.

— Seja qual for o seu joguinho, King, saiba que cumpri minha parte no trato. Lady Beatrice e sua família estão fora dos limites. Para sempre.

— Claro que estão. Eu concordei com isso. — Ele parecia irritado. — A situação em que nos encontramos atualmente é...

— Um negócio, King. Nada mais. Você estava na posse de uma criança...

— Ora! Que criança? Ela já tem 18 anos. Ouvi dizer que você tinha apenas 13 quando seu pai a vendeu, e se saiu muito bem.

Ivory fechou os olhos. Ela não conseguia nem começar a entender a lógica distorcida daquele homem.

— Ah, você tem visita.

Ivory abriu os olhos rapidamente.

— Visita? Como assim?

— Aparentemente, você tem assuntos inacabados que precisam ser resolvidos antes de continuarmos com a noite. Vocês têm dois minutos. Espero que consigam resolver quaisquer questões pendentes nesse período.

Ivory o olhou confusa. O que ele estava querendo dizer?

— Quem?

King se virou e caminhou até a porta, então a abriu.

— Dois minutos — repetiu ele, e desapareceu no corredor.

Ivory ainda estava olhando para a porta quando Max apareceu.

— Max? — perguntou uma voz do outro lado da sala, claramente chocada.

Ele fechou a porta e atravessou o cômodo em passos desesperados, parando abruptamente na frente de Ivory. E então perdeu o fôlego. Ela usava um elaborado vestido de seda azul índigo, e sua pele corada praticamente reluzia. O cabelo estava penteado para trás do rosto e caía solto pelas costas, quase até a cintura, em uma gloriosa cascata de mogno, lembrando-o de uma princesa medieval.

— O que está fazendo aqui? — ofegou ela.

— O que você acha? Estou atacando a Bastilha. Embora não exatamente como imaginei que faria. Não tenho armas nem exército, e estou trajando uma roupa formal de baile.

Ela piscou, confusa.

— Meu Deus! Você veio até aqui por mim?

— Claro que vim até aqui por você. Que diabo de pergunta é essa?

— Uma boa pergunta.

— Errado. Uma pergunta realmente boa é o que *você* está fazendo aqui.

Ela não vacilou.

— Eu sei me cuidar, Max.

Incapaz de se conter, ele diminuiu a distância entre os dois, segurou o rosto dela e lhe deu um beijo na boca; sua intenção era que fosse gentil e reconfortante, mas logo se transformou em algo desesperado e exigente. Era difícil dizer quem precisava se sentir mais seguro: ela ou ele. Ivory se inclinou em sua direção, e ele a puxou para mais perto, como se pudesse protegê-la de tudo de ruim de seu passado e futuro. Os dois ficaram abraçados por um longo momento antes de Max se afastar um pouco e buscar os olhos dela.

— O que você fez? — Ele acariciou a bochecha dela.

— O que eu tinha que fazer.

— Não vou deixar que isso aconteça.

— Isso não é da sua conta, Max. A escolha foi minha, e eu a faria de novo se necessário.

Max lutou contra o desejo de simplesmente pegá-la e jogá-la pela janela. Certamente havia alguns arbustos do lado de fora que amorteceriam a queda. Ou talvez o impacto enfim colocasse algum juízo na cabeça dela.

— As janelas estão trancadas. Embora eu suspeite que seja mais uma precaução para manter as pessoas fora do que para mantê-las dentro.

— Oi?

— Você estava olhando para as janelas. Estava planejando quebrar o vidro com uma cadeira? Fazer uma corda de lençóis?

— Parece uma boa ideia. Vamos sair daqui.

Ele segurou o braço dela.

— Não posso ir.

— Claro que pode. Nem morto eu permitirei que você seja reduzida a um... entretenimento para aqueles homens lá embaixo.

— Esse é o problema, Max.

— O quê?

— Minha presença esta noite garante a segurança de Beatrice e de sua tia. E a sua.

— Como assim?

— Significa que King não é burro. Significa que ele garantiu que pessoas inocentes vão se machucar se alguém invadir a Bastilha.

Max praguejou.

— Então vou levar Beatrice e Helen para fora de Londres...

— E viver o resto da vida paranoico, achando que está sendo per-seguido? Max, o que está feito está feito. Beatrice está em casa. Sua família está mais uma vez completa, protegida e tranquila. Não coloque tudo a perder por algo estúpido.

— Eu a deixei ir embora. Isso foi estúpido, e farei o que estiver ao meu alcance para remediar isso. Eu daria tudo que eu tenho por você, Ivory. Tudo.

Ivory estava o encarando com alguma emoção transbordando de seus olhos profundos.

— Vai ficar tudo bem — sussurrou.

— Essa não é a questão, Ivory. Você deveria ser livre. Não precisar mais fazer o que fez para sobreviver no passado. — Ele roçou os lábios na testa dela. — Eu quero fazer isso por você.

Uma batida forte na porta o assustou.

— Seus dois minutos acabaram — soou a voz abafada de King pela madeira.

Ela se inclinou para a frente, dando-lhe um beijo intenso e rápido.

— Max, eu...

A porta se abriu e King apareceu, seguido por sua enorme comitiva de guardas. Ele observou Ivory e Max com seus olhos claros.

— Espero que tenham conseguido resolver a questão.

Max apenas o encarou em silêncio.

— Ótimo. — Ele se afastou da porta. — Como eu disse, Sua Graça, você pode ficar desde que se comporte. Meus homens vão atendê-lo para garantir que tenha tudo de que precisa.

A ameaça era clara, e Max cerrou os punhos atrás das costas. King se voltou para Ivory.

— Hora de ir, Duquesa — anunciou ele. — Seu público a espera.

Max tinha ido atrás dela.

De alguma forma, ele havia descoberto o acordo e conseguira entrar no leilão. De alguma forma, ele havia negociado com King pelos dois minutos mais preciosos de toda a vida dela. Mesmo que os esforços do duque não tivessem mudado o resultado inevitável, ninguém jamais fizera algo do tipo por ela. Por tanto tempo, Ivory dependera apenas de si mesma e de sua inteligência, sabendo que ninguém jamais a resgataria de nada. Porém Max tinha aparecido para salvá-la.

Talvez fosse por culpa, senso de dever ou remorso. Mas talvez fosse por uma razão bem diferente.

Enquanto esperava o leilão terminar, Ivory se agarrou a essa hipótese o mais forte que pôde, e ainda estava agarrada à possibilidade quando foi conduzida ao salão de baile, agora livre das outras peças que haviam sido leiloadas.

Cada escultura e antiguidade que ela vira quando chegou tinha sido levada, sem dúvida embalada cuidadosamente em uma caixa de madeira cheia de palha e despachada para onde quer que estivesse destinada a desaparecer novamente. A única coisa que restava era uma imponente estátua de bronze de Davi, que exigiria um exército de homens musculosos para ser carregada.

Os convidados estavam todos reunidos ao redor de um enorme tapete quadrado e, embora Ivory estivesse preparada para aquilo, a multidão sem rosto lhe causou um arrepio. Eles esperavam como uma horda de carrascos mascarados, e parecia haver uma onda de agitação por todo o ambiente. Como se todos soubessem que o próximo item a ser leiloado fosse ser diferente de tudo até então. Que King estava prestes a apresentar aos compradores algo completamente novo. Algo pelo qual eles poderiam competir. Isso era o que ela mais odiava. O sentimento pesado de vulnerabilidade por estar exposta, que a fazia voltar a se sentir como a garotinha de 13 anos que aprendera duras lições sobre como sobreviver quando se começava do nada.

Ao lado dela, King sorria com triunfo. Ou com arrogância. Era difícil distinguir.

— Você vai me deixar famoso, Duquesa — sussurrou para que só ela ouvisse. — Você é minha empreitada mais incrível até agora.

Max só percebeu o silêncio absoluto que havia dominado o recinto quando começou a ouvir os batimentos do próprio coração acelerado. Então, virou-se para a porta e tudo ao seu redor escureceu.

Ivory estava caminhando até ele, ou pelo menos em sua direção. Ela não olhava para nenhum dos lados, seu olhar estava fixo em algo que só ela podia ver. Seu rosto estava sério e sereno, como se estivesse passeando pelo parque em uma tarde de terça-feira, de tão despreocupada que parecia. Era como se ela fosse exótica, perfeita e… intocável.

King caminhava ao seu lado, claramente extasiado com a forma como havia cativado o público. Os guardas começaram a conduzir os convidados para as laterais do salão de baile, e King a levou até o centro do tapete, parando e virando-se para garantir que tinha a atenção de todos. Ele não precisava ter se preocupado com isso, já que cada um naquele recinto parecia hipnotizado pela visão.

— Obrigado pela paciência, senhores — agradeceu ele. — Mas eu havia prometido a vocês algo impossível e perfeito, e isso, meus amigos, leva tempo, como todos sabem.

Um burburinho de risadas soou pelo salão, e Max se perguntou qual seria a melhor maneira de acabar com King.

— Eu lhes apresento Ivory Bellafiore, uma joia que nem mesmo as mais ilustres casas de ópera da Europa conseguiram produzir nos últimos anos — anunciou King com toda a pompa de um arauto real, e deixou que os compradores assimilassem aquela informação. — A srta. Bellafiore concordou em cantar para nós esta noite — continuou King. — E será possível tentar a sorte por uma apresentação mais... íntima depois.

Outro murmúrio percorreu o salão, desta vez carregado de animação e ganância. Todos estavam olhando para Ivory como se ela fosse apenas mais um objeto a ser possuído. Como se pudessem comprá-la e colocá-la em uma caixinha de vidro para que pudesse ser retirada e admirada quando fosse conveniente.

Max tentou manter a calma. Ele não podia perder o juízo naquele momento.

— Senhorita Bellafiore — disse King, dando meio passo para trás.

Os olhos de Ivory percorreram o salão, vendo todos os homens mascarados que a encaravam em expectativa. Max mal conseguia respirar. Então, ela o encontrou, tão imóvel e silencioso quanto os outros ao redor. Ivory fixou os olhos escuros nele e começou a cantar, sem instrumentos, música ou acompanhamento, apenas com uma voz que ecoava por todo o salão, subindo até o teto e arrebatando todos os presentes.

Max nunca tinha visto Ivory se apresentar em um palco. Ele nunca a tinha visto nas casas de ópera, nunca ouvira sua voz se elevar da maneira que a transformara numa lenda. Ela cantava em italiano, e fazia tempo que o duque não praticava o idioma, mas não importava que ele não entendia uma palavra. Ela o atraía e fazia seu sangue ferver. Ela era de outro mundo, e Max não conseguia desviar os olhos.

Quando a canção acabou, o salão ficou em silêncio absoluto. E então King deu um passo à frente, batendo palmas efusivamente, e os convidados explodiram em aplausos. Os homens avançaram, como se quisessem tocar em tal perfeição, mas os guardas os mantiveram afastados, bem longe do tapete quadrado. Max observou King com atenção. O sujeito estava olhando ao redor, radiante de satisfação. Sabia o quão incrível seria a performance de Ivory, porque tivera certeza de que ela não faria nada para colocar a família de Max em perigo. E sabia que não haveria um único homem imune aos encantos daquela mulher depois de ouvi-la.

King ergueu a mão, e a sala ficou em silêncio.

— Duas mil libras — disse ele, e mais uma vez o silêncio reinou absoluto. — Duas mil libras é o que vale a chance de poder desfrutar dos encantos da srta. Bellafiore pelo resto da noite, caso se prove digno.

Burburinhos de especulação preencheram o ar.

Max ficou grato pela máscara, pois ela escondia sua cara de confusão. O que raios King estava planejando? Ele achou que Ivory seria leiloada como todas as peças da noite, e não havia nenhum outro homem naquele salão que daria um lance maior que o dele. Mas agora...

— Meus homens estão circulando. Podem dar uma nota promissória a eles, caso desejem tentar a sorte.

A julgar pela grande movimentação repentina, quase todos desejavam tentar a sorte.

Meia dúzia de guardas de King, cada um carregando uma caixa de madeira cheia de bastões, quase do comprimento de um cabo de vassoura, havia entrado no salão em algum momento da apresentação. Os convidados esticavam o pescoço, agitando suas notas enquanto os guardas se aproximavam. Eles coletaram as notas promissórias de duas mil libras, e cada homem recebeu um bastão em troca.

Max depositou uma nota nas mãos de um guarda grandalhão e recebeu o mesmo objeto que o restante dos convidados. Era um bastão de madeira dura e lisa, talvez de carvalho, com pontas arredondadas e mais grosso do que ele havia pensado. Parecia mais um pedaço de graveto longo e forte que uma arma, embora pudesse causar algum dano se usado da maneira correta. Quanto dano ele poderia causar a King antes de ser arrastado para longe e possivelmente baleado? Ou talvez esfaqueado. Não adiantaria nada, ele sabia, mas certamente se sentiria melhor, nem que fosse só por um momento.

Max levantou a madeira. Ele não conseguia adivinhar para que o bastão serviria nem se sua vida dependesse disso. Olhou ao redor, mas todos pareciam igualmente surpresos e confusos. Talvez fosse um tipo de loteria e cada graveto fosse ser marcado, jogado em uma pilha e então sorteado. Talvez...

— Todos que desejam participar já foram atendidos? — perguntou King.

Os guardas haviam se retirado e um círculo de homens rodeava o tapete, cada um segurando um bastão. Novamente, o silêncio reinou.

— Muito bem.

King virou-se lentamente, avaliando a plateia que o cercava. Ele segurava um cálice dourado na mão, com um objeto dentro envolto em um pano branco. Lentamente, dando oportunidade para que todos vissem, ele descobriu o objeto, revelando uma esmeralda do tamanho de um ovo de galinha que cintilava sob a luz dos candelabros.

Os convidados ficaram claramente interessados.

— As regras são simples, senhores — explicou King, abaixando-se para colocar o cálice e a esmeralda bem no centro do tapete. — O primeiro homem a recuperar esta joia sem tocar no tapete com qualquer parte de seu corpo ganhará não apenas a pedra, mas a companhia da srta. Bellafiore pelo resto da noite.

Max olhou para King. Cabiam pelo menos sete homens deitados no tapete e eles ainda assim não encostariam nas bordas.

— Vocês têm apenas uma chance, então planejem sua tentativa com sabedoria — continuou King. — Eu forneci uma ferramenta para vocês usarem. A escolha de utilizá-la fica a critério de cada um.

Max olhou para Ivory. Ela ainda o fitava com seus olhos castanhos calmos e firmes. Mas estava pálida. Muito, muito pálida.

King ofereceu o braço a ela.

— Venha, srta. Bellafiore. Vamos encontrar um bom lugar para assistir ao entretenimento, que tal?

Ele estava sorrindo de novo. Ela aceitou o braço oferecido, quebrando o contato visual com Max, embora sua expressão não tivesse mudado, e seguiu King em silêncio até o outro lado do salão. Uma plataforma havia sido montada em um dos cantos do recinto, e dois guardas apareceram carregando cadeiras, que colocaram diante dos dois.

O bastardo estava aproveitando cada minuto daquilo, pensou Max, cerrando os dentes de raiva. O rei e sua rainha, presidindo sobre os súditos gananciosos e ávidos. O resto dos convidados já estava tentando alcançar a esmeralda, caindo de joelhos no chão nas bordas do tapete e esticando impotente os bastões, que eram muito curtos. Quando os homens perdiam o equilíbrio ou seus bastões caíam, os guardas avançavam e os conduziam para longe, dando fim à tentativa. Um trio de homens decidiu amarrar os bastões com suas gravatas, aparentemente em uma parceria para compartilhar os espólios. No entanto, o mastro mais longo mesmo assim pendeu e caiu antes de alcançar a esmeralda. Outros homens, aproveitando a ideia, também se tornaram aliados e criaram cabos ainda mais compridos. Max observou um grupo estender a vara e conseguir cutucar a borda do cálice com a madeira cambaleante. Todos no salão pareceram prender a respiração, mas a ligação entre os cabos também se desfez e os guardas de King mais uma vez se aproximaram para levar os desafortunados.

Outros homens, não querendo se aliar a ninguém, avançaram e jogaram seus bastões no cálice, na esperança de derrubar a esmeralda para mais perto da borda do tapete e poderem alcançá-la. Dois acertaram o cálice e o último derrubou a taça, fazendo a esmeralda rolar pelo tapete, mas a joia permaneceu inalcançável.

Em seu trono, King assistia a tudo com um deleite evidente. Como se as tentativas infantis e desesperadas daqueles homens, literalmente de joelhos por sua ganância, provassem que ele era superior a todos. Max o fitou com a cabeça cheia. Talvez King nunca tivesse pretendido que Ivory fosse para casa com qualquer um daqueles homens e, na verdade, quisesse a companhia dela para si. Talvez nunca tivesse tido a intenção de permitir que Ivory deixasse Helmsdale naquela noite. E, graças ao seu plano, havia ficado milhares e milhares de libras mais rico em comparação com as duzentas que pagara por uma debutante apavorada. Mas aquilo estava custando muito mais para Ivory. Muito mais.

A multidão ao redor do tapete havia diminuído consideravelmente, e a maioria dos homens saíra resmungando em busca de uma bebida para afogar as mágoas de seu fracasso. Os guardas tinham reabastecido as caixas de madeira, recuperando os bastões daqueles que falharam. Outros homens ainda andavam de um lado para o outro na ponta do tapete, procurando uma estratégia que havia escapado aos demais. Mas, eventualmente, eles também recorreram a empurrar os bastões pelo tapete, tentando varrer a esmeralda para mais perto da borda. Max permaneceu afastado, evitando a multidão, e contornou o tapete para ficar na lateral mais próxima de King e Ivory. Então, percebeu que era o único que restava no salão com o bastão de madeira.

— Sua Graça — chamou King de seu poleiro. — Já desistiu?

— Não.

— Então o que está esperando?

Max olhou para o homem brevemente, mas evitou colocar os olhos em Ivory. Ele precisava se concentrar.

— Eu estava esperando a multidão dispersar — respondeu calmamente.

— Ah, sim, foi meio caótico, não? — comentou King, enquanto tamborilava com os dedos no braço da cadeira, parecendo satisfeito com sua observação. Max podia sentir o peso do olhar do homem em sua nuca, o que lhe causou um arrepio muito desagradável. — Percebi que você não deu lance em nenhuma das peças de Michelangelo.

— Não, eu não dei.

Max sabia que King estava jogando uma isca, tentando pegá-lo em uma mentira. Então, disse a verdade:

— Segui seu conselho. Economizei meu dinheiro para ter a chance de obter algo muito mais valioso.

— De fato. Bem, resta saber se foi um bom conselho, Sua Graça. Você ainda pode sair daqui de mãos vazias. Olhe ao seu redor. Todos esses são homens educados e inteligentes, mas falharam em resolver o quebra-cabeça.

— Hummm.

Max estava começando a apreciar o valor da resposta evasiva que aprendera com Ivory.

— Por que você pensa ser melhor do que aqueles que fracassaram antes de você?

— Porque eu *sou* melhor. E não vou fracassar.

King parou de tamborilar os dedos. Max sorriu de leve e se aproximou da borda do tapete. A esmeralda estava ligeiramente descentralizada, ao lado do cálice derrubado que reluzia sob a luz. Max encostou a ponta do bastão no chão e a enfiou embaixo do tapete. Então, empurrou-a para a frente e fez um rolo com o tecido. Ele caminhou por toda a extensão de um dos lados do tapete, passando a ponta do bastão por baixo da borda do tecido, criando um rolo cada vez mais grosso.

Percebeu o burburinho ao seu redor aumentar, e ouviu exclamações misturadas a resmungos e risadas ocasionais. Um entretenimento, de fato.

Embora Max já estivesse suando pelo esforço, o tapete pesado estava se enrolando mais rápido e com mais facilidade. King ficou de pé na plataforma, e os outros convidados se aproximaram para testemunhar o que estava acontecendo. Ele manteve seu movimento firme e seguro, até que a borda enrolada do tapete bateu no cálice derrubado. Então, com muita calma, ele se abaixou e estendeu a mão por cima do espesso cilindro de tapete, com cuidado para não o tocar, e pegou a esmeralda.

— Muito bem — falou King, sua voz ecoando pelo salão.

Max apertou a pedra na palma da mão, sentindo as bordas pontudas pressionarem sua pele, e casualmente enfiou a esmeralda no bolso interno do paletó. Ele não sabia dizer se King estava impressionado ou furioso.

— Obrigado — respondeu ele, caminhando até ficar diante da plataforma e olhar para Ivory. — Senhorita Bellafiore, seria um prazer levá-la para sua casa em segurança esta noite — afirmou ele em tom de reverência, escolhendo as palavras com cuidado.

Ivory ficou de pé, segurou a saia e desceu da plataforma em silêncio, aceitando o braço que Max havia estendido e apoiando a mão na curva do cotovelo dele. O duque se virou ligeiramente e viu que King também havia descido da plataforma baixa e agora estava parado na frente dos dois, bloqueando o caminho.

— Você me disse que ele era um idiota arrogante, Duquesa — sibilou baixinho. — Nunca me disse que ele era esperto.

— Você nunca perguntou.

Ela parecia extremamente contida. King cruzou os braços e fitou Max, que não fugiu de seu olhar.

— Bem, aproveite o cavaleiro que veio ao seu resgate, senhorita. Ele certamente conquistou o direito de sua companhia — zombou King. — Sugiro, inclusive, que encontre um uso para sua esperteza no futuro, se ele não resolver fugir para o mar.

— Agradeço a sugestão, vou mantê-la em mente.

— Faça isso mesmo — fungou o homem. — Bom, é sempre um prazer fazer negócios com você, Duquesa.

Com isso, King virou-se abruptamente e atravessou o salão de baile, seguido por uma comitiva de guardas.

Max não esperou o homem desaparecer e já estava puxando Ivory na direção da porta, sem vontade alguma de ficar naquela casa mais um único minuto. Os dois saíram e foram atingidos pelo ar frio. Ele arrancou a máscara e segurou a mão de Ivory, com medo de soltá-la. Com medo de que, se o fizesse, ela escaparia mais uma vez. Guiou-os até a longa fila de carruagens, encontrando o elegante veículo de Alex. Um homem que andava perto dos cavalos correu até eles quando os viu chegando.

— Meu Deus, Sua Graça! Por que demorou tanto? — disparou Alex, olhando Ivory da cabeça aos pés e sorrindo um pouco para o vestido. — Se demorasse mais cinco minutos, eu ia entrar com a carruagem pela porta!

— Alex? — perguntou Ivory. — O que você está fazendo aqui?

— Muitas coisas que nunca pensei que faria — resmungou Alex. — Congelando neste frio. Conduzindo uma carruagem. Confiando nesse idiota para resgatá-la de uma decisão monumentalmente estúpida que você nunca deveria ter feito.

Ele segurou Ivory pelos ombros e a fez dar uma voltinha, como se procurasse algum machucado.

— Que tal conversarmos sobre isso depois? — insistiu Max.

Bem depois.

— Vão atirar na gente? — indagou Alex, nervoso, olhando ao redor antes de soltar Ivory e subir no banco do cocheiro.

— Não. Pelo menos acho que não. Eu conquistei o direito de levar a srta. Moore de forma justa.

Max escancarou a porta da carruagem e ajudou Ivory a subir e a entrar no veículo, lutando um pouco com a saia volumosa do vestido.

— Você fez *o quê*?

— Vamos logo! — ordenou Max, subindo atrás de Ivory.

A carruagem deu um solavanco e Max fechou a porta, mergulhando na escuridão do interior. Num piscar de olhos, puxou Ivory para um abraço apertado.

— Eu odiei tudo deste leilão — desabafou Max. — Exceto, talvez, quando você cantou.

— Eu também. Exceto, talvez, a expressão no rosto de King quando você enrolou o tapete. Como soube o que fazer?

— Como você acha que consertamos e secamos as velas do navio?

Ivory soltou uma risada abafada.

— Ainda não acredito que você veio me buscar — disse ela, com uma pitada de admiração.

— Claro que eu ia buscá-la! Você cometeu uma loucura! Nunca deveria ter feito um acordo desses. Jamais deveria ter se colocado nesse tipo de situação…

Ivory se afastou do abraço, e ele desejou poder enxergar o rosto dela.

— Não vamos ter essa conversa de novo, Max.

Porém Max não tinha terminado.

— A ideia de outro homem tocando você…

— Nenhum outro homem iria me tocar.

— Você está maluca? Todos os homens naquele salão desejavam a sua companhia, e não apenas para ouvi-la cantar. Eles teriam levado você para qualquer buraco de onde saíram e então…

Ivory se mexeu, e ele ouviu o deslizar da seda. Ela procurou a mão dele na escuridão e a agarrou, pressionando o que parecia ser um minúsculo frasco de vidro na palma.

— E então eu poderia tê-lo incitado a ir para a cama. Levado para ele uma relaxante taça de vinho — disse ela em voz baixa. — Uma taça de vinho *bem relaxante*. Ou conhaque. Ou o que quer que ele quisesse beber. Tão relaxante, na verdade, que poderia fazer alguém cair no sono. — Ela tocou o rosto do duque, como se estivesse tentando avaliar sua expressão com os dedos. — Eu o deixaria bastante à vontade, é claro. Tiraria sua roupa, amassaria os lençóis, jogaria fora a bebida que sobrou. Deixaria até um bilhete expressando minha gratidão e minha admiração, caso julgasse necessário. O ego de um homem pode ser algo muito frágil, especialmente se esse homem não consegue se lembrar do que aconteceu depois que se deitou na cama com Ivory Bellafiore. É importante deixar um relato do que gostariam de acreditar.

Max engoliu em seco, sentindo o vidro na palma da mão e sabendo exatamente o que continha.

— Então você drogaria o homem.

— Exato — respondeu ela, sem remorso algum.

E, de fato, ela não deveria sentir nenhum tipo de remoso.

— Aprendi a lição muito cedo, e aprendi bem. Ninguém jamais veio ao meu socorro. Eu sobrevivi pela minha capacidade de manipular os homens.

Ela acariciou o queixo dele.

— E é isso que está fazendo agora? Me manipulando?

— Não — sussurrou ela. — Você me desarma, Maximus Harcourt.

Max a segurou pelos ombros, movendo uma mão para acariciar seu pescoço, enquanto a outra acariciou seu decote até a borda do corpete. Ele sentiu a respiração de Ivory ficar ofegante sob seus dedos.

— Sempre irei atrás de você, Ivory Moore — afirmou o duque, e abaixou a cabeça para deixar a boca deles a milímetros de distância.

Ivory estremeceu, mas não fez nenhum movimento para se afastar. Ele roçou os lábios dela, e seu autocontrole foi destruído no segundo em que a sentiu se abrir para a boca dele. Max a devorou, incapaz de se conter, e explorou cada canto daquela boca com a língua. Um desejo impulsivo, diferente de tudo o que já havia sentido na vida, o dominou em uma velocidade assustadora. Ele deslizou as mãos pelas costas de Ivory, puxando-a para que ela montasse em seu colo, empurrando as saias dela para cima. Então se apertou com força contra ela, deixando-a sentir o quanto também o desarmava.

Ela enfiou a mão entre os dois e começou a desabotoar a calça dele. Max afastou um pouco o corpo, dando-lhe mais acesso, e num instante ela estava acariciando a ereção dele, agora livre de seu confinamento. Ele a segurou pelas coxas e a levantou um pouco para posicionar-se na entrada dela. Ofegante, Ivory o guiou para dentro de seu calor molhado, acomodando-o em uma descida lenta e tortuosa. Eles ficaram conectados, mas parados, por um longo momento, respirando ofegantes na carruagem escura.

E então Ivory se moveu, balançando os quadris levemente, e Max reivindicou a boca dela mais uma vez, abafando o gemido de prazer dos dois. Ela ditou o ritmo, uma cadência deliberada, atormentadora e insuportável, o êxtase mais impressionante que ele já havia experimentado. Ivory dominava todos os seus sentidos. Era impossível pensar na companhia daquela mulher, só conseguia sentir. Sentir o prazer que ela lhe dava. Sentir a emoção que enchia seu coração toda vez que estava com ela.

Ivory gemeu, perdendo o ritmo, o corpo tremendo. Max a abraçou pela cintura, apertando-a contra si e tomando o controle. Ela passou os braços ao redor do pescoço dele e apoiou a cabeça em seu ombro, e Max sentiu quando ela ficou tensa ao se aproximar do clímax. Ele sentiu quando Ivory chegou ao ápice, quando seus músculos internos convulsionaram, quando ela o apertou com mais força, quando mordeu seu pescoço. O duque deu uma última estocada e se rendeu ao prazer, pulsando dentro dela e a reivindicando como sua.

Ivory fez como se fosse se afastar, mas ele a segurou, obstinado a não quebrar a conexão física entre os dois. Lembrando o que acontecera da última vez que fizeram amor e ela foi embora.

— Não vá ainda — sussurrou no ouvido dela. — Quero você comigo.

Ela relaxou e se acomodou em seus braços, beijando-o sem pressa.

— Eu estou com você, Max.

Eu quero você comigo para sempre, ele quis dizer, mesmo sabendo que era impossível.

Capítulo 14

As orelhas de Ivory arderam com a bronca de Alex. Ele estava uma fera por ela não ter pedido sua ajuda, e a lembrou repetidamente de que ela não era imortal, mágica ou intocável. Que, embora soubesse que ela era capaz de cuidar de si mesma, ela havia se colocado em uma situação inaceitável. Ele chegou ao ponto de resmungar que Ivory tivera muita sorte de Alderidge estar lá, mesmo que a declaração tenha sido seguida por uma série de xingamentos sugerindo que o duque também fora a causa de todo o problema, para começo de conversa.

Elise falou menos, mas a abraçou com força e logo desapareceu no andar de baixo. Ivory a encontrou um tempo depois limpando seu rifle, algo que a amiga só fazia quando estava chateada e inquieta.

Max a acompanhou até a casa dela naquela noite e a visitou todas as noites desde então. Noites que a deixavam ofegante e feliz, mais satisfeita e contente do que jamais sonhou ser possível. E os encontros de paixão eram complementados por horas de conversas, confissões e risadas, como amantes faziam sob o refúgio da privacidade.

Mas os dois nunca falavam do futuro, do que podia acontecer em uma semana, um mês ou um ano. Talvez Ivory fosse egoísta demais para forçar o assunto, ou covarde demais. Ou talvez ela simplesmente não quisesse saber.

Ocasionalmente, ele também a visitava de tarde, nem que fosse para compartilhar uma refeição rápida ou uma xícara de chocolate quente ou chá para se aquecer contra o frio úmido. Em dias assim, a normalidade estranha e a intimidade afetuosa que dividiam eram suficientes para Ivory achar que seu coração explodiria. Os sentimentos que nutriam um pelo outro haviam ultrapassado o limite do desejo físico e da atração. O que passara a existir entre eles era algo que Ivory não sabia como lidar.

O que era alarmante para uma mulher que sabia lidar com tudo.

Nos outros dias, quando não se viam por causa do trabalho, ela se pegava olhando para o nada, imaginando o que Max estava fazendo. Onde ele estaria. Ela se via contando os minutos até a noite chegar e ele aparecer em sua casa, em sua cama.

Ivory suspirou, fechando o livro na mesa. Estava se sentindo inquieta e, por mais que tentasse se manter ocupada, sua mente continuava divagando.

— Você tem uma visita, Duquesa — disse Roddy da porta, interrompendo seu transe.

Feliz pela distração, Ivory ficou de pé.

— Quem é?

— Ela disse que se chama lady Beatrice.

Ivory quase tropeçou na bainha do vestido.

— O quê?

— Devo levá-la para...

Ivory não o deixou terminar de falar, passando por ele. O que Beatrice estava fazendo ali? Centenas de cenários diferentes percorreram sua cabeça, cada um pior que o anterior. Ela irrompeu no corredor e encontrou a jovem envolta em uma capa de lã simples, o rosto escondido pelo capuz.

— Milady — cumprimentou Ivory. — O que está fazendo aqui?

Beatrice se virou, tirando o capuz, e encarou Ivory com um olhar sério.

— Quero contratá-la — falou ela.

— Para quê?

Meu Deus, o que Beatrice tinha feito dessa vez?

— Quero que o faça ficar.

— Perdão?

— Max. Ele vai embora, e quero que você o faça ficar. Faça o que for preciso. Afunde o navio dele, queime tudo, sequestre meu irmão. Eu não me importo. Ele não me ouve. E não vai ficar aqui.

— Ele vai embora?

Ivory sentiu como se estivesse sendo engolida pelo chão.

— Achei que ele tinha contado a você.

— Não, ele não contou… — Mas, no fundo, ela sabia que ele iria embora. Max nunca tinha dito o contrário. — O *Odisseia* está pronto para zarpar?

Ela estava tentando calcular quanto tempo ainda teriam juntos.

Beatrice jogou as mãos para o alto em frustração.

— Meu irmão disse que estará tudo pronto até o final da semana.

Era como se Ivory tivesse levado um tapa na cara. Ela poderia não saber o que existia entre eles — era um vínculo sem nome, sem rótulo —, mas tinha certeza de uma coisa: estava longe de acabar.

Beatrice mexeu em uma bolsinha.

— Eu trouxe dinheiro…

— Guarde seu dinheiro — falou.

A última coisa de que precisava era o dinheiro de Maximus Harcourt para lidar com Maximus Harcourt.

— Se alguém pode impedi-lo de ir embora, esse alguém é você — afirmou Beatrice miseravelmente. — Tentei explicar, mas talvez, se eu não tivesse feito o que fiz, se eu tivesse…

Ivory sentiu uma tristeza repentina.

— Seu irmão ama muito você, milady. Nunca duvide disso.

— Eu só quero que ele fique. Só uma vez. Só para que eu possa conhecê-lo. Além da tia Helen, ele é a única família que tenho. — A jovem estava torcendo a alça da bolsinha. — Pode fazê-lo ficar?

— Duvido muito que alguém possa obrigar seu irmão a fazer algo que ele não quer — resmungou Ivory.

Mas ela tentaria. Porque não era só Beatrice que não queria perdê-lo.

— Roddy!

Ninguém respondeu.

— Roddy, venha aqui. Eu sei que você está ouvindo.

O menino praguejou e apareceu no corredor.

— É impossível você ter me ouvido espionando!

Ivory ignorou a reclamação.

— Traga minha capa, por gentileza. Estamos de saída.

O sol estava se pondo rapidamente, levando consigo quaisquer resquícios do pouco calor que havia proporcionado. O *Odisseia*, agora atracado do outro lado do porto, estava apinhado de homens trabalhando nos conveses e porões, preparando-o para a próxima viagem e aproveitando ao máximo a luz do sol que rapidamente desaparecia.

— Tem uma dona aqui querendo falar com você — disse um dos tanoeiros de Max ao passar por ele, rolando um barril. — Ela está com uma cara de poucos amigos.

Max ergueu os olhos do registro de inventário e da lista da tripulação que estava revisando.

— Onde?

— Nas docas. Não diga que não avisei. — O velho marinheiro piscou para ele e continuou a empurrar o barril.

Max passou os olhos pelo *Odisseia* e pelos armazéns, achando-a facilmente, afinal Ivory era a única pessoa parada naquele lugar. Max sentiu o coração errar as batidas e apertou os papéis que segurava. Aquela mulher era tão linda que o deixava sem fôlego.

Ele chamou a atenção de um de seus contramestres, que levou seus papéis embora, e se dirigiu até Ivory, ensaiando na cabeça tudo o que planejava dizer. Ela esperou pacientemente a sua chegada.

— Sua irmã quer me contratar — falou Ivory, antes mesmo que o duque pudesse abrir a boca.

Ele parou de supetão, assustado.

— O quê? Por quê?

— Ela quer que eu faça você ficar em Londres.

— Como?

— Você vai embora?

Max se viu na defensiva.

— Não estou partindo agora. Os preparativos vão demorar até o fim da semana. Supondo que o clima coopere, é claro.

— Hummm.

Max se mexeu desconfortavelmente. Ivory observou as linhas graciosas e poderosas do *Odisseia*.

— Ela sugeriu que eu queimasse ou afundasse o seu navio.

— O quê?!

— Isso mesmo. Também sugeriu que eu o sequestrasse.

— Jesus...

Max esfregou o rosto. Essa não era a conversa que ele esperava ter com Ivory. Não era aquilo que queria dizer.

— E o que você falou a ela? — perguntou, parecendo cansado.

— Eu não disse nada. Vim aqui perguntar se você planejava partir sem se despedir.

— Como? Não! Não, claro que não. — Ele pegou as mãos de Ivory e apertou seus dedos com força. — Eu ia contar hoje à noite.

A expressão dela era ilegível, e ele praguejou mentalmente. Max não pretendia ter aquela conversa ali, mas Beatrice havia forçado a situação. Ele respirou fundo.

— Eu também ia pedir para você vir comigo.

Foi a vez de Ivory parecer assustada.

— O que disse?

— Esqueça Londres. Venha comigo para a Índia.

— Como o quê?

Como minha. Estava na ponta da língua dele.

— Não sei — respondeu ele, em vez disso. — Podemos pensar em algo.

Ivory o olhou com tristeza.

— Não posso.

— Por quê?

— Meu trabalho está aqui. Minha vida é aqui.

— Sua vida pode ser comigo.

— Poderia. — Ela entrelaçou os dedos nos dele. — Se você ficasse.

Max sentiu uma onda de frustração.

— E fazer o quê? Fingir ser um duque?

Ele pensou ter visto um lampejo de raiva nos olhos escuros de Ivory, mas foi rapidamente apagado pela tristeza.

— Você ouviu o que disse? Você *é* um duque. E um irmão. E um sobrinho. Beatrice trocaria todos os belos presentes que já ganhou de você para ter a sua companhia. Trocaria todos os vestidos de baile, as aulas de dança e as joias de ouro por tempo com você.

— Beatrice quer o irmão que está nas cartas que escrevi. Nas aventuras que contei. Ela ficaria decepcionada ao descobrir que não sou essa pessoa.

— Isso não é justo, para nenhum dos dois.

— Acho que sou a melhor pessoa para julgar isso. — Ele estava ciente de que estava fazendo uma cara feia. — Não posso ficar.

— Você não *vai* ficar — corrigiu Ivory. — Não vai nem *tentar*.

Max se afastou dela, sentindo a fúria aumentar. Ela parecia a tia Helen falando daquele jeito, mas Ivory entendia melhor a situação. Sabia que ele não se encaixava ali, que jamais se encaixaria.

— Olha quem fala.

— O que quer dizer com isso?

— Por que não deixa esse tal de sr. D'Aqueus? — demandou ele. — O que ele tem para mantê-la como funcionária?

Ivory fechou os olhos.

Eles nunca mais tinham discutido sobre o chefe dela depois do leilão de King. O nome do homem nunca mais havia aparecido, e Max agora se perguntava por quê.

— Você o ama? — questionou ele, sendo invadido pelo pensamento rápido e intrusivo.

Ela abriu os olhos lentamente.

— Você não entende…

Ela não negou. Max sentiu algo morrer dentro de si.

— Você tem razão. Eu não entendo.

— Eu construí uma vida aqui. Sozinha. Eu não pertenço a mais ninguém. Não posso depender de você para viver. Não posso depender dos outros para viver. Não vou desistir do que conquistei.

Nada do que Ivory disse fazia sentido. Max só conseguia pensar que ela estava escolhendo D'Aqueus em vez dele. Depois de tudo que passaram, depois do que ele pensou que havia entre os dois, do que pensou que seria possível existir entre os dois, ela estava escolhendo outro.

— Então é melhor você ir embora, pois parece que não posso dar o que você quer. Não posso lhe dar o que D'Aqueus oferece.

Max nunca se sentiu tão infeliz em sua vida quanto ao pronunciar aquelas palavras.

— Max, você não entende…

— Eu quero que você seja feliz. Então vá. Por favor. — Ele sentiu um peso em seu peito, comprimindo seu coração. — Você fez sua escolha. E eu fiz a minha.

Ivory o observou, sua pele quase luminescente sob o brilho do sol poente. Ela soltou as mãos dele, e Max sentiu uma dor física pela perda do toque.

Ela buscou seu olhar e sussurrou:

— Sinto muito.

— Eu também. — Deus, ele não queria mais prolongar aquele sofrimento. — Adeus, Ivory.

— Adeus, Max.

Ivory se virou, cobriu a cabeça com o capuz da capa e desapareceu na multidão.

E Max sentiu… nada. Um vazio completo e absoluto. Como se tudo o que o definia tivesse se esvaído, deixando apenas uma carcaça que ainda podia andar, falar e dar ordens a uma tripulação. Ele embarcou no *Odisseia*, embora o navio não parecesse tão acolhedor quanto antes. Como se as tábuas da embarcação estivessem o julgando. Julgando a escolha dele.

O duque enfiou as mãos nos bolsos para se proteger do ar frio, sem saber se algum dia voltaria a se sentir aquecido novamente. Então, sentiu um pequeno cartão, há muito esquecido. Ele o tirou do bolso, alisando o papel com o polegar e passando o dedo sobre as palavras impressas. *D'Aqueus & Associados*. Quando Ivory lhe entregara o cartão, uma vida atrás, ele dissera que esperava nunca mais vê-la. Parece que seu desejo se realizaria. Ele a havia perdido para um homem que nunca conhecera.

Mas ela nunca foi realmente sua, não é?

Ele soltou um som de angústia e rasgou o cartão. Os últimos raios de luz dourada atingiram as bordas dos pedacinhos de papel enquanto eles flutuavam até o chão, as letras impressas rodopiando fora de ordem. Max olhou para as letrinhas e foi tomado por uma sensação estranha.

Meio dormente, ele se abaixou e reorganizou os pedaços de papel, virando as poucas letras que caíram viradas para baixo.

D'Aqueus & Associados.

Tinha um "D". E um "U". E um "E".

Max caiu de joelhos. Ele reorganizou o restante das letras e enterrou o rosto nas mãos. Uma vertigem de emoções o atravessou, deixando-o desorientado e abalado. Tentou desesperadamente identificar os sentimentos que estavam preenchendo o seu peito e formando o nó em sua garganta. Admiração e respeito pela mulher que havia entrado em sua vida. Alívio e arrependimento por si mesmo; embora fossem emoções egoístas, não eram menos poderosas por isso.

Nunca existira um sr. D'Aqueus. O único que havia falado de um "*senhor* D'Aqueus" fora Max, porque, por algum motivo surreal, ele havia feito uma suposição insana baseada em… nada. Nunca houvera outro homem competindo por Ivory. Ela não tinha deixado ele por outro.

Ela havia escolhido a si mesma. Quando Max a forçou a tomar uma decisão, como todo homem que simplesmente queria tê-la nos próprios termos, Ivory tinha escolhido Ivory.

D'Aqueus não era um homem. D'Aqueus era apenas um anagrama.

D'Aqueus & Associados.

Duquesa & Associados.

Capítulo 15

O PACOTE CHEGOU UMA semana depois que Ivory se despediu de Max nas docas.

Ela quase saiu correndo após deixá-lo na frente do *Odisseia*, as lágrimas embaçando sua visão. Roddy, que estava esperando escondido em algum lugar, apareceu e simplesmente deslizou sua mão na dela, conduzindo-a em silêncio na direção que os levaria para casa. Ela enxugou os olhos com raiva, furiosa por se permitir sentir tanto quando sabia que não deveria. Sabia que Max nunca permitiria que ela o possuísse, assim como ela mesma não se permitiria ser possuída. Eles eram muito parecidos. Nenhum dos dois queria ser preso em uma gaiola. Ivory não se encaixava no mundo dele, assim como Max não se encaixava no dela.

Por isso, quando Roddy entrou no escritório com um pacote grande amarrado com uma fita vermelha, Ivory estava emburrada e depressiva.

— O que é isso? — perguntou ela estupidamente.

— Não sei — respondeu Roddy.

— Quem o entregou?

— Um dos meninos da Gil. — Ele colocou o pacote na frente dela. — Quer que eu abra?

Ivory deu de ombros com indiferença.

— Fique à vontade.

Roddy sorriu.

— Adoro abrir presentes — disse, atacando o laço vermelho.

— Eu sei.

Depois de soltar a fita, o menino abriu o embrulho. Um pedaço de veludo apareceu, de um tom azul meia-noite, decorado com cetim do mesmo tom.

Ivory olhou para o tecido, paralisada.

— Pare — ordenou ela.

Roddy a encarou.

— O que foi?

Ivory ficou de pé e se inclinou sobre a escrivaninha, seus dedos pairando sobre o tecido azul. Com muito cuidado, ela puxou o tecido e revelou uma gola com uma borda de pelo prateado.

— É uma capa — explicou ela.

— Para uma rainha?! — questionou o menino, com os olhos arregalados.

Era exatamente como ele havia descrito naquele dia. Veludo azul e cetim, bordado com o que Ivory só podia imaginar ser uma raposa prateada. Ela estava com receio até de adivinhar o que aquilo significava.

— Tem mais uma coisa aqui — falou ele, enfiando a mão no embrulho, ainda de olhos arregalados.

Ivory viu o clarão verde antes mesmo de Roddy ficar boquiaberto com a esmeralda que agora segurava na mão.

— Você está trabalhando para o príncipe de novo? — indagou ele, virando a grande pedra entre os dedinhos.

— Não — respondeu Ivory.

— Então de quem é?

Ivory só conseguiu balançar a cabeça em negativa.

— Bem, tem uma carta — apontou Roddy, prestativo, pegando o papel dobrado que havia caído no chão quando ele abriu o pacote.

Ivory aceitou a carta e hesitou antes de abri-la, temendo o que poderia ler naquele papel. Uma carta que diria que o presente era um gesto para amenizar qualquer culpa que ele sentisse por ir embora? Talvez ele tivesse enviado o mesmo presente para a irmã. Ou era outra coisa?

— Precisa que eu abra a carta também, Duquesa? — perguntou Roddy, confuso.

— Não.

Que atitude ridícula era aquela? Ivory desdobrou o papel, que continha duas folhas, e começou a ler. Ela leu cada página duas vezes e dobrou-as com cuidado.

— O que diz?

Ivory pigarreou.

— Por favor, Roderick, vá ao café aqui perto e veja se consegue encontrar os irmãos Harris — pediu ela calmamente. — Tenho um trabalho para eles esta noite, caso estejam interessados.

— Eles estão sempre interessados — opinou Roddy.

— Também tenho um trabalho para você.

O menino sorriu.

— Vou pegar meu casaco.

Ela olhou com pesar para o belo veludo. Ela não usaria aquela capa no lugar aonde estava indo.

— Pegue minha capa também. Estou de saída.

O *Odisseia* tinha partido havia muito tempo, mas o *Açores* ainda esperava pacientemente em suas amarras. Ivory esperou com igual paciência nas docas em frente à embarcação enquanto buscavam o capitão. Ela mudou de braço a cesta pesada que carregava.

— Srta. Moore! — cumprimentou o capitão Black, parado no topo da amurada de bombordo e sorrindo para ela. Com seu tricórnio e a barba, ele parecia o personagem de um romance. — É você mesmo? Achei que estavam mentindo para mim! — Desapareceu e reapareceu um minuto depois nas docas. Ele se curvou, tirando o chapéu da cabeça. — A que devo este prazer?

— Eu trouxe o jantar.

— Jantar?

Ele se endireitou tão rápido que quase perdeu o equilíbrio.

Ivory gesticulou para a cesta que segurava.

— Creio que devo um jantar a você como parte do nosso acordo. A informação que você forneceu ao capitão Harcourt realmente nos ajudou a resgatar a irmã dele.

Black piscou para ela antes de abrir outro sorriso largo.

— Inteligente e honrada. Eu amo uma mulher que cumpre o que promete.

— Suspeito que você ame vários tipos de mulheres.

— É verdade.

Ele pegou a cesta dela galantemente.

— E sua oferta ainda está de pé?

— Oi?

— Você me ofereceu um favor. Ainda está de pé?

— Claro que sim! — Ele estreitou os olhos. — Do que você precisa, srta. Moore?

Ivory sorriu para ele.

— Que tal discutirmos durante o jantar?

O conde de Barlow estava com um péssimo humor.

Curvado sobre as cartas que segurava, ele apenas assistiu enquanto o dinheiro que havia apostado desaparecia. De novo. Fez uma careta, catalogando mentalmente cada item restante de suas propriedades que ainda poderia ser vendido. Ele odiava lidar com aquele maldito King bastardo e presunçoso, que vasculhava as heranças de sua família como uma dona de casa no mercado, escolhendo apenas as melhores ofertas e descartando o resto como lixo.

Porém, não podia se esquecer que King o ajudara a se livrar de lady Harcourt — um problema resolvido havia muito tempo. Barlow tinha apostado que a garota concordaria com qualquer coisa que ele pedisse quando a encontrou seminua e fugindo de casa. O dote dela teria sido a resposta para todos os seus problemas, e ele poderia ter bancado o herói, salvando-a da ruína. A jovem deveria ser eternamente grata a ele. Mas, assim como naquele jogo de cartas, nada saiu como o planejado.

Em vez disso, o irmão dela apareceu e, após sua primeira tentativa frustrada de conversar com o duque, Barlow sabia que não haveria negociação. A garota ainda provou ser uma louca truculenta que se recusava a ver a razão. E então era tarde demais. Ele não conseguiu deixá-la voltar para casa, mas fora muito medroso para matá-la. Por isso, fez a única coisa lógica e a ofereceu a King.

O problema é que as duzentas libras que recebera como pagamento já estavam quase acabando, e suas últimas moedas pareciam olhá-lo da mesa com tristeza. Ele franziu a testa de novo quando avistou Alexander Lavoie. O homem estava encostado na parede do clube, supervisionando os clientes como o carniceiro impiedoso que era. Deixando só a carcaça dos homens e ficando podre de rico no processo.

Enojado, Barlow se afastou da mesa, pegando o pouco que lhe restava e guardando em uma bolsinha. Não adiantava permanecer ali. A sorte não estava sorrindo para ele naquela noite. Barlow pegou o casaco e saiu do clube. Curvando-se contra o frio, começou a longa caminhada para casa. Não tinha dado mais de vinte passos quando um menino colidiu em sua lateral.

— Foi mal — disse o moleque, antes de sair correndo na direção oposta.

Barlow xingou e enfiou as mãos dentro do casaco, apenas para notar, em pânico, que seu relógio de bolso e a bolsinha de dinheiro haviam desaparecido. Ele girou e viu que o menino ainda estava visível na calçada. Como o desgraçado ousava pegar o que não era dele? Barlow deu um grito de raiva e foi atrás do ladrão. O menino se virou e o viu chegando, então disparou para um beco que seguia na direção do rio.

Barlow o seguiu, cego de raiva, apenas para se deparar com três homens de aparência dura, cada um com um espadim brilhando fracamente sob o luar. O ladrãozinho estava parado atrás deles, observando-o com interesse.

O conde engoliu em seco, tomado pelo medo.

— Obrigado, Roderick — disse o mais alto dos homens. — Agora é com a gente.

Barlow acordou lentamente, com a cabeça latejando.

Um daqueles ladrões o atingiu com o cabo do espadim, e a última coisa de que se lembrava era uma explosão de dor antes de tudo escurecer. Piscou na penumbra, tentando se concentrar, mas sua cabeça ainda estava girando e o chão parecia estar em movimento. Ele estava deitado de lado e percebeu que não usava mais um casaco. Na verdade, ele não usava mais suas roupas. Em vez disso, vestia as roupas simplórias de um aldeão qualquer, feitas de um material áspero que fazia sua pele coçar. Ele se sentou, mas foi lançado para o lado logo em seguida.

Esperou que o chão parasse de se mover, mas tudo continuava a rodar, e Barlow levou um bom tempo para perceber que aquilo não era efeito do golpe que havia levado na cabeça. O chão estava *mesmo* se movendo. O conde tentou sentar-se novamente, estremecendo com a dor de cabeça e o enjoo.

Um raio de luz de repente clareou a penumbra, e ele viu a silhueta de alguém.

— Ah, minha bela adormecida acordou — disse um homem.

Barlow olhou para cima. A figura tinha algo na cabeça, com uma longa pena que balançava nas rajadas de ar que adentravam o local.

— Estou em um navio? — perguntou Barlow, um pânico crescente.

O homem riu.

— Ora, até que você é esperto, hein?

— Não posso estar em um navio — resmungou Barlow.

— Você ficará feliz em saber que o transformei no ajudante do meu contramestre — continuou o homem, como se não o tivesse ouvido. — Pode começar agora mesmo.

— Por acaso você sabe quem eu sou? — indagou Barlow.

Aquilo só podia ser um engano. Ele não tinha certeza de onde estava, mas certamente não estava onde deveria estar.

— Sim, eu sei. Acabei de dizer. Você é o ajudante do meu contramestre — o homem pronunciou cada sílaba alto e pausadamente.

Barlow ficou de pé, percebendo tarde demais que suas botas também haviam sumido.

— Sou o conde de Barlow — anunciou tão alto quanto sua cabeça dolorida permitia. — E exijo falar com o responsável.

— Bem, você está falando com ele — respondeu o homem alegremente. — Pode me chamar de capitão Black. Ou apenas capitão.

Barlow piscou, confuso.

— Você não me ouviu? Eu sou o conde de Barlow.

— Sim, sim. Você não para de falar isso. — O capitão fez uma pausa e passou a mão na barba. — Infelizmente, ninguém a bordo se importa com isso. Eles só se importam com o quão rápido você aprende suas tarefas. Se não tiver aprendido tudo quando chegarmos ao Cabo, falei para os meus homens que eles podem dar você de comida para os tubarões. — Ele olhou Barlow dos pés à cabeça. — Vou lhe dar mais uma ou duas horas de descanso antes de começarmos suas aulas. Você ainda parece um pouco abatido.

O navio balançou e Barlow caiu de joelhos, em desespero.

— Mas cuidado com os ratos aqui embaixo. Eles podem ser bem atrevidos — alertou Black. — Volto para buscá-lo mais tarde. — Ele se virou para ir embora, mas parou. — Ah, sim, e mais uma coisa.

Barlow o encarou com uma expressão de desespero, e Black sorriu.

— Em nome de lady Beatrice e dele mesmo, o capitão Harcourt envia saudações.

Capítulo 16

O RELÓGIO EDWARD EAST da sala de estar marcou a hora, e o som ecoou pelo corredor e escritório, onde Ivory estava sentada atrás de sua escrivaninha.

À sua frente, havia uma única folha de papel, colocada precisamente no centro da mesa. O som dos sinos mal havia terminado quando Roddy apareceu na porta.

— O duque de Alderidge está aqui para o compromisso — anunciou ele.

Ivory sentiu um frio na barriga e o coração acelerado.

— Mande-o entrar, Roderick, por favor.

O menino desapareceu e, em um minuto, foi substituído pela figura larga de Maximus Harcourt. Vestia a mesma roupa de quando ela o vira pela primeira vez, com uma calça e botas rústicas, uma camisa de linho gasta e um colete desbotado. Seu cabelo estava solto, roçando os ombros, e ele não se barbeava havia vários dias. Parecia um pirata.

Ele estava perfeito.

— Espero não estar atrasado.

Os dedos de Ivory estavam apertando sua saia. Com dificuldade, ela soltou o tecido e gesticulou para a cadeira vazia em frente à mesa.

— Você foi pontual. Por favor, sente-se.

Max se aproximou da escrivaninha e acomodou-se na cadeira. Então, olhou para os papéis na mesa.

— Vejo que recebeu minha carta.

— Sim, recebi. Junto da capa. É linda.

— Mandei fazer para uma linda mulher.

Um silêncio caiu enquanto eles se olhavam por cima da mesa. Deus, aquele homem era de tirar o fôlego. E estava ali, no escritório dela, em carne e osso. Não velejando pelo Atlântico.

— Como estão os irmãos Harris? — perguntou ele, quebrando o silêncio ensurdecedor.

— Muito bem. Embora não saibam exatamente o que fazer com uma esmeralda daquele tamanho.

— Confio que eles vão descobrir. Acho que será suficiente para impedi-los de atacar outras pessoas por um bom tempo.

— Aposto que sim — concordou ela. — Farei questão de lembrá-los disso de vez em quando.

— E o capitão Black? Espero que ele não tenha sido difícil.

— Não, não foi.

— Imaginei. Ele é completamente obcecado por você.

— Hummm.

Outro silêncio caiu.

— É adequada? — indagou ele por fim.

— O quê?

— Minha lista de referências. — Ele apontou para os papéis na mesa entre eles. — Sou habilidoso com lâminas e tenho um excelente conhecimento prático sobre canhões, embora você provavelmente não precise lidar com armamentos pesados com tanta frequência. Não tenho problemas com alturas, e tenho habilidade com cordas, nós e afins. Falo bem três idiomas, e consigo me virar com outros, pelo menos o suficiente para pedir uma cerveja. Tenho excelentes conexões na Marinha britânica e na Companhia das Índias Orientais. Suspeito que dentro de um mês essas conexões se estenderão até a Câmara dos Lordes. Assim que eu começar a frequentá-la, é claro.

— Max...

— Descobri mais recentemente que sou competente em lidar com cadáveres e encenar mortes acidentais. Aprendi o valor de ser contido e paciente, mas, novamente, aprendi com a melhor.

— O que é isso, Max? — perguntou Ivory.

Ele a encarou.

— Não é óbvio? É uma candidatura.

Ivory se esforçou para respirar fundo.

— Uma candidatura?

— Sim.

— Para quê?

Max se inclinou para a frente, os olhos cinza-claros fixos nela.

— Para a D'Aqueus & Associados.

— Você quer que eu lhe dê um emprego?

— Quero mais que um emprego, Ivory. Eu quero tudo o que você está disposta a dar. O que estiver disposta a ser. Eu quero você sob quaisquer termos que você definir.

Ai, meu Deus. Um broto de esperança alojado no fundo do coração de Ivory começou a florescer com cada uma das palavras do duque.

— Mas e o *Odisseia*?

— Partiu sem mim. — Ele passou as palmas das mãos sobre as coxas e deu de ombros. — Ele estará de volta em dois anos.

Ela mordeu o lábio, lutando para manter a compostura.

— Beatrice deve ter ficado muito feliz.

— Ficou. Eu me vi convidado para diversos eventos aos quais ela pensa que deveria ser acompanhada pelo irmão.

— Hum. E lady Helen? Como ela reagiu?

— Lady Helen partiu ontem de Liverpool em uma embarcação com destino a Boston. Ela levou consigo uma acompanhante, dois baús e uma caixa cheia de orquídeas roxas. Parece que ela tem alguns negócios inacabados por lá.

— Entendo…

— Mesmo? — Max ficou de pé, contornou a mesa e se ajoelhou na frente dela. — Estou disposto a tentar ser um duque. E o irmão que Beatrice merece. Mas não posso fazer isso se não tiver um lugar ao qual pertenço. E eu pertenço a você.

Ivory sentiu a emoção subindo em sua garganta e queimando o fundo de seus olhos. Ela estendeu a mão e tocou o rosto de Max. O duque pegou a mão dela e levou aos lábios.

— Sim — sussurrou ela. — Você pertence.

— Isso significa que você tem um lugar para mim?

— Eu tenho um lugar para você desde o dia em que você invadiu minha vida como um touro em uma loja de porcelana — confessou, a voz trêmula.

Ele fechou os olhos brevemente, apertando as mãos dela.

— Achei que tinha perdido você.

— Acontece que não fui muito longe.

— Eu te amo, Ivory Moore. Espero que saiba disso.

Uma alegria diferente de tudo que ela já havia sentido explodiu dentro dela.

— Eu também te amo.

— Nunca mude para me agradar. Prometa.

— Eu prometo.

Max levantou-se, puxou-a para que Ivory também ficasse de pé e a beijou. Um beijo doce e terno. Então, deu um passo para trás, pegou a capa de veludo azul pendurada no espaldar da cadeira dela e a espalhou deliberadamente sobre a superfície da escrivaninha.

— Eu nunca deveria ter pedido para você escolher entre D'Aqueus e eu — afirmou ele, endireitando-se.

— Sobre isso...

— Nunca vai acontecer de novo. Esta é a minha promessa para você.

— Max, tem algo que você precisa saber...

— Tem mesmo. Como o quão bonita a D'Aqueus fica de veludo azul. Ou quão melhor ela ficará nua em cima do veludo azul.

Ivory ficou imóvel.

— Você sabia...

— Eu não sabia. E quase descobri tarde demais. — Ele estava abrindo os botões e desfazendo os laços do vestido dela. — Mas, agora que sei o seu segredo, pretendo usá-lo a meu favor.

O vestido de Ivory escorregou para o chão, e o duque não perdeu tempo em explorá-la com as mãos, deixando um rastro de calor através do tecido fino da camisola.

Estava ficando cada vez mais difícil raciocinar.

— Como?

— Primeiro vou beijar você — disse o duque, a boca a um milímetro da dela. Max tirou a camisola dela, a segurou pela cintura e a colocou gentilmente sobre a escrivaninha forrada de veludo. — E depois vou fazer amor com você. — Ele olhou para a mesa com um sorriso sensual. — Faz muito tempo que quero fazer isso.

Ivory o fitou, segurando o rosto de Max com as duas mãos.

— Então faça.

— Está me dando ordens de novo, srta. Moore?

Ela se afogou no amor que reluzia naqueles olhos cinzentos.

— Estou.

AGRADECIMENTOS

Todo livro é um esforço em equipe, e este não foi diferente. Um grande obrigada à minha agente, Stefanie Lieberman, à minha editora, Alex Logan, e a toda a equipe da Forever por ajudar a construir cada história. E, como sempre, a minha maior gratidão ao meu marido, que passou incontáveis horas convencendo os meninos de que era melhor praticarem tacadas de hóquei fora do meu escritório. Pelo menos enquanto eu estava escrevendo.

Este livro foi impresso pela Reproset, em 2023, para
a Harlequin. O papel do miolo é pólen
natural 70g/m², e o da capa é cartão 250g/m².